淡淡墨香中的陪伴

梁玉洁 / 著
任建新 / 编

山东城市出版传媒集团·济南出版社

图书在版编目（CIP）数据

淡淡墨香中的陪伴 / 梁玉洁著；任建新编. -- 济南：济南出版社，2022.10
ISBN 978-7-5488-5212-4

Ⅰ. ①淡… Ⅱ. ①梁… ②任… Ⅲ. ①书信集－中国－当代 Ⅳ. ①I267.5

中国版本图书馆CIP数据核字(2022)第168678号

淡淡墨香中的陪伴 DANDAN MOXIANG ZHONG DE PEIBAN

出 版 人	田俊林
责任编辑	李　敏　张冰心
装帧设计	胡大伟
出版发行	济南出版社
地　　址	济南市市中区二环南路1号（250002）
编辑热线	（0531）82890802
发行热线	（0531）86922073　67817923
	86131701　86131704
印　　刷	济南新先锋彩印有限公司
版　　次	2022年10月第1版
印　　次	2022年10月第1次印刷
成品尺寸	170 mm×240 mm　16开
印　　张	21.5
字　　数	266千字
定　　价	69.00元

（如有印装质量问题，请与出版社联系调换，联系电话：0531-86131736）
版权所有 侵权必究

2001年11月21日,山东著名作家、学者任远先生因病猝然离世,享年73岁。任远先生被誉为当代"济南名士",在20世纪50年代的济南,与孔孚、孙静轩、徐北文诸先生并称"济南四才子"。任远先生去世后,他的妻子梁玉洁女士,在14年间写下281封信,倾诉自己对丈夫的铭心思念。2014年3月之后,因眼疾等原因而搁笔。2017年5月4日,梁玉洁女士因病去世,享年89岁。他们的长子任建新先生在整理母亲的遗物时,发现了这些母亲写给父亲的信——它们静静地躺在母亲书桌的抽屉里,写在10个笔记本上,字迹娟秀、工整。

对这281封信进行整理、结集,于是有了《淡淡墨香中的陪伴》这本书。翻开书,一起读信,读他们至情至爱的故事吧……

任远，生于1928年，山东省济南市章丘区人。1949年7月参加工作，先后在共青团济南市委、济南青年文化报社、济南工人报社、济南市总工会、济南晚报社、济南日报社、济南市文化局等单位，从事报纸编辑和文化宣传等工作。党的十一届三中全会后，先后任济南日报文体部主任，《泉城》文艺月刊主编，《当代小说》月刊主编，济南市文联副主席兼当代小说杂志社编审、主编。先后当选为济南市文学工作者协会主席，济南市作家协会主席、名誉主席，山东省散文学会副会长，山东省第七届人大代表，中国作家协会会员等。1988年被评为济南市首批拔尖人才。先后出版报告文学《骆淑芳与丁长久的故事》，诗集《唱给泰山与黄河的歌》，散文集《雨蒙蒙》（合著）、《故乡情》、《山水情》、《邻里情》、《北方的榆树》，评论集《济南文坛漫话》；编辑出版散文集《现代名士话济南》《我爱泉城风光美》《文苑高手颂济南》等。多部作品获省、市级奖项。2001年11月21日于济南病逝。2011年《任远文集》（三卷）出版。

梁玉洁，生于1928年。1950年2月参加工作，不久后被组织选派到北京市速记学校学习。回济后在济南市人民政府办公厅、市人民委员会办公厅等部门从事秘书、信访等工作。1970年4月，被下放到山东省平阴县孔集公社劳动。回济后被分配到济南有机化工厂，先后任厂办公室副主任、工会副主席等，1983年退休。2017年5月4日于济南病逝。

结婚证书（1956年）

合影（1956年冬）

在人民公园（约 1959 年春）

全家合影（1962 年春）

下放平阴农村时,全家在租住屋前合影(1971年春)

全家合影(1983年春节)

任远（中）在长清北大山考察著名诗人徐志摩乘飞机遇难时的具体地点（1980年代末）

任远（左）与学者徐北文（中）、诗人孔孚在一起（1996年）

任远在家中与客人交谈（约1999年末）

他们的最后一张合影（2001年10月于济南红叶谷）

用10个笔记本写下281封信

振荣：

你好吗？你现在在哪里？为什么不给我一点信息。你还记得吗？今天是你的生日。如果你在家，我们又该忙着招待亲人了，可今天却是这样的冷清。冷清得使人有些心酸。幸好有老荣的妹妹在这里，我不知她今天什么感受，我没有谈这些事，只是自己在心中苦想。不停地追忆。每年大家为你祝寿的画面竟像电影一样，一幕幕展现在眼前，好像又看到了你那慈祥的面容和高兴的神情。为了重温那温馨的时刻，我又找出了一直珍藏的我们的小孙女小叶子写给你的祝寿词（可惜没有记下年限）。她写道："……在我们家里，姥爷的知识最丰富，书最多；姥爷待人最热情，心胸最宽大；姥爷最慈祥、最幽默、最风趣、最爱笑，朋友最多；跟姥爷生活在一起最快乐、最无忧无虑。我最愿意跟姥爷在一起。"

振荣，你又一次听到了吗？你在四千里的心灵

书信手稿

代 序

我们感受到了您的爱

周长风

经济南出版社精心编印,期盼已久的《淡淡墨香中的陪伴》终于问世,奉献给万千读者,我心里大有"好花应与惜香人"之欣悦。

这本书是梁玉洁老师写给丈夫任远先生的281封信的结集,写信时间是任远先生2001年11月21日逝世后的十四年间,梁老师自73岁到86岁。三年后,梁老师寻夫远行,这些信在她生前并不为亲人所知。

两年前,我有幸从任远先生哲嗣、好友任建新处得到书稿,寓目便欲罢不能,一口气读完。

掩卷后何止是感动,更是深深地被震撼了。我也是年过花甲之人,经历了世上的阴晴风雨,听闻过人间的歌哭悲欢,心头早已难起波澜。但是,那一刻我的心久久不能平静。

我是1980年认识任远先生的,随后一直保持密切的工作联系和文学写作方面的师生之谊,由于常去家里,与梁老师也熟悉。他们的生活道路与那一代大多数知识分子大致相同,虽然历尽坎坷,却也平凡无奇。梁老师在这些信里所倾诉的,也只是患难夫妻的铭心思念和普通百姓的家常絮语。然而,我正是被这无尽的思念和无休的絮语所震撼。世上竟有如此平淡而又浓烈的爱情,如此情节简单却又讲述绵长的爱情故事,而爱情故事的主人公还是我熟识而又陌生的前辈!

我当时即有一种冲动,要把所思所感告诉朋友们,于是一首诗很快写成,连同对书稿的简要描述,发到微信朋友圈:

> 何止情深到白头,仙凡永隔亦悠悠。
> 思笺三百无从寄,留与后人嗟不休。

随后几天,许多朋友为之点赞、留言、和诗,表达对梁老师和任远先生品行的思念与赞美,对他们爱情的惊叹与仰慕。

我觉得,这份爱情其来有自。任远先生和梁老师都是有着高尚的品格、深挚的情怀,且终身坚守的人。他们相互之间是这样,对待他人、对待事业也是用情至深。在我认识的人中,若论对文学事业(并非个人的文学创作)的热爱和投入,没有人比得了任远先生;对文学业余作者的培养和扶持,也没有人比得了他。而他对文学事业的热爱,往往就是体现在对文学业余作者的乐成人美、无微不至的关心与帮助上,这中间大多数是年轻人,是在他们刚刚试探着踏入文学园地时,甚至是生活窘迫时。

20世纪50年代至90年代,除了国家困难时期报纸停刊,以及动乱时期被下放农村,任远先生一直从事报刊的文学编辑工作,曾先后担任济南日报编辑部文化组组长、《泉城》(后更名为《当代小说》)文学杂志主编,后来担任济南市文联副主席,分管文学工作。这四十多年间,生活和工作在济南这方土地上的文学爱好者,还有外地的文学爱好者,但凡找到任远先生,或者被任远先生找到的,几乎没有不受到先生恩泽的,甚至包括个人工作和生活的方方面面。他被许许多多业余文学作者称为恩师、伯乐,被文化界同行尊为名家、好人。直到今天,任远先生仍然被公认为新中国成立七十多年来,济南市最令人尊敬、为人传诵的文学编辑。

这些年我时常想念任远先生,想起他不声不响地推荐我到市委宣传部做文艺工作,想起我跟随他在北京中山公园逛书市,想起他悉心指导我编辑《济南八十年代散文选》，更想起他去世前四小时，我去医院看望，他亲切的面容和贴心的话语。一切仿佛昨天，他好像还在我的生活中。

前些日子，一位朋友写了一篇关于济南地区中药材历史的论文，送我看。我发现引用的明万历《兖州府志》的文字有误。朋友说是因为看不到原书而转引的，随后他惊奇地问："你怎么查到这种《兖州府志》的？"我对他讲，1998年春节前夕，任远先生在新市场一旧书店，发现一批齐鲁书社影印出版的这套书，共六册。他立即告诉了十多位朋友，有学者徐北文、于中航，作家吕曰生等老友，也打电话给我。我赶紧骑车去，仅花30元钱便购得一套。这位朋友听罢，羡慕地说："这套书如今在孔夫子旧书网上要价三四千元呢。"我一直觉得这套书不是我买的，而是任远先生送我的，送我的关怀，送我的情谊，送我的终身纪念。将来我也要把这套书和这个故事送给年轻的朋友。

任远先生生前出版的最后一本书是散文集《北方的榆树》。他去世的第一百天，我写下了《永远的怀念》一文，其中写道："我想，榆树正堪称先生的传神写照。他始终静默而坚韧地立在文学原野上，虽然没有明艳照眼的花朵和硕大无朋的果实，却尽其一生所有，给予走近他又需要帮助的人以滋养与庇护。他在枝干尚且苍劲的时候猝然倒下，使得那个深秋比往年多了几分萧瑟。"不约而同，诗人郭廓的祭诗题目是《仰望"北方的榆树"》，作家严民的悼文题目是《榆树的风格》，还有许多文化界人士在纪念诗文中也把任远先生比作榆树。2003年结集出版的怀念任远先生的文选，书题便是《远逝的榆树》。这本怀念文选，建新无偿赠送给济南日报报业集团200多册，集团党委专门下发文件，组织员工特别是青年编辑、记者阅读。这也是一种薪火相传吧。

任远先生是我平生遇到的最具爱心、最谦慎朴诚的仁者。而梁老师则是最令我仰视的，将清平年景、普通人家、惯常日子书写成爱情传奇的作者。儒家经典《礼记·乐记》云："作者之谓圣，述者之谓明。"这里的"作者"是"始作者""创始者"的意思。在我的心目中,梁老师就是这样的"作者"。任远先生幸运地遇到了梁老师,他们的爱情幸而被梁老师记录下来,我们有幸得以读到。

这次正式出版之前,281封信我重新读过,依然意绪难平。我想,是不是还可以把任远先生和梁老师比作桑树和梓树呢?我愿将他们纯粹、高远、宁静的精神世界,作为心灵的原乡。

(作者为中共济南市委宣传部原副部长,济南日报报业集团原党委书记、董事长)

引 言

重新认识母亲

任建新

我的父亲任远（原名任振荣），生前是山东省济南市文联的离休干部，曾担任过市文联副主席、市作协主席、省作家协会理事、山东民间文艺家协会副主席、山东散文学会副会长等。2001年11月21日下午，因猝发大面积心梗去世，享年73岁。

面对突如其来的巨大不幸，母亲和我们陷入无比的悲痛之中。含泪送别父亲后，我们子女回到各自的工作岗位，并将母亲暂时接到我那里住一段时间，以免母亲在家睹物伤情，更加痛苦。让我们没想到的是，自这一年的12月11日，即父亲离开我们仅二十一天，母亲就拿起曾为父亲誊抄了无数文稿的笔，开始给远逝的父亲写信，且一写就是十四年，直到她86岁高龄，才因眼疾和身体等原因搁笔。在陪伴母亲的那些岁月里，我们曾多次看到母亲坐在桌前写写画画，以为她只是偶尔写点怀念父亲或其他方面的文字，谁都没怎么在意。

2017年5月4日晚，母亲因心脏骤停导致多器官功能衰竭去世，享年89岁。安顿完母亲的后事，我来到她因匆匆离去而稍显凌乱的家里，收拾、整理母亲的遗物。在书房写字台右侧最下层的抽屉里，我看到一摞整整齐齐的笔记本，拿起一本翻开，竟是母亲写给父亲的信。我把一摞本子拿出来，一本一本地翻看，整整十本竟然都是母亲写给父亲的信。那一刻我全身的血液似乎都涌到头上，呼吸也变得急促。我倚坐在写字台前的椅子上，厚薄不一的本子摆了大半个桌面，上面密密麻麻都是母亲娟秀、规整的笔迹。十四个冬来暑往，十本根本无处可寄的信，体现了母亲对父亲怎样的感情，体现了两人之间多么深的爱恋啊！

2018 年夏，我取回母亲写的十本书信，静静地坐在自己家的书房里，一本一本、一封一封地读着，泪水不时夺眶而出。我不得不一次又一次放下本子，待心情稍稍平复后再重新拿起。沉浸在那些信中，我仿佛在母亲的引领下，重温了一遍父亲去世后那些难忘的岁月。

母亲在十四年里，先后给父亲写了 281 封信。其中写得最多的是母亲对父亲突然去世的不舍和痛悔，是对父亲的深深依恋和无尽思念。同时，母亲的信中也有对她失去丈夫后孤独、寂寞的记述；有对她与父亲坎坷一生和共同生活的回顾与眷恋；有对生养我们兄妹三个的难忘追忆；有对父亲生前一直喜爱和赞颂的泉城变化的细致描绘；有对我们兄妹及孙辈成长进步的详细记录；有对众多亲友关心、帮助她及家人的诚挚感谢……

读着母亲这些饱含深情和泪水却永远无法寄出的 281 封信，我泪流满面，追悔莫及。我后悔没有在母亲生前更多地关爱她、陪伴她、照顾她；后悔没有早下决心与母亲住到一起，让老人多享受一些她那么渴望的天伦之乐；后悔没有早一点看到这些信，让母亲别那么孤独、那么伤感、那么不舍地一次又一次看着我们离去的背影……

母亲平日给人的印象是谦和知性，温文尔雅，与世无争，为人低调。然而在父亲去世的十四年里，母亲却一直保留着父亲生前的一切，经常梦里梦外都觉得父亲仍在陪伴着她，每年父亲的生日都焚香摆供祝寿；即使理性告诉她父亲已经故去，也仍然坚持不间断地给父亲写信，去倾诉，去埋怨，去告知，去交谈，去征求意见，去报告喜讯，等等。这期间母亲流过多少泪水，忍受着多么痛苦的眼疾，多少次想搁笔又再次拿起。有一年她竟写了51封信，几乎平均每周一封。我被过去一直自以为十分了解的母亲，被父母间阴阳也隔不断的情爱，深深震撼了！

"十年生死两茫茫，不思量，自难忘。"在今天外面的世界越来越五颜六色，爱情越来越被当作游戏和快餐，婚姻、家庭的解体越来越成为一种常态的社会背景下，像父母那样深爱一生、情投意合、生死不渝的伴侣，更像是一种传说和故事，然而又那么真实地发生在我们身边，存在于我们平凡的生活中。

当然，透过母亲信中对父亲和我们子女的依恋，也能看到母亲柔弱、内向的一面，甚至能感受到一些传统道德伦理对她内心的影响。母亲出生在一个家道中落的大户人家，9岁失去了亲娘，新中国成立初期高中毕业并参加工作，一生因家庭出身等历史问题而谨小慎微、任劳任怨。她二十几岁就提出入党申请，却历经波折，直到50多岁才加入党组织；她服从组织分配，从一名市政府机关干部到下放农村劳动，再到去企业工作，最后在一个集体小厂退休，毫无怨言。母亲不是那类天生独立、敢作敢为、出类拔萃的卓越女性，而是一个善良、和气、内敛、认真，既工作又持家的普通知识女性。或许也正是由于她的普通，其信中反映出的那些传统与现代、坚守与扬弃、老人所盼与子女所能等矛盾，才更有普遍性，更能引起人们的深思。

为此，在夫人、妹妹、弟弟和儿子的支持以及友人的鼓励下，我将母亲写给父亲的281封信整理、编印出来，让更多的朋友和读者看到，以期大家能从一个侧面更加了解我父母那代人，了解他们当年的所思、所想、所为，同时能引起大家对人生、爱情、友情、婚姻、家庭和社会责任的更多思考。

由于母亲的这些信是写给她已故挚爱伴侣的私信，是她向心中还活着的丈夫报告自己的经历和见闻的絮语，是她为排解寂寞和孤独与老伴儿拉家常的唠叨，根本就没想这些信会被外人看到，更想不到有一天还会公之于众；何况母亲写信时已是七八十岁的老人，时间跨度又长达十四年。所以在信中难免会有过多的伤感，叙述会有些琐碎、重复，个别人和事记忆不太准确，文字也稍显拖沓。但为了尽量保持信件的原貌，我只修订了个别字句，没做大的改动，敬请读者谅解，更乞求母亲的在天之灵宽宥儿子的自作主张。

二十九年前，父亲曾发表过一篇散文《淡淡墨香中的陪伴》。文中写道，母亲是他作品的第一位读者和评论者，也是他构思作品的参谋和草稿的整理者，稿件的字里行间浸透着母亲的劳动和智慧，所以"作品有我的一半，也有她的一半"。父亲去世后，母亲在281封信中，曾无数次回忆两人一起阅读、交谈，"你念我写"的温馨场景；无数次幻想能有机会再次享受"淡淡墨香中陪伴"的幸福。然而陪伴母亲的只有父亲的照片、遗物和虚幻的梦境。即使是这样，母亲依然以写信的方式，在"淡淡墨香中"，与远逝的父亲相互陪伴了十四年。为此，我们兄妹和孙辈在为本书起名的过程中，几经琢磨，反复推敲，最终选定父母都喜爱的《淡淡墨香中的陪伴》作为书名，以期那淡淡的墨香永远陪伴着父母、陪伴着我们。

另外，母亲还在多封信中提到，她曾写过几篇文章，经反复查寻，只找到六篇，现以"难忘的记忆"为题，附在书信的后面。

最后，我要感谢几位多年好友，是他们听我讲到母亲的这些信后，积极支持我把它们整理出来。感谢人民日报社山东分社徐锦庚社长，他看到整理后的这些信,确定在微信公众号"东岳客"上全文推送,并登载了十多位朋友的读后感。感谢周长风先生,在繁忙的文史研究事务中,拨冗为本书作序。尤其要感谢济南出版社的领导和责编,为编辑出版这281封信,不辞辛苦,做了大量细致入微的工作,我深受感动。还有一些报纸、杂志和诸多朋友,为母亲这些信的推介和传播付出许多,在此一并致谢。

(作者为任远、梁玉洁夫妇的长子)

目　录

001 / 二〇〇一　　"尽管你不说话，但我始终相信你没有
　　　（5封信）　离开家，仍和我在一起，仍像往常一样
　　　　　　　　　陪伴着我。"

007 / 二〇〇二　　"振荣，是你给了我爱，给了我一切过
　　　（51封信）　去从未得到过的关怀和温暖。"

060 / 二〇〇三　　"我愿以这种方式与你保持联系，进行
　　　（37封信）　沟通，直至我们相见。"

098 / 二〇〇四　　"我多么渴望这时能见到你，即便就见
　　　（41封信）　你一面，说一句话，我也会感到满足和
　　　　　　　　　欣慰。"

138 / 二〇〇五　　"我们在一起度过的一万六千多个日日
　　　（37封信）　夜夜，无时不在我脑海中翻腾。"

175 / 二〇〇六　　"我在脑海中、心中仍无时无刻不在与
　　　（26封信）　你交流对话，思念你的心情从没有停歇。"

198 / 二〇〇七　　"家中处处有你的印记，还牢牢保留着
　　　（24封信）　你的气息，你永远扎根在我的心中。"

220 / 二〇〇八　　"我每天早上起床走出卧室，总是要首
　　　（16封信）　先张望一下书房内写字台前，希望能看
　　　　　　　　　到你的身影。这已成为我的习惯，我不
　　　　　　　　　加思索地一天天重复着，从没有停止过。"

235 / 二〇〇九　　"多么想一直生活在梦中，永远和你在
　　　（8封信）　一起那该多好！"

243 / 二〇一〇　　　"你知道，现在我多么渴望能再听到一声你
（8封信）　　　对我的呼唤！"

251 / 二〇一一　　　"振荣，今年是咱们结婚五十五周年，我想
（16封信）　　　你肯定也不会忘记。"

265 / 二〇一二　　　"你书写的《淡淡墨香中的陪伴》，我反复
（9封信）　　　阅读了不知多少遍，因在其中我会感到温
　　　　　　　　暖、幸福，像又见到了你一样。"

272 / 二〇一三　　　"我总觉得，只要有你在，生活就有朝气、
（2封信）　　　有情趣。"

274 / 二〇一四　　　"多么渴望你能健在，陪我至今。"
（1封信）

275 / 附　　录　　无尽的思念，辛酸的追忆
　　　难忘的记忆　　久违的呼唤
　　　　　　　　　记忆中的母亲
　　　　　　　　　赏雪随想
　　　　　　　　　故乡的庭院
　　　　　　　　　下放农村散记

"尽管你不说话,但我始终相信你没有离开家,仍和我在一起,仍像往常一样陪伴着我。"

第1封信

振　荣:

你好!你离开我和孩子们已经整整二十一天了,今天按民间习俗是"三七"。今夜我见到了你,我们像往常一样早上出去散步,在一个非常宽敞、清静的地方,但遗憾的是,我没记得说多少话。之所以在此刻相见,你是不是为了提醒我今日是"三七"?你想我能忘了吗?下午我将和孩子们去看望你,我们又可以团聚了,你耐心等着吧。

振荣,你知道我为什么要给你写这封长信吗?主要是为了排解我对你的思念。我想这样和你说说话,就好像我们仍在一起,以减少我们互相的牵挂。

振荣,我常常在心里埋怨你,你为什么走得那么急?连说一句话或交代点什么都没来得及,就走得无影无踪。是的,请原谅我,我不应埋怨你,因为你也是不想走、不愿走的,而且也从没想到就这样急急地走了,不是吗?你中午还告诉我,亲戚和朋友们来探视时送的东西,你现在不能吃,叮嘱我把能留住的放到冰箱里,等你出院回去吃。上午市委宣传部的周长风等同志去看你,你还侃侃而谈,关心着济南的文化事业。为给济南市作家书库捐书,你让我打电话告诉小群哪种散文集捐几本。甚至在你突然发病的一瞬间,你还狠狠抓住我的胳膊连续高喊:"憋死了,救救我!憋死了,救救我!"我看出你那时很痛苦,但仍没忘记要求我快救救你。这一切的一切,都证明了你确确实实不愿走,不愿离开我和孩子们,不愿离开我们刚刚住了一年的新家,不愿离开你热爱着的泉城的山山水水,更不愿终止你一生为之奋斗的文化事业!

但是,尽管大夫们尽了最大努力,特别是潘林、新林一直守护在你身旁,协助大夫千方百计地抢救,但是那可憎可恨的死神最终还是把你拉走了。等孩子们急急赶到时,尽管你的心脏还能跳动,但你已神志不清,既没仔细看看我们精心抚养起来的三个可爱懂事的孩子,也没有见到你真心喜爱的孙子和外孙女。他们都还年轻、还小,怎么能早早地没有了爸爸、爷爷和姥爷。至于我,你可以想象此时此刻我是怎样比撕心裂肺还要疼痛的难受!我知道,你最不放心我的身体,所以当时我牢记你常告诫我的话:"不论遇到什么紧急情况,一定要高度冷静。"在抢救的过程中,我虽心在颤抖,眼睛在流泪,心在流血,但仍时时默念你告诫我的话,更在默默祈祷,也不知道祈祷的哪位神灵能保佑你的生命。这时我脑中一片空白,唯一的意念就是你能醒过来、醒过来……但是,残酷的现实摆在了面前,你没有醒,眼睛再也没有睁开,你真的走了。

振荣,你不知道,当人们把我引到你的面前时,我再也冷静不下来了,我拼命哭喊着:"我不相信,这绝对不可能!"我高喊着让你睁开眼看看我,对我说句话,但是你什么也没说。我知道你不是不想说,而是什么也不能说了。的确,你太累了,真需要好好休息休息。我想你是睡着了,因为我看到你的面容是那样的舒展,脸色是那样的润泽,没有一丝疲倦的样子。我慢慢抚摸你的脸,又是那般滋润、柔软,正像你在文章中形容母亲辞世后的"那么漂亮"。

振荣，你这时真的比任何时候都漂亮、安详，为此我不忍心再过久地打扰你。尽管心中还有那么多话想对你诉说，更想在你身旁多陪伴一会儿，但是我怕控制不住感情，也怕身体挺不住，又给已悲痛欲绝的孩子及在场的领导、同志和亲戚朋友增加更大的麻烦和负担，更怕你看到我的样子又过多地牵挂。所以，我还是强忍悲痛，恋恋不舍地、极不情愿地离开了你，但走后又极度后悔。我没有再问问你还有什么事要交代，还有哪些底稿没写完、哪些事没办完，没有再看看你的身体擦洗了没有，不知你是否换了衣服，就被护士、大夫"赶"出了病房。我甚至痛恨自己，当时脑子竟一片空白，该做的这些事竟一件都没有去做。这一切，想必要使我遗憾终生。

振荣，你走后第二个周末的夜里，我们相聚了。你告诉我，在那里很好，以后每个星期都能回来看我和孩子们。醒来后，我虽知道这是梦，但也感到欣慰，毕竟我们又见面了。看到你很好，而且也相信你每周都能回来一次，这使我心中有了希望，也坚定了一个信念：你没有走，而是出差、采访，或去开什么笔会了。我等你回来，等你带回稿件再为你抄写。我相信，我们能够永远像你在文章中所写的那样，在"淡淡墨香中陪伴"。

2001 年 12 月 11 日

第 2 封信

振 荣：

又好多天没有给你写信了，你好吗？这些日子我还埋怨你，说好你每周能回来一趟，为什么又失信？是工作忙还是身体不适？十分牵挂！你也可能预知我的心情，所以今天又回来了。但不像上次那样，我知道你已经不在，只是回来看看，这次是像往常一样，我们好像从没分离，而是一起出去买微波炉。我们挑选了一台淡绿色的像个箱子那么大的微波炉，尽管价钱高了点，但我们都很满意。回家后，我们还向朋友们介绍我们的新房子，哪是我们两人的卧室，哪是孩子们的房间……振荣，感谢你能及时回来看看，即便不说多少话，只要两人能见面，我就减少一份牵挂，心中也就能平静一段时间。

2001年12月20日

第3封信

振　荣：

　　今天是12月21日，你离开我们整整一个月了。在这段时间，我一直住在建新这里，他和艾萍对我体贴、照顾得很好，使我又一次体会到了亲情的呵护和家庭的温暖。二妹妹一直陪我住在这里，只有星期六和星期天我们才回去收拾一下房间，整理、浇灌花木。你的书房还是原样，书稿也没乱翻动，你可随时回来看书、写文章。有《红叶谷》等三篇底稿像是你已写完，建新整理、打印清楚后，想联系一下有关报刊，看能否发表。至于其他信件、底稿等，待我心情平静一段时间后，再和孩子们商量，逐步为你分门别类整理清楚。你早有心愿想出选集，你放心，我们一定尽快着手搜集、整理，也希望你能随时给予指点，以便做得更好。

2001年12月21日

第 4 封信

振　荣：

今天按民俗是你走后的"五七"（第三十五天），我和孩子们去看望了你。侄子、外甥（小朋、小六）也都去了。你不是喜欢吃水饺吗？尤其是荠菜馅的，为此我们特为你包了几个拿去，不知你尝着味道怎样？

振荣，我们分别已一个多月了，我无时无刻不在想念你，总觉得你是出差了，还能回来，怎么也不愿相信你说走就走，永远不再回来。今天我又一次见到了那个无情的木盒子，我实在不明白，你精力那么旺盛的一个人，怎么会住在那样阴森、狭窄的地方，你能受得了吗？我看后实在受不了。

振荣，你快离开那里吧，我不忍心让你在那样的地方待下去。我们的新房子那么宽敞，阳光那么灿烂，空气又那样清新，快回来吧，我和孩子们等着你。我一直梦想能真的出现奇迹——你根本没有走，又来到了我的面前。

2001 年 12 月 25 日

第 5 封信

振　荣：

今天是 2001 年的最后一天，恰逢你阴历的生日，你如果不是急匆匆地走了，今天可能已病愈出院，我和孩子们在家为你祝寿，老家的弟、妹、侄子、外甥也该陆续到来了，试想那又是什么心情？

可今天却是这样冷清、凄凉，尽管屋里暖融融的，我仍感到阴冷，没有了往年你过生日时的忙碌、欢乐。今天孩子们都上班，二妹妹也回去了，只有我自己在家,望着你的照片,就像往日跟你在一起一样。我悄悄地对你说,我今天陪伴你度过73周岁生日,尽管你不说话,但我始终相信你没有离开家,仍和我在一起,仍像往常一样陪伴着我。有你在,我也就不感到寂寞了。

为了给你祝寿,建新又到英雄山看望了你。我嘱咐孩子们晚上都回来,我简单备了几个菜,一起为你祝寿。我想这一切你都能看到。你放心,每年的这一天,我都为你祝寿,直到我们在另一个世界相见。

2001年12月31日

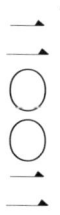

"振荣,是你给了我爱,给了我一切过去从未得到过的关怀和温暖。"

第6封信

振　荣:

你走后,许多老朋友都来看望我。最近全仁又来家一次,建信更是倍加关心,多次打电话或到家看望。张磊教授打电话来,他对你的思念之情,使我控制不住泪水的流淌。国章不只打电话安慰,他和编辑部的同志们还安排,在2002年1月份的《当代小说》第一期刊发了五篇对你的纪念文章,作者是:朱建信、罗珠、孙国章、严民、崔苇。文章情真意切,一个共同的特点是不仅怀念你,而且对你的人品以及你对济南文化界的贡献都给予了高度评价。尤其是建信和罗珠的文章,他们对你是那样的留恋,对你匆匆离开是那样的悲痛,看得出他们对你感情之深、怀念之痛,真是字字催人泪下。

建信在文章中说:"在这个不算太冷的冬天,你离去的脚步在我心里掀起刀子般的阵阵寒风。""这座城市里布满您的足印。这座城市的文化建设中到处都浸润着您的汗水和感情。您爱家乡,爱泉水,爱土地,爱人民;您的'三情系列'(《故乡情》《山水情》《邻里情》)就是对您热爱家乡、土地和人民的最好佐证。"

罗珠文章的标题是《青天一鹤见精神——痛悼恩师任远先生》。他写道，"先生是我的恩师"，"噩耗传来，我心里流血"。"悲极生怨，哀怨先生太狠心，走的这样匆忙……使我永远也聆听不到先生的谆谆教诲，扔下我，让我在文学的道路上继续迷茫，让我在人生的征途上继续寻找答案。""我走上文学道路，是先生臂携手提，身传心教。"

建信还说："您是我来到这座城市后有幸结识的第一位可敬的师长，一位真正的良师益友……我从您身上学到的宝贵的东西，是无法用文字叙述清楚的。您的光明坦荡的胸怀，您的谦谦君子之风，您对家乡山水的热爱，您对亲朋好友无时无刻不有的牵挂与关爱，您对初学写作者的谆谆教诲、奖掖与提携……都像阳光一样照耀着我、温暖着我。为人、为文、为事，您都是我永远的榜样……"

振荣，你听到了吗？这些滚烫的话语和真挚的情感，都是对你的崇敬和怀念。这些文章我不再为你抄写了，《当代小说》就放在你写字台的抽屉里，我相信你会看到的。

2002 年 1 月 4 日

第 7 封信

振 荣：

我知道你一直关心着我的身体，更不愿我为你的离去过分悲伤，我也牢记着你告诫我的"不论遇到什么情况，一定要高度冷静"的话语，一直尽最大努力这样去做，但有时实在控制不了。不知为什么，最近特别心乱，你离去前后的所有画面时时映在眼前，也重重地撞击着我。我 9 岁失去母亲，在大半生中没有享受到亲生慈母的疼爱。振荣，是你给了我爱，给了我一切过去从未得到过的关怀和温暖。因此，和你在一起，我感到非常幸福。平时只要有你在，不论遇到什么事，我都感到有依靠，有主心骨。

振荣，你确实是个非常善良的人，不论对亲人、朋友、同事，都是诚心诚意地关心、帮助。20世纪80年代，那时我们的生活并不富裕，但当你得知远在东北通化的好友孙秀清生活遇到困难时，即与我商量，立即给秀清寄去了钱。事后他来信说，小王（其夫人）感动得掉下了眼泪。还有两个侄子和一个侄女买房盖房，你也都相继给他们千元以上的资助。不少业余作者有了成果，你都无比高兴；而当他们无论在工作或生活上遇到什么困难，你又那样牵挂，并想方设法给予帮助。业余作者王一山研究美学有成果，不断在全国刊物上发表文章，却始终没有正式工作，生活极端困难。为此，你一直挂在心上，为他的工作各处奔走呼吁，找市领导以及市科协和某大学等协助安排，但始终没有解决。这样的人才被埋没，成了你的一块心病。你挂心他的生活。前年临近春节，你将家中做好的几样过年菜带上，骑车前往远在北郊的王一山家中看望，回来后你对他家中的惨状唠叨了好几遍，心中很是不安。振荣，你对罗珠真是比对自己的孩子还要关心。他常过多地喝酒、抽烟，再加上离婚后心情不佳，你一直惦记着他，也常念叨他、劝解他……

振荣，你对亲人朋友如此关怀，自己的身体却从不放在心上，总说"我有救"。有病劝你去医院，你总一拖再拖；有时治心脏病的药不多，你总让我先吃，你只随便吃点丹参片，说你总是不听；让你也每天吸吸氧，你照样不理睬，甚至为这些事与你吵两句，也无济于事。你如早关心、重视自己的身体，听人劝，我想也不会造成因病重而匆匆离去的恶果。想想这些，我非常后悔，没有照顾好你，但有时你实在是太执拗了。不仅如此，在生活上你也不讲究，粗茶淡饭就心满意足，不少内衣、袜子总让我补了又补，有的外衣也是缝了又缝，60年代的蓝涤卡上衣，你临走前仍照常穿在身上。

有时孩子们说你"太抠门儿",其实你只是对自己"抠门儿",对别人是那样的慷慨大方,总是帮这帮那。朋友们敬重你的人品,但他们哪能像我这样深刻了解你,这一切都深深地印在了我的脑海里,融化到了心里和血液里。振荣,我说这些话,你能听到吗?

你不只是个善良、诚实的人,你的感情又是那样的丰富,看书或看电视时,经常感动得热泪盈眶。你对母亲的爱是那样深,这在你的文章《忆母亲》中充分表达了出来。还有你对养母(过继),由于过去咱们经济条件差,没能很好地照料她,再加上她去世时正值"文革"期间你被批斗,没能前去送别,你也时常说起,不只深感内疚,而且极为怀念。对子女特别是第三代的孙子、外孙女,你更是给予了他们无限的爱。家中有什么稀罕东西,平时总舍不得吃,每次都是等孩子们来时才吃。对他们小时候的一些情景和表现,你总是不断讲述,虽反复讲过多遍,但谈起来还是津津乐道。每到这时,我们都会感到无比幸福。可现在你走了,又有谁和我一起不厌其烦地唠叨、交谈?

记得有一年你过生日,我们的小外孙女在给你写的祝寿辞中说:"在我们家里,姥爷的知识最丰富,书最多;姥爷待人最热情,心胸最宽大;姥爷最慈祥,最幽默,最风趣,最爱笑,朋友最多。跟姥爷生活在一起,最快乐,最无忧无虑。我最愿意跟姥爷在一起。"听听,这是一个十几岁的小孩子对你的评价。振荣,我们俩相伴四十五年,这些感受我终生难忘。有你陪伴我四十多年,我享受到了从未有过的幸福和快乐。但我始终不能接受的是,你过早、过急地离开了我和孩子们,扔下我们,不留一句话就匆匆地走了,这是多么残酷的事实!为此,我的心始终平静不下来,不论怎么控制都无济于事,只是尽量不让孩子们知道,以免他们挂心。

振荣,我们的三个孩子是非常懂事、非常可爱、非常孝顺的。你走后,他们都对我极为关心,建新、小红新年期间一直陪伴着我;建新更是推辞了不少朋友的邀约，为的是陪我过你走后的第一个元旦。小红路远，但也每周来帮我料理家务。建新每隔两三日即来看望、陪伴。远在石家庄的小群，也常来电话问候。在建新那里住的一段时间，艾萍总是不顾工作繁忙，对我精心照顾，处处关心。振荣，你不在，有这么多孝顺的孩子照顾我，我从心底里感到欣慰和幸福，同时你也可以放心，不要过多地牵挂了。只是孩子们工作太忙、太累，我真有些不忍心让他们为我分心，但你不在，又有什么办法呢？

2002年1月7日

第8封信

振　荣：

这几天朱建信、刘志钰来看望我。建信已经来过几次了，特别是你走后第七天，他又与我们一起去英雄山与你见面。有这样的朋友，真值得你骄傲。他牵挂我的身体，还带来了中草药黄芪和灵芝。他对我的关心，使我感到温暖；他表现出的对你的崇敬和思念之情，又是那样地使人感动。我不知道用什么办法来报答你这些知心的朋友。

2002年1月9日

第9封信

振　荣：

你真的走了吗？在我们宽敞、明亮的新房子里，我总觉得仍是我们两人在一起，处处还有你的踪影和足迹。书房的摆设一切照旧，仿佛看到你像往常一样伏案看书、写作，我也照样在一旁帮你抄写，甚至还能听到你念底稿的声音。你想，这是一幅多么和谐、美妙的画面！在此，我完全相信艾玲劝解我的话，她说：夫妻两人实际已经融为了一体。尽管你不在，但不管我干什么都始终和你在一起，即便出去旅游，也是两人一起去，不能认为是自己孤独一人。振荣，我很欣赏艾玲的这番话，这番话也给了我不少安慰和力量，让我心中宽松了许多。只是有时又把它忘记了，重又陷入郁闷、痛苦之中。今天，我重新回忆起这些有益的话语，心中立即平静了许多。为什么？因为不论什么时候，你都陪伴着我，与我在一起，我并不寂寞和孤独。有你在，有孩子们照顾，我也就安心了。

振荣，你看见了吗？我们的阳台真是温暖如春。我们精心培育的花木都枝繁叶茂，郁郁葱葱。整个阳台一片绿色，生机勃勃。你亲手嫁接的蟹爪莲，已经开出了美丽的花朵，一个个像吊着的小灯笼一样，惹人喜爱。潘林送的那棵杜鹃花去年只开了几朵，今年却满枝有五十多朵，谁见谁称赞。从秋天就开始开花的另一棵杜鹃，你一直担心它到春节就因"劳累"而花谢，可你不是已经看到了吗？它至今仍枝繁叶茂花更红，呈旺盛势头。你栽种的几棵麦兰，都长出了不少花蕾，似比去年还要多，有的已经开花，香气四溢，这都是你精心培育的结果。你放心，我每天都按时浇灌、喷洒，精心护理，以便我们共同赏花、看绿。

2002 年 1 月 13 日

第 10 封信

振　荣：

又有好多天没在这里和你说话了，但在我心灵深处却是天天与你对话，不知你能否听见。我只是埋怨你不跟我说一句话，哪怕在梦中能见上一面，可连这点都做不到。

　　你走后，老家的二妹陪我度过了这段难熬的日子。今天她回去了，因为已届年关，不能不让她回去料理一下家务。她在这里一直忙这忙那，我已经于心不忍了，很感谢她，也代替你对她表示了感谢。我没有什么东西送她，只有放在她兜里 200 元钱，以表心意。我们两人情同亲姐妹，是共同含着眼泪分别的。

　　小群前天晚上回来了，是建新去车接的。小红也在这里，兄妹三人当晚都在这里陪我度过了周末，使我感到温暖。小群是为他调动回济的事应约来面谈，望能谈妥。

　　不知为什么，这几天心脏又有点不舒服，每逢这时，眼前总映出你为我拿药、帮我吸氧的情景。不过你放心，孩子们也是像你一样对我百般关心、照顾。我实在不愿过多牵扯他们的精力，因为他们的工作压力都很大。我不忍心再让他们为我分心，可你又不在，能怎么办呢？

2002 年 1 月 21 日

第 11 封信

振　荣：

　　这些天虽没有提笔和你交谈，但我在心里无时无刻不在与你说话，特别是只剩我一人在家，或中午、晚上休息时，你的音容笑貌在我眼前挥之不去。但这些都只是回忆，为什么就不能见到真实的你，哪怕是一分一秒的时间，能真真切切地见到你，我也会感到满足、幸福。我时时幻想，忽然看到你开门进来，或坐在写字台前写作，我会像往常一样给你送一杯茶水；你也会像往常一样，虽眼睛不离书稿，但仍抬手表示谢意。这以前每天都会出现的画面，就是再重复几千次几万次，我也会感到温馨、亲切、融洽、幸福。为什么现在仍是那间书房，仍是那样熟悉的写字台和舒适的椅子，却显得那么空旷、寂寞，没有了生气？那样美好的画面就再也见不到了？振荣，我不知道你现在的情况怎样，是不是也很孤独、寂寞。你说我们两人都这样待下去可怎么办呢？

　　振荣，我知道你没有走出这个家，因为你舍不得离开。我不愿让你看到我难过，尽了最大努力克制自己，但我对你的感情又实在难以控制。你知道，我的生活中怎么能没有你？家中、外边有什么事，都是你出面应付；有亲戚朋友在家吃饭，也是你细心安排，帮我料理；有时遇到什么难事，同样是你帮我出主意；上街过马路，你怕我眼不好，每次总是搀扶我、领我、拉我安全走过；我每次犯病，也是你为我拿药、端水、安排吸氧。我终生难忘，1994年3月18日凌晨2时，我突然发病，眩晕、呕吐不止，伴有心绞痛，你忙前忙后，见吃药、吸氧不行，随即叫了急救车。你与传达员老张冒着小雨用担架把我抬上车，送我去医院。你在急诊室守护我半夜，其间还跑进跑出，交钱拿药。当时我见你疲倦的样子，心中极为难过。更使我于心不忍的是，至天亮我病情好转被送回家后，你随便吃了口饭，没等休息，又骑车出去开会。振荣，你也是近70岁的人了，这样里外忙碌，能受得了吗？你每次出去参加会议或活动，总是打回电话询问，怕我又犯病……振荣，你为我付出了太多，而我没有好好地照顾你。你一生中没得过大病，最后算一次大病，但没等我多照顾你几天，就匆匆离去。你想，我怎么能接受得了？现在，好像一切都不存在了，我心中只有两个字——后悔！

2002年1月30日

第 12 封信

振　荣：

2002年的春节到了，只是没有你在，我心中特别凄凉。为了不使孩子们难过，不让他们为我挂心，我事先告诫自己，一定忍住悲痛让孩子们高高兴兴过年。因小群节前在家陪了我一段时间，我便让他回去陪苏艳、乐乐过年。小红今年在这里，建新、艾萍、牧牧都在。我知道你没离开家，所以我们一家也算过了个团圆年。

今天是年三十，晚上建新为你请了香、纸，也在你的遗像前摆上了饭菜、水果，我相信这些你都看到了。另外，在饭桌边我们为你留出了你平日坐的椅子，摆上了碗筷，孩子们也为你斟酒、夹菜，这使我深切感到你就在我身边和大家一起吃饭、谈话。可这一切只是我的感觉、我的想象，不能真真切切地见到你，我心中总是空荡荡的。我只有将泪水往肚里咽，怕孩子们看见，惹他们伤心。

饭后，我照样观看中央电视台春节联欢晚会，实在感到无滋无味。近凌晨1时躺下，我辗转反侧，不能入睡。

2002年2月11日

第 13 封信

振　荣：

今天是大年初一，早5时多醒来，一直未睡。建新、艾萍因机关有活动走了，只有我和小红、牧牧在家。一上午家中人来人往不断，而且时有电话打来。虽说大家是看望和问候我，实际也是看望和问候你，因为在我心中你没有走，时时和我在一起。登门看望的有：文联的孔燕、于艾香、赵鹤祥、王欣、罗清泉、曾毅夫妇，报社的朱希森夫妇、孙海臣、王泉堂夫妇，宣传部的周长风等。节前，市委办公厅的几个主任、处长，政协的高凤胜，民革的张乃仁，好朋友朱建信，文联的蒙沙、孙国章等都亲自到家问候。另外，建新的同学朱言南、李瑜祥、秦鲁隼、袁爱国等也都分别到家或打电话、捎话问候。山师大的张磊、宋遂良两位教授，济南大学的袁梅教授，平阴的孔令才、鹿荫焕、孔宪才等也都打电话问候。还有孔孚的夫人吴大姐两次打电话来，使我感到亲切，令我感激。另外还有许多记不起名字的朋友打电话来问候。

振荣，这么多好同事、好朋友来家或打电话，实际都是为你而来。振荣，我时时感到十分后悔。你手术后恢复期间，我为什么没有想起你已多日不服治疗冠心病的药？为什么不问大夫点滴药里是否有治心脏的药？我也太相信医院了，总以为在医院一切都不用咱们操心。如不能服药，我又为什么没想起问问大夫，含化一点速效救心丸行不行？还有，使我最后悔和终生遗憾的是，在抢救中我为什么那么违心地任他们摆布，没在病房守着你、陪着你？我因此没有见到你是怎样走的，我想你那时非常需要我，而我又何尝不愿守在你身边？振荣，你不埋怨我吗？同样使我终生遗憾、至死不忘的是，你走后我没有在你身边多陪伴一会儿，多看你一眼，多与你说说话，问问还有什么需要交代的事。不知为什么，当时我脑子一片空白，只有悲痛——撕心裂肺的悲痛，失去了思维，想不起任何事情。所以连你穿的什么衣服，是否擦洗干净身子，这一切的一切，我都没想、没问，就迷迷糊糊地被他们拉走了。我为什么那么糊涂？为什么就那样失去了控制？我回到病房，一天一夜没有合眼，尽管注射了催眠药又服下两片安定，但仍无济于事，脑子里满是我们两人相依四十五年所走过的既坎坷也顺利的路。我总想，我们还能相伴多年，从没想过会突然永远分别。就是至今，我还是不相信我们就这样匆匆离别、永不见面了，但事实又使我不能不信，这种残酷实在太折磨人了。振荣，你说我该怎么办？我知道总这样不行，你也不愿我这样，为了孩子们，我也不应这样，但有时根本控制不住，都是因为你走得太急、太早！

2002 年 2 月 12 至 21 日

第 14 封信

振　荣：

每逢感到寂寞难耐之时，我总想给你写信，和你说说话。至昨天为止，你已走了整整一百天。这一百天是我七十多年的人生路上最难熬、最孤寂，既后悔又遗憾的一段复杂、坎坷的路程。过去我总认为，与众多的家庭相比我们是一个幸福的家庭，我们两人始终相亲相爱，生活上互相照顾，工作事业中互相帮助；孩子们学习、工作努力，孝敬、懂理，工作都有成绩；孙辈的三个孩子在学习上也都卓有成绩，着实让人喜爱，我们对他们都寄予了厚望。可是天有不测风云，人有旦夕祸福。人间最大的祸，竟突然降临到我们这个幸福的家庭，过早地打破了一切平静。试想，谁能承受得了？这是人间最大的不幸，对你、对我、对孩子，都是个沉重的打击。有什么办法？只有面对现实。

振荣，你走了一百天了。今天我和孩子们去看望你，又和二妹给你包了饺子，因已是正月十五，还为你煮了汤圆，以表心意。我和建新对你说的话，我想你已听到。特别要告诉你的是，我的身体由于孩子们的关心、照顾，一切都好，望你放心。孩子们对我的孝敬，使我得到了莫大的安慰。为了你能安心休息，为了孩子们能安心工作，我一定调整好心情，好好地生活，尽我所能支撑这个仍然幸福的家庭。在我的心中，你没有走，仍每天和我在一起，所以，还是我们两人共同维护着这个家庭。只要我认为你还像往常一样和我在一起，我就不再难过。我要天天和你一起看书、看报，做家务，护理花草。你看，阳台上的花开得多鲜艳，这也是我们两人的劳动结晶。

2002年3月1日

第15封信

振　荣：

我本想过一百天后不再给你写信了，改写日记，随时记录我对你思念的心情，并记录你关心的一切事，等到我们真正会面时带给你。同时，我想我记下的一切你也能看到，因为我相信你永远在我身边，永远陪着我。但是，思前想后，那样写不是直接和你说话，没有亲切感，只有用写信的形式和你交谈，才能使我感受到你真的没有走，我们只是暂时的分别，总有一天你会回来。我有时甚至幻想你忽然推门进屋，或者一转眼见你在书房写字台前看书、写作。我总想会有那一天，所以天天盼着，盼着这一幸福时刻的出现。只有这样，我心中才有希望，我心中的悲痛才能减轻。为此，你的书房仍保持原样，衣柜里你的衣服还照原样摆在那里，你每次外出开会、参加活动穿的大衣、西服还原样挂在衣架上。我每每看到这些，尽管心酸、难过，但因它们和你在时一模一样，所以能强迫我去想，你还会回来。我等着你，因心中有了希望、有了期盼，我才能安心等待。

2002年3月3日

第16封信

振　荣：

转眼又是一周了。这个双休日只有小红来待了大半天，建新因参加市人代会没有来，孙子和外孙女因功课紧、作业多，更是少有机会来，所以只有我和他二姑姑在家。实在觉得寂寞、烦闷得很，我只有在这里向你诉说一下，才能宽宽心得到一些安慰。我不知道这样的日子以后怎么过。我时时想着你仍在陪伴着我，但总也不能实实在在地见到你，心中觉得空虚得很。

今天跟你说几件你关心的事，我想你听后一定会非常高兴。2001年学校期末考试，三个孙辈的孩子成绩都算不错。牧牧比刚入学时进步了，也适应了学校的环境，学习比以前更努力了。全校这一年级共一千六百多人，他的成绩排在一百多名，他自己保证下学期再向前进步。叶子的成绩比牧牧差些，但也在中上游，特别是外语成绩是全班第四名，只是理、化差些。这仅是第一学期，再努把力，我想她是能够赶上去的。乐乐的成绩最好，考了第十名，这是他入学以来的最好成绩，看来他今年考重点高中是没有问题的。这孩子上进心强，听苏艳讲，他年初一仍在学习，让他休息都不肯。

还有小群的调动问题，他准备到市教育学院任教师，3月到校试讲，什么时候定下来了，我一定立即告诉你。小红3月下旬去聊城参加全省百佳教师培训，全校仅她一人参加。建新仍忙碌得很，经常星期天也不能休息，他实际早已成为工作班子的骨干，只是太劳神了。

振荣，你看，你的孩子们、孙子们多么争气，这真使我们做父母的感到欣慰。你对他们想说点什么，望告诉我。我知道你听到这些消息一定是非常高兴的。

2002年3月4日

第 17 封信

振　荣：

　　现在已是阳春三月，天气逐渐转暖，又到了可以每天外出散步、锻炼身体的好季节。过去每到这时，我们总是每天早晚两次并肩外出散步，看哪里的树叶开始返青、哪里的小草冒出了新芽、哪里又多出了什么建筑。我们漫步大街小巷，谈论着说不完的话题，心情是那样的愉快。特别是当看到哪里又多出了一片新工地、新楼房、新商店，我们都特别兴奋。在华联超市兴建期间，我们几次步行去看进度；兴济河路隔离带中间栽植了冬青，我们也同样前去欣赏；就连宿舍斜对面开始装修门面要建酒店，我们都极为高兴，尤其是当你第一次发现后，竟欣喜地说报告给我一个好消息。这些虽都是些很微小的事情，但却反映了我们的心情。我们是热爱生活、热爱我们的城市的，因此只要看到她有一点新变化，我们都会从心底里感到高兴。

　　振荣，以上这一切景象我都还历历在目，可它已完全变成了回忆。虽同样是暖融融的春天，但在我心里现在仍是严寒冬天，没有了你，一切都变得那么平淡无味。我已经很久没有早起外出散步了，起床也没那么早了。振荣，我不知道你现在怎么样，我很牵挂你、想念你。亲戚、朋友、孩子们都嘱咐我要振作、要保重，我也尽量去做，但始终很难平静。你想，我们相依大半生，在我毫无思想准备的情况下你突然离去，我们再也见不到面，谁能接受得了？我实在没有办法。振荣，你能显一显灵让我见见你吗？哪怕只是短暂的一刻，哪怕不说一句话，只要能见到你，我都会心满意足。我终生期待着这一时刻，因为我根本不相信你真的就这样消失了。

2002 年 3 月 10 日

第 18 封信

振　荣：

　　你好！时间过得太快了，我们分别已四个多月。在这一百多天的时间里，我也不知是怎么度过的，可说是在思念、悲伤、昏昏沉沉中度过的。我知道你不愿我这样生活，你愿我能愉快地度过后半生，我也在尽量做。为了不让你牵挂，不让孩子们分心，不让我的弟弟妹妹们担心，我也一定要振作起来，好好生活，因为还有很多事要我去做。你留下的一些材料、书稿我还要为你整理好；孩子们没有了爸爸，还需要妈妈来抚慰他们。虽然我帮不了他们什么忙，甚至还会不断地给他们添负担和麻烦，但我想只要妈妈还在，这还是孩子们的家，孩子们还能经常聚在一起，享受一下共同的家的快乐。还有，孙辈的三个孩子是你最疼爱和最关心的，他们的成长、今后的发展，我有义务及时告知你。我知道他们的点滴进步、变化、成长，都是你最关心的。过去我们不是经常津津乐道地谈论他们小时候的一些趣事吗？今后，我仍要以这种方式同你一起谈论他们的现在和未来，以使我们共同享受这些快乐。

　　振荣，今年的清明节又快到了，我盼望着届时再到英雄山去看望你。我怎么也想不到今年会以这种方式度过清明这一天。振荣，你好吗？在那里是否寂寞、孤独？为什么不来家看看，我和孩子们都非常想念你，我想你同样很想我们。也许你一直在家，能天天见到我们，我一直相信你从没有离开咱们的家，我根本就不相信你会永远地走了，甚至每天都渴望着你出现在我的面前。有时屋里很静，忽然听到一点动静，我总想象是你回来了，如果真是那样，该多好啊！

2002 年 3 月 31 日

第 19 封信

振 荣：

今天是清明节，怕这一天你那里人多、太乱，不能静心和你说说话，因此我和孩子们于 4 月 2 日提前去看望你了。一起去的还有潘林、新林、小聚、周芳、小朋、李平，我想这些你也都见到了。因为怕你挂心我，所以我早就在心里嘱咐自己，去看望你时，不再在你面前流泪。可是，当看到了你的"房子"，见到了你的照片，身处那肃穆、空寂的环境时，我又一次控制不住感情。振荣，对不起，我知道你不愿见到我这样，因为看到我过于悲痛，你同样会伤心、牵挂。可是怎么办呢？我这四个多月来，真是尽了最大的努力来控制自己，也可说在你突然扔下我们匆匆离去的这段苦难岁月中，我是伴随着眼泪挺了过来。

振荣，你放心，你走后，孩子们都特别关心、体贴我。那天在你面前，建新和小群都向你讲了他们的心里话，看得出，他们十分想念你，也都向你表示要好好照顾我。小红去聊城参加全省百佳教师培训班，没能来看望你，但她同样时刻怀念你，并时时关心我。振荣，咱们的孩子都是极为孝顺的孩子，两个儿媳妇也都很懂事，很能体贴、照顾我。苏艳向小群提出每月给我 200 元钱，以补贴生活。你想，我怎么能再要孩子们的钱呢？振荣，你给我留下的够多了，谢谢你。总之，有这些孝顺的孩子们照顾，我感到很温暖，你也不要过多地牵挂我了，只是希望你能常回来看看。虽然你来时我见不到你，但只要你给我一个信息就足够了。

2002 年 4 月 5 日

第 20 封信

振 荣：

你好吗？总是很想念你，为此，我将你在写字台前看书的照片，以及我们在青岛海边的合影，都摆在了我随时能看到的地方。每天都能见你几次，我感到那样的温馨和亲切。这样你时时都在我眼前，能缓解一下我对你的思念。

振荣，你的散文集《北方的榆树》获得了市文联主办的"济南文艺奖"和市委宣传部主办的"济南精神文明建设精品工程奖"。看到印刷精致的获奖证书，我想起了为你抄写书稿的情形，感情又一时难以控制。我常想，人世间为什么会有那么多伤心事，我过去从没有体验过，现在是真真切切地体验到了。我虽是尽最大努力驱散这些阴影，但实在是太难、太难。

2002 年 4 月 10 日

第 21 封信

振 荣：

又好多天没写信与你说话了，但我在心里没有一刻不在与你诉说一切。今天向你说说这几天的情况。

4 月 6 日，建新陪我和艾大嫂（亲家母）去了泰安，小袁（爱国）夫妇俩接待了我们，并一直陪同逛了岱庙、普照寺、黑龙潭、冯玉祥墓等景点。外出散散心，我虽觉心中畅快了一些，但想起哪次外出旅游都是我们两人一起，这次却没有了你，心中仍觉空茫。爱国很热情，对人很亲切，一直搀扶着我。他说早就想邀我们去泰山玩几天，并嘱我什么时间想去，就让建新打个电话，他会像对待母亲一样照顾我，这使我十分感动。我虽与他相识很多年，但从没像这次一样感到这么亲切，真像自己的孩子一样，临走时还有些舍不得离开他们了。

振荣，小群的工作一直没有落实，他已去山东建筑学院试讲过，结果学校只要了一名年轻的硕士生。上星期四他又到市教育学院进行了试讲，至今尚未得到消息。你在时曾联系过的鲁能电子集成有限公司，虽没拒绝，但至今没有研究决定是否接纳。他已经有四个多月没有工资了，至今定不下去向，究竟怎么好？我很发愁，总是想如果你在那该有多好，能给孩子拿个主意。我曾想实在不行，让小群再回研究所算了，现在所里效益不错。还有，长期让苏艳和乐乐在石家庄，我总是很挂心。振荣，你说怎么好呢？小群这孩子21岁就离家去了外地，总觉得和父母在一起待的时间太短，现在你又突然走了，他没有了爸爸，我想他是愿意和妈妈在一起多待几年的。他说，总愿叶落归根，这里有他的亲人。他甚至说要在玉函山公墓买两处墓穴，他和苏艳将来要和爸爸、妈妈葬在一起。振荣，你听见了吗？孩子是多么不愿离开父母啊！

小红在聊城参加全省骨干教师培训班还未结束。她的自学考试进行到写论文的阶段了，论文内容是如何提高学生的口语水平。山东大学的指导教师对她的论文很赞赏，写的批语是："非常之好，一个普通中学的教师，能为学生做出那么多事情……真希望人人都能写出这样的文章。"老师的这一评价可说是很不错了。论文通过后，还剩答辩最后一关，可以肯定是没有问题的。这样，小红就可以拿到本科毕业证了。咱们的几个孩子都那么努力、上进，振荣，我想你听到这一消息，同样是非常高兴的。

牧牧在初中时写的一篇文章，题目是《时间停止了》，你可能也看过，他投给了《中国少儿》杂志，已经发表，并收到了80元稿费。他才17岁就拿到了稿费，可能比你初拿稿费还要早几年。振荣，你高兴吗？这孩子文、理科相比还是喜文，这也是从小受家庭熏陶的结果，我想受你的影响最大。可是，振荣，你为什么那么早就走了？不只我们全家需要你，咱们的小孙子今后在文学道路上，更需要你的指引和帮助，但这一切永远都不可能了。写到这里，我望着你在写字台前伏案看书、写作的照片，你是那么精力充沛、聚精会神，我实在不相信这样一个活生生的人，会永远不回来了。振荣，你快回来吧！我和孩子们等着你，不然我实在是太难受、太难熬了。

振荣，你为市政协编的《文苑高手颂济南》一书，还一直都堆放在家里，不知送谁几本，你能告诉我吗？政协已送来了编辑费，我代你写了收条。这是你用心血换来的，因这本书是你最后忍着病痛完成的，所以这笔钱就显得特别珍贵。

2002 年 4 月 10—15 日

第 22 封信

振　荣：

　　这段时间小群一直在家陪着我，所以我的心情还算稳定。由于吃了一段时间的中药，我的身体这些日子还好，没再出现不适反应，望你放心。只是我仍每天都在想着你、思念你，不停地回忆我们在一起的情景，因此你的音容笑貌无时无刻不映在我的眼前。有时我实在控制不住，只有背着孩子伤心流泪。我不知道这样的日子何日终止，我想只有等到我们在另一个世界相见为止。

　　小群的工作总算有了眉目，他被山东积成电子股份有限公司录用，任职于该公司的测试部。这个单位是你在家时曾联系过的，我想你听到后也一定非常高兴。小群于 29 日查体，一切正常，估计节后就能上班。他已于今日回石家庄。由于他长期在济，苏艳和乐乐在家，我还真有些不放心。

苏艳身体不太好，既要工作，又要一人照顾乐乐，真是难为她，我总挂心，只有尽快为苏艳找一份合适的工作才能了却我的心事。乐乐正面临中考，这孩子上进心强，所以压力大，现在小群回去了，帮苏艳好好照顾他，望你放心。

小红在聊城的培训已结束，小群走后她在这里陪伴我。她的自学考试还剩最后一项科目，即5月4日去山大外文系答辩。由于她的论文已得到指导教师的好评，所以答辩是不会有问题的，几年的辛勤努力，将结出丰硕的果实。振荣，咱们的孩子中增加了一个本科生，这是咱们家的又一件喜事。如果你在家，我们共同享受这一喜悦，那该多好！为什么世界上有那么多不幸的事让你无力摆脱？我们是那样一个完美、幸福、快乐的家庭，为什么这一切一瞬间就消逝得无影无踪？振荣，你能想到吗？我是实在也没想到。

2002年4月30日

第23封信

振　荣：

一年一度的"五一"长假又到了。今年的"五一"济南市特别热闹，但对我们的家庭，特别是对我来说，却是那样清冷和孤寂。这使我情不自禁地又回忆起去年"五一"假期，我们与振夫、建新一起去灵岩寺、五峰山的情景，那是多么幸福、快乐的时刻！我渴望今生今世还能与你重游故地，哪怕仅有一次，我能与你相伴而行，也就心满意足、死而无憾了！振荣，你能满足我这唯一的要求吗？我明知道不可能，但我还是痴痴地等待、等待。

振荣，谁都知道，你是那样热爱泉城，关心着她的建设，每看到她有一点发展变化，你都会异常兴奋，就连兴济河附近哪里新建了一处楼房、哪里新开了一家商店，你都会高兴地对我一遍遍述说，甚至不止一次地前去观看。我也因此受到了你的感染，对此特别有兴趣，所以你常常开玩笑地说，"梁市长"又要视察城市建设了。自你走后，咱们所处的城市更加飞速发展，真可说是日新月异。特别是泉城路的拓宽改造工程已胜利竣工，泉城路于"五一"正式通车，同时珍珠泉也正式对游人开放。振荣，如果你听到这一消息，我完全能想象出你那兴奋的样子。

因在我的心目中，你能与我一起去亲眼看一下新泉城路的风采，所以我愿意与建新、小红、叶子一起去逛逛泉城路。振荣，你看到了吗？尽管马路拓宽了不少，但仍是人流如潮，那花坛、水池、喷泉、雕塑小品、供行人休憩的坐椅、太阳能电话亭、自动售货机，以及新建的楼房等，更是令人目不暇接。我想如你在家，一定又会抒发一番感情，为泉城路写出一篇佳作。我同样会仔细地为你抄写，使我们再共同享受那"墨香中的陪伴"。

2002年5月3日

第 24 封信

振　荣：

你好吗？今天只剩我和叶子在家，小红去山大进行自学考试的答辩，建新去青岛了，小群在石家庄，牧牧自己在家写作业，所以我感到特别寂寞难忍，甚至不自觉地在屋里到处寻找。找什么呢？我希望能找到你，和你说说话，以解心中的烦闷。振荣，你知道我是多么想念你，我们相依相恋四十多年，你从没离开过这么长的时间。起初我总安慰自己，你是出差去外地了，不久就会回来，强迫自己不过多地去想，静静地等着你。可是至今已五个多月，我等到了什么？

2002 年 5 月 5 日

第 25 封信

振　荣：

　　已有三个多月没有给你写信了，你一定生我的气了，真对不起。你知道，尽管没在信中与你说话，但我在心中却每时每刻都在与你对话。虽近一年的时间没有见到你，但你的照片一直摆在写字台上，我每天都像见到你本人那样，那么熟悉、亲切，你在我心中的位置仍是第一位的，永远不会被抹掉。

　　振荣，你知道吗？我心中装了那么多事需要告诉你，但一时又不知从何谈起。近三个月来，晶洁一直在这里陪伴我，使我减轻了你走后的寂寞与孤独，真切感受到了同胞姐妹之间的亲情。冰洁也时常过来看望，我们三姐妹在一起谈心、聊天，使我得到了极大的安慰。人们常说，女儿是妈妈的贴心小棉袄。暑假期间，小红和叶子大半时间在这里陪我，没有了你的照顾，孩子更加关心、体贴我。只要她们在，我就感到平静、踏实，而她们一走，我就感到空虚、郁闷。暑假将要结束，她们又该走了，屋子里又该空旷、寂静了。相信我，也不要挂心我，不是还有你的照片陪我吗？我相信照片和本人一样，有你在我不寂寞。

　　建新于 15 日去日本了，已来过几次电话。他在家时虽不能天天来看我，但每周总会过来一次，现在他走那么远，我心中既想念又挂心，盼他早日回来。振荣，你不在我身边，我对孩子们特别依恋，真想天天能见到他们，但这又是不可能的事。多么想让孩子们搬过来与妈妈说说话，但他们工作忙，又那么远，这一愿望我只能在心中苦想，是绝不能要求孩子们这样做的。

小群已在山东积成电子公司工作了三个月，尽管早走晚归，但我每天都能见到他，有孩子在，家里有生气、有温度，能互相照料。特别是小儿子离家那么多年，现在回到家乡工作，能每天陪在妈妈身边，这是我多少年的愿望，真使我既高兴又欣慰。但是事情又出现了波折，一是他感到工作不太适应；二是苏艳很难调动；三是他原先工作的研究所技术部需要人，同意他回去。振荣，我的心情很矛盾，我不愿让小群走，但看到他在这里上班，早出晚归，还要不断跑回石家庄，照顾一下家庭，太劳累了；又想到让苏艳一人在家照顾乐乐，真是于心不忍。为此，我考虑再三，最后还是让他回去了。振荣，这次小群从联系工作开始，前后在家待了半年多，也就是你走后他陪了我半年多，我应该知足了。可他走后，我又突然感到寂寞难忍，心中空荡荡的，像少了什么，难以平静。幸亏晶洁在这里，我不能表现出低沉的情绪。振荣，你能想象出我当时是一种什么心情吗？我想，你肯定会体会到的。这些我没有对任何人说，只有在此向你诉说。

振荣，还有一件你最挂心也是最愿知道的事，今年中考，乐乐考取了河北省重点高中——一中，你听后一定会非常高兴。这孩子学习一直很刻苦、很努力，上进心强，总怕落在别人后边。刚考完时，他一度自我感觉发挥不好，担心进不了一中，事实证明，考试成绩是不错的。这月7日，苏艳带他来看我。你知道吗？乐乐的个头比牧牧还稍高一点，简直是个大小伙子了。振荣，你若在家见了时时想念的小孙子，该有多高兴！他们在的这几天，我虽感到有点疲倦，但心中是高兴的、温暖的。振荣，我现在是多么需要亲情的呵护啊！

2002年8月

第 26 封信

振　荣：

　　近几个月，人来往不断，又值暑假，小红和叶子多半时间在这里，因此我的心情较平静，身体也不错，你尽管放心，不要牵挂我。今天是9月1日，新的一学期开始了，家中也再次人去屋空。孩子们不放心我，执意要为我找个小保姆。孩子们关心、孝顺，这我完全知道，但不知为什么，我总感到有个外人在身边，各方面都不习惯，不如一个人自由自在。再加上这几个月，我总觉与你单独在一起的时间太少了，就连静心给你写信的时间都没有。因此，我不愿急切地找保姆，想一个人静静心，和你说说话。我知道孩子们挂心我的身体，担心家中无人，一旦我身体不舒服，无人照料。但我想这不是大问题，因我心脏仅是慢性供血不足，不会有太大危险。振荣，你在医院守着那么多大夫都没能得到救治，又何况只有一个小保姆在身边？你的离去，我至今不敢想，一回忆起那历历在目的一切情景，我心中立刻感到疼痛不适。为了身边有人做伴，更为了不让孩子们挂心，最后我同意了找个保姆，但谁知人来后，可能因年龄小，想家，又回去了。此事以后再说吧。

　　建新从日本取道韩国已于30日回济，这是我们家第三个出国的人了，真使人高兴。他给我带回来一枚白金戒指，虽然不是很贵，但不论价值多少，孩子有孝心，想着妈妈，比什么都珍贵，这也是对做父母的极大安慰，我会珍惜的。

　　振荣，还有件事忘了告诉你，你走前没来得及投出的散文《红叶谷游记》，建新整理后投到了《山东文学》，现已在2002年第7期"美之苑"栏目发表。责编在后记中写道，这是你"病逝前的绝笔之作，本刊选发以示纪念"。我想，你听到这一消息，一定非常高兴。只是我不知道，你还有多少没写完、没寄出的作品，能想办法告诉我吗？

2002 年 9 月 1 日

第 27 封信

振　荣：

　　牧牧、叶子今天正式上课了，他们已是高二的学生了。实验中学从高二开始分文、理科，他们两人因比较喜欢文，所以都选择了文科，我想这可能是受你的影响。孩子们自愿选择，家长只有尊重他们的意见。看来，你一生为之倾注了全部心血的文学事业，我们的第三代人又可以继承了。我想，你听到后也会满意的。

　　乐乐 9 月 1 日就开学了，高一 17 个班中有 4 个班是重点班（奥林匹克班），他被分在了重点班，真使人高兴。乐乐这次参加军训 10 天，经受住了考验。过去我总担心他的身体吃不消，现在看来，没什么问题。事实证明，孩子离开了父母，什么苦都能吃，也同样能锻炼独立生活的能力。

2002 年 9 月 2 日

第 28 封信

振　荣：

　　只有以这种方式和你说话，才能缓解我对你的思念，才能缓解我心中的寂寞与烦闷；也只有这样，才能使我觉得你还在家，还在我身边。你离开我们九个多月了，至今没有丝毫音信，我真希望能得到你的一点信息，可是始终没有，只在梦中见面几次，可那太短暂了。我真希望能见到你奇迹般地回到我们的新家，试想，那该有多么使人高兴，又多么令人幸福啊！明知这是不可能的事，但我还总是热切企盼着，真没有办法。不过，有一天凌晨，我在似醒非醒之中，忽然听到了一声熟悉的呼唤——"玉洁！"这是你的声音，是你在喊我，声音是那么真切、有力，真像平常一样。我听到你的呼唤，立刻不加思索地答应了一声，随即就醒了。我明明听到你在叫我，即刻睁开眼到处寻找，可是什么都没有找到。振荣，你是不是回来了？为什么不多和我说几句话？为什么不让我看到你？这是为什么？你知道我是多么想念你，你为什么那么早就走了？为什么不等着我，让我痛苦地度过余生？孩子们都在时，我心情平静，可他们一离开，我就感到那么孤独、寂寞。没有了你，我对孩子们是那么依恋，不愿离开他们。振荣，你说该怎么办？

孩子们不放心我一人在家，经平阴孔安生介绍的小保姆已经来了，是平阴胡庄的，一个17周岁的小姑娘。她人很老实、勤快，也能做点饭，有时陪我外出走走。有个伴儿虽然好些，但总归不是自己的亲人，纾解不了思念你、思念孩子们的寂寞心情。我曾说，愿晶洁在这里定居，她总归是自己的同胞姐妹。

2002年9月5日

第29封信

振　荣：

你好！今天是周六，我因在家实在寂寞，便与小菊（小保姆）到建新的宿舍待了一上午。我有一段时间没见到任牧了，很想他。牧牧确实长大了，成熟多了。暑假期间，他自己去了北京两趟，一趟是参加全国少工委组织各省学生参加的暑期活动，他协助一名老师带队去内蒙古十几天。我问他收获怎样,他说带队期间忙坏了,既当"爹"又当"妈",也就是安排住宿、吃饭、活动等事务,带队老师都交给他办。我想,他从去年去新疆到今年去内蒙古,活动组织方都交给他不少任务,他都完成得很好,在活动中也经受了锻炼,增长了不少知识,增强了处事能力,这对他今后的成长是很有益处的。振荣,我认为在牧牧身上蕴藏了不少你的基因,他对文学的热爱、处事及组织活动的能力等,都有你年轻时的影子。我想,你听到这些,一定是非常高兴和欣慰的。只是你不能亲眼看到,不能亲身对他指点、培养、引导,真是太遗憾了。想到这些,我心中很不好受。振荣,我为什么至今都不认为你永远地走了,不再回来?每天经历与以往相似的一切事时,我总是想到你。心中时时有你在,但眼前又总见不到你,到哪儿找都没有,你想这是多么残酷的事实!振荣,我见不到你,你能看见我吗?我想,你也是牵挂我的,不然那天早上我为什么会听到你喊我?

我在建新的宿舍待了半天,心情很愉快。因建新下午参加教育学院校庆座谈会,所以由艾萍开车送我们回来。幸好下午小红和叶子就来,起码这两天我不会太寂寞了。

2002 年 9 月 7 日

第 30 封信

振　荣:

我从《济南时报》上看到一条消息,孙静轩到济南来了。济南时报一位署名"雪岑"的记者写了一篇访谈,题目是《"中国诗怪"的灵与骨——泉城专访诗坛狂人孙静轩》,报纸还登载了他的两幅照片。文章中说:"孙先生是中国当代诗歌史上有着重要地位和影响的诗人,他的诗歌,他的怪才和傲骨、狂妄的魅力,他的经历和传奇,都像磁石一样,吸引着后学之辈。我还有幸得知，他20世纪50年代曾经在《济南工人报》任职，而《济南工人报》正是《济南日报》的前身，我们五十年前是一家。"

振荣，我看了这篇专访，感到有的地方与事实不符。文章是这样写的：济南解放初期，孙静轩"先后在《青年文化报》《济南工人报》做记者，诗文已经小有名气。与当时的徐北文、孔孚并称'齐鲁三大才子'，因为他们三个是拜把兄弟，时称'徐老大、孔老二、孙老三'。"这里写的"拜把兄弟""三大才子"我是第一次听说。若干材料和不少人的文章，都提到你们四人在当时是较有名气的，也曾有文章说你们是当时的"四才子"，就连徐北文教授在给你的散文集写的序中都提到你们四人的关系。但在这篇访谈中，却丝毫没有提到你的名字，我看后心中很不是滋味。振荣，你和孙静轩是年轻时就在一起的非常要好的朋友，这次他到济南来，国章曾向他提议来看看我，他说"还是不去了吧，去了很伤感"。这我理解，其实说心里话，我也不愿他来，怕又引起心中的隐痛。我想打个电话总可以吧，但没有。唉，静轩就是这么个脾气，随他吧。不知我的这些感受和想法是否正确，振荣，你认为怎么样？

提到朋友，振荣，我想告诉你，有些朋友自你走后，对你的感情始终如一，对我的关心也使我十分感动。如东北通化的孙秀清、济南空军的朱建信、平阴的鹿荫焕，以及市文联的孙国章等，他们都几次打电话来问候。建信还多次到家来看望，并在你走后的"三七"，与我们一起去英雄山看望你，我想你一定见到他了。平阴的孙士贵和鹿荫焕也都专程到咱们家探望，还有孔令才等最近也捎口信要来看望。这些好朋友，我真的十分感激他们。振荣，他们都没有忘记你。

2002年9月9日

第31封信

振　荣：

　　天气渐渐凉了，不知道你现在在哪里，我很是挂念。回想去年这时，我们正准备去游红叶谷或华山，但现在却只剩我一个人。还是那么秋高气爽，风景宜人，但没有你在，一切都变得那么无味。这些天我又患了感冒，头疼，身体极不舒服，因此更加感到孤独、寂寞，有时甚至到了难以承受的地步。幸好，又到了周末，上午建新和艾萍带来了感冒药，下午小红和叶子也来了。一个星期是多么漫长，我每天都在盼着这一天的到来。现在能和孩子们团聚，是我最大的心愿，可是时间太短暂了，什么时候能天天见到他们，与他们生活在一起？

　　振荣，你的散文集《北方的榆树》被山东省作家协会评为第一届齐鲁文学奖获奖作品，今天《当代小说》编辑部的刘照如将代领的奖金送来了。济南市有三人得奖，除你之外，还有于艾香、刘玉栋。今年春天市作协征求我们的意见，问《北方的榆树》是否参加"齐鲁文学奖"评比，我和小群商量还是参加为好，我想你也是同意的。省作协要去了五本样书。这样，散文集《北方的榆树》共得了三项奖：一是市作协评选的济南文学奖，二是市委宣传部评选的精品工程奖，三是这次的齐鲁文学奖。振荣，如果你在，该有多么高兴！我想这本集子也可以说是你一生中所写散文的精华，是否也可作为你的选集？你曾经有个愿望，要出本选集，并说过将来看哪个孩子能为你出这本选集。建新也认为这个集子实际就是个选集。不过，作为你一生中所写散文的选集，这本集子的篇幅是否短了一些？出不出，什么时间出，再和孩子们商量吧。振荣，你有什么意见，能给我一个信息吗？

2002年9月16日

第32封信

振　荣：

　　给你写信已成为我生活中一项不可缺少的内容，因总见不到你，不能面谈，而有些话总想对你说，有些事愿你知道，所以没有办法，我只能以这种方式来表达。我在去年你走后给你写的第一封信中就说，那是给你的一封长信，至今我仍要继续写下去。因为我感到只有这样，才能抚慰我对你牵挂、思念的感情；也只有这样，才能使我感到你没有走，还在与我说话，总有一天还会回来。

　　这几天天气晴好，我的感冒已经好了，望不要挂念。今天是阴历八月十二，一年一度的八月十五就要来临。我不敢去想去年八月十五的情况，但又怎么也关不住感情的闸门，真是一点办法都没有。我知道不应这样，但我无力控制，只有在此向你诉说，才觉稍轻松一点。原想到时孩子们都来了，我就会心情转好，但是今年的八月节却冷冷清清。小群不在，建新要陪日本客人，艾萍说接我去他们处，但我想如果小红不去剑波家就能来陪我，还是在家过节吧，这里还有你的照片望着我们。我总相信你还在家，就让我们一起度过这2002年的中秋节吧。

　　不知为什么，现在不论是咱们的孩子，还是侄子、外甥，或是兄弟姐妹，只要见到他们来，甚至他们只给我打个电话，我都感到特别亲切和温暖。你记得只我们两人在家时，我曾说过有时感到寂寞，所以我们常常一起出去走走，甚至一天两次外出散步，偶尔也在小餐馆吃点水饺，心情很愉快。可现在，只剩我一人，你能想象得出我是什么心情吗？我知道长期这样伤感不好，但你不在，叫我怎么办？

2002年9月18日

第 33 封信

振　荣：

你离开我们已经十个月了。在这段令我感到漫长的日子里，不只是你的亲人时时怀念你、追忆你，你的一些好朋友也至今对你怀有深厚的感情。他们时时对我的关心、时常的探视，我想也是源于对你的怀念、对你的敬重，以及你们之间那份真挚的友情，这使我非常感激。对朋友的来访、看望，我甚至觉得有些过意不去。特别是你的好朋友朱建信，他真是个诚实、善良，而且非常重友情的人。自你走后，他不但曾与我们一起去英雄山探望你，而且几次来家问候。每次见到他，我都会想起你们在一起交谈文学、交谈写作的情景。朋友对我的关心，既使我感到欣慰，又时时使我感到悲凉，因为再也看不到你们亲切交谈的情景。

2002 年 9 月 20 日

第 34 封信

振　荣：

我每次都是望着你的照片给你写信，与你说话。过节这几天，我没在家陪你，很对不起，我想你是会原谅我的。

过节期间，建新不放心我一人在家，把我接去了，但在我心中，同样是我们两人一起去的。能与孩子们共度团圆节很好，只是少了小红和小群一家，我心中感到缺了点什么。幸好，昨天建新把小红一家三口约去，总算过节吃了顿团圆饭，可是又缺少了牧牧，他已经回学校了。因为这几天和孩子们在一起，我的心情与前段时间截然不同，感到时时有一种暖融融的气氛在围绕着我。父母与孩子之间那种永远割不断的亲情在温暖着父母的心，这也是我现在特别渴望得到的。这几天，建新、艾萍和牧牧每晚都能陪我出去散步，走的路不短，但我并不感到累。我想，当时你也在我们身边，你能看到这一番和谐、亲切的情景，因此我感到心情很好。我和孩子们漫步在人行道上，亲切地交谈着、说笑着，这真是久疏了的一番情景，我倍加珍惜。我渴望孩子们能时时在我身边，哪怕每天能有一人陪我说说话、散散步，我就不会感到寂寞。但想到他们都那么忙，我真不愿过多拖累他们，不想给他们增加负担。他们个个对我关心、照顾，他们对我的孝心已经使我很满足了。

振荣，你完全可以放心我，不只孩子们如此孝顺、关心我，两个妹妹和弟弟们也时刻关心着我，特别是冰洁和晶洁，电话不断，经常千叮咛万嘱咐，总挂心我的身体，这都成为我战胜疾病、摆脱郁闷心情的力量。老家的弟弟妹妹、侄子、外甥等也都像你在时一样关心着我。振芙也经常来电话，他很好，望你放心。特别要告知你的是，新林、潘林对我的关心真是无微不至，我不知应怎样感谢他们。

2002 年 9 月 23 日

第 35 封信

振　荣：

自你走后，我很少一人外出散步，特别是晚饭后从没出去过，因为这是我们两人每天外出散步的时间，没有你陪着，我不愿也不敢一人独行。可是，昨晚在家特别烦闷，我试着一人走了出去。

我知道你对济南的城市建设是多么关心，特别是我们搬来新家后，你对周围环境的任何一点变化都极为关注，甚至有时表现得那么兴奋，并常常不厌其烦地前往观看。你知道吗？你曾兴冲冲跑来告诉我的好消息——东方红桥东南侧兴建的饭店（名叫"老号海仙酒家"）已经开业近一年，生意极为红火。其隔壁我们经常路过的拐角处也装修一新，名为"花卉大餐酒家"，也将开门迎客。林业局旁的小餐馆已改换门庭，成为淮扬菜馆，别具特色。我们几次去察看的桥西南侧的工地，已建起了六层居民楼，桥西北侧你已见到的基本竣工的新楼是中国联通的营业房，其后又建了十几层的居民楼。还有你在时，正在铺设的万寿路路面，早已是极为平坦的水泥马路，花砖铺就的人行道上也都栽植了绿树……振荣，这一切的变化，如果你能看到，我完全可以想象出你会多么高兴。为此，我在这里一一转告你，我相信你会有感知的。

为告诉你这一切，昨晚我一人走了出去，原想再仔细欣赏一下这美好的夜景，观看一下这些新建的楼房、新开业的酒家，以便在信中详细向你述说。但是，一人漫步在街头，我实在感到孤独、凄凉，不免又想到我们两人夜晚散步的情景，便再也不能继续走了，只得闷闷地返回宿舍。

2002 年 9 月 24 日

第 36 封信

振　荣：

你好！小群自回石家庄后，一直工作很忙，他们单位是研究所的技术部，现正在搞所里的三年规划。他走后，不断来电话问候，他和苏艳都愿我去他们那里住一段，昨晚又来电话催问。我考虑再三，也想去一趟，原因是这一段时间实在是寂寞、烦闷。自晶洁走后，尽管孩子们为我找来了小保姆，但我感到极不适应，孩子们又不能常来，寂寞时除看看杂志、报纸，唯一能令我解脱孤寂的，就是在这里和你说说话。所以我想去小群那里住些时候，换换环境，每天与孩子们在一起说说话、散散步，心情会愉快的。同时，我也想，我已是七十多岁的人了，现在行动还可以，以后恐怕就出不去了。还有，小群在三个孩子中年龄最小，他21岁离开家，与父母在一起的时间最短，一般一年只能见一次。振荣，你早早地走了，而我还能再见他几次？为此，我也想去一趟，和他们三口，特别是我们的小孙子乐乐多待一段时间。我想这也是你的心愿。

振荣，我之所以想去石家庄，还有一个原因，也是我的一种感受，就是八月十五（正是双休日）期间，我在建新那里住了几天，感受到了亲情的呵护，丝毫不感到寂寞，心情平静，而一回到家，好像又重新陷入孤立无援的地步。我不知道我为什么这般脆弱，建新劝说我应改变一下性格，我也尽量改，大道理我懂，也想尽力控制，但又实在感到无能为力。这可能是性格决定的，但实在太难、太难！我想这样下去，身体可能会越来越糟，那也只能顺其自然了。至于我什么时间去石家庄，要等到国庆节小群回来再说，到时我一定告知你。

2002 年 9 月 26 日

第 37 封信

振　荣：

你好！去年4月泉城路刚拆迁时，你就非常关注它的前景，时时关心着它的拆迁进度和将来的建设情况。经过建设者们的辛勤劳动，泉城路已于今年"五一"节初步建成（记得在5月已告知你），今天（28日）正式开街，不少商厦也随之开门迎客。

今晚我在电视上观看了隆重的开街仪式，以及同时举行的文艺演出。远远望去，整条宽阔、美丽的泉城路灯火通明，礼花飞溅，人流如织，喷泉、鲜花、雕塑以及各色霓虹灯绘成了一条五彩缤纷的彩带，形成了一片火红的海洋。这是我们泉城济南有史以来建成的第一条现代化的宽阔、壮丽、繁华的商业街。我想，每一个热爱家乡的泉城人，看后都会感到无比激动和自豪。这使我不禁又想到，你没能亲眼看看自己一直关心的新泉城路的美景。想到这儿，对你的思念再次袭来，立刻冲没了我刚刚还兴奋的心情。

　　振荣，这时我多么希望你不是真的走了，我甚至目不转睛地注视着屋门，想着你会不会突然推门进来，那该是多么幸福的时刻！那样的话，我就不再是孤单单的一个人，我们又能一起并肩散步，倾心漫谈。我们可以一起去看看新泉城路，你一定会构思出一篇美妙的散文；我又可以听着你念草稿的声音，慢慢为你仔细地抄写。我想，我在余生中一定会一直默默地等待这一时刻的到来。我也知道这是不可能的事，因事实无情，岁月不能逆转，但我还是要执拗地等下去，因这是我心中一个美好的愿望。只有坚定这一信念，我才能有信心好好地生活，等待这一美好愿望的实现。我要等着，振荣，我等你回来。

2002 年 9 月 29 日

第 38 封信

振　荣：

　　今天是国庆节，举国上下都在欢欣鼓舞地庆祝节日，可咱们家里却冷冷清清，就我一人在家。幸有你的照片在我眼前，陪伴着我，使我不至于太寂寞，能在这里与你说说话。

　　回想去年的国庆节，那是我们搬入新房的第一个国庆节，我们与孩子们共庆佳节。在那欢乐、幸福的时刻，谁也不会想到仅过了一个多月你就匆匆离我们而去，这到底是怎么回事？我至今仍不愿相信这是事实，但事实又摆在那里，我实在无力承受。在这漫长的日子里，它时刻搅得我不能安眠，刺疼我的身心，我尽了最大努力去自我安抚、自我调整，但至今始终不能完全平静。

触景生情，现在我是真真切切地体会到了。你写作用的笔墨、纸张，你作品的底稿、出版的文集，一切你曾用过的物件，都会引起我对你的思念，甚至能让我在心灵深处看到你的面容，听到你的言谈话语。有时候我站在窗前，忽然看到走路姿势像你一样的人走来，心中不觉一震，会感到一股暖流涌遍全身，可随即又变为一种火辣辣的心疼。没办法，这种情绪永远也扭转不了。这些话，我只对你说，我不愿对孩子们讲，以免他们挂心。

振荣，为了使你不牵挂我，我以后一定要想得开，使心情平静下来。我要时刻想着你仍和我在一起，没有走，只是像往常外出开会一样，不过这次时间长了一点。我要安下心来，守好我们的新家，每天打扫好你的书房，整理好你的文稿和一切用具，等你回来。我认为你仍关注的事，以后一定在信中及时告知你，望你保重。

2002 年 10 月 1 日

第 39 封信

振　荣：

你好！国庆长假期间，建新陪我和艾萍一家去了北京一趟，住在艾宏新买的房子里。在两天的时间里，由艾玲或艾宏驾车，我外出逛了圆明园、天安门广场等，观看了北京市容，并在新开的王府井步行街欣赏了由各色霓虹灯装饰的夜景。虽然我以前也去过北京，但现在的北京确实与过去大不一样了，看后真使人心情畅快。可惜我不会写文章，我想你若能与我一同前往，一定又会构思出一篇精美的散文。

我在京期间，由艾玲一家与艾宏热情接待。他们工作都特忙，难得有这样长的休息时间，却不辞辛苦地开车陪我们逛，还要宴请我们，真使我感到过意不去，我心中十分感激他们。这次去北京，也实现了我多年来想去看看新北京的愿望。去年你陪我逛了我从未去过的青岛和济南的灵岩寺、五峰山、红叶谷，现在我又去了首都北京，也就满足了。没有你，我哪里也不想去了。

2002 年 10 月 6 日

第 40 封信

振　荣：

你好！我现在是在石家庄给你写信，我想你是知道的，因为你的照片始终在我身边，你一定会有感知。我是本月 13 日由小群接来的，在我心中我是与你一起来的，但是我总看不到你，不能与你讲话。不论在小群的宿舍，还是到院子里散步，或是到所内小市场买菜，都能使我回忆起几年前（大约有八年了）我们一起在这里的情景，我心中不免酸楚。

我在这里一切很好，小群、苏艳都很关心、照顾我，有时早上或晚上，他们会陪我出去散散步。有他们在，我大大减轻了在济时的孤独、寂寞，因为每天能见到他们。在家时尽管有建新、小红，但我们几天甚至一周才能相聚一次，那种孤寂的感受我有时真是无法承受，唯一解脱的办法，就是用笔向你诉说。振荣，我在这里住一个多月，到你离去一周年时，我一定回去看望你。

2002 年 10 月 17 日

第41封信

振　荣：

　　你好吗？很想念你！我来小群这里已一个月了。今天是十月初七，按阴历算，是你离开我们整整一年的日子。现在是上午9时，去年的这时，你躺在病床上，还没忘记前一天是我的生日。那天上午你精神很好，喝了我给你熬的小米汤，你说好喝，几天都没尝到米香了。大夫来给你换药，你不停地与他们亲切交谈。小群从家里来电话，说文联询问作家捐书之事，你一一嘱咐了哪种散文捐多少本。市委宣传部副部长周长风等几位同志来看你，你与他们侃侃而谈，并告诉他们你快出院了。临近中午，海峰和宋芳来探望，谈到要在此陪床时，你安排海峰晚上来值夜班。中午我在你床边吃面条，你让我给你吃一口，因大夫嘱咐你还不能进食，只能喝点流食，所以我只让你喝了一口汤。你说我狠，可我又何尝不愿让你多吃点饭？中午你甜甜地睡了一觉，下午两点多钟新林送来了牛奶，你顺利地喝下。安排你躺下后，你让我念报纸，当念到第三篇文章时，我忽然听到秀珍说："舅！你不好受吗？"我抬头看到你紧皱眉头很痛苦的样子，立即叫来了大夫，这时你连声说要大便，这是手术后六天来你第一次大便，因此排得很多。我在为你擦拭的同时，大夫已为你做完心电图，结果是心梗，这时我的心立即揪了起来。振荣，当我走到你的身边时，你紧紧地搂住我的两臂，并不停地大喊："憋死了，快救救我！憋死了，快救救我！"大夫此时已经开始用药、急救。振荣，你能想象得出我当时是什么心情吗？我战战兢兢，坐立不安，只安慰你一句话："别急，别急！"当时我想，大夫们都在身边，不少心梗病人都能救过来，你也会很快缓解的。可万万没有想到，经过几个小时的抢救，竟没能挽救你的生命。

　　振荣，你离开我和孩子们一年了，但当时你发病的情景我仍历历在目。

我不敢回想，但它总是在我脑中浮现，真使人揪心地疼痛。振荣，你是在我生日的第二天走的，因此我跟孩子们说，从此不让任何人给我过生日，实际上，按阴历算，我的生日和你的祭日只差半天，我怎么能有心去过？这一年来，我是伴随着悲痛和眼泪度过的，很难熬。我不敢守着孩子们难过，怕他们挂心，只能暗自垂泪。我知道这样不好，你同样不愿我这样，我也开导自己，但总是控制不住。我们相依相伴四十五年，忽然有一人永远不见了，这真是太残酷了。

2002 年 11 月 11 日（十月初七）

第 42 封信

振　荣：

　　我在石家庄一切都很好，小群、苏艳非常关心、照顾我。只是最近一段时间，我有时心脏不太舒服，苏艳陪我去门诊部输了液。看他们工作都很忙，怕给他们增加过多的负担，我想我还是回家好一些。我已告知建新来接我，不知他工作忙不忙，能否离得开。在这里，孩子们天天照顾我，每天陪我散步，双休日陪我去公园、广场散心，去商店购物，所以我这一段时间心情比较平静。小群说愿我长期在这儿，我又何尝不愿每天和孩子们在一起？不过济南还有个家，也有孩子，更有与你一起生活过的熟悉的地方，所以我还是想回去。再加上 11 月 21 日这个我永远忘不掉的黑色日子也快到了，我还要回去看望你。

2002 年 11 月 12 日

第 43 封信

振　荣：

你好！我已于 11 月 14 日回到咱家，是建新将我接回来的。回来之前，我曾幻想着，如果一进家门，看到你在家等我，那该有多么幸福，可实际仍是空无一人。也可能是我一个月不在家的缘故，推门一看，屋中更显得凄凉，一切都死气沉沉，我心中真不是滋味。幸好建新一直陪着我，第二天一早才去上班。

振荣，你知道，当我乘坐的汽车到了十六里河附近，我看到我们经常散步的街道，特别是看到了市文联的办公楼，继而进入院内，心中竟立刻涌出了一股热浪，有一种热辣辣的亲切感，又好像会立即见到你一样，这时我心中的感受是无法用语言形容的。振荣，自你走后，我在心中一刻也没有离开你，最近在梦中又见到你几次，你还是那么有精力，丝毫没有病人的样子，可你为什么竟一去就再也回不来了？

2002 年 11 月 19 日

第 44 封信

振　荣：

昨天是你离开我们一周年的日子，我实在不愿看日历上"21"这个黑色的数码，但它又明显地印在那里，使我战栗、心痛、悲伤，这个日子我终生都不会忘记。那一天中点点滴滴的情景，你当时不论是身体、精神，还是病情的变化，尤其是那天你与我说的每一句话，都极深刻地印在我的脑海中，永远不会磨灭。

振荣，为了去看望你，小群中午刚从石家庄赶回来，小聚也及时赶到。下午两点半我们到达你安息的英雄山。除了你的儿女、侄子、外甥和潘林、新林这些我们的亲人之外，让我没有想到的是，你的好朋友朱建信又一次来到你面前，这是多么深厚的友情，我一时真无法表达对他的感激之情。

振荣，我又一次看到了非常熟悉的、以往你摆在写字台上的照片，又见到了尽管很漂亮但是使人心痛的无情的盒子，这使我悲痛万分，无法控制。我本想平心静气地和你说说话，告诉你一年来你非常热爱和关注的泉城济南，以及咱们一家老小的变化，倾诉一下离别一年来的心情，但是我没有做到，我实在无力控制潮水般的泪水和起伏的感情。我心中只有一个念头，就是你不该匆匆地走了，咱们这个家离不开你，实在离不开你！我知道，我不应该对你讲这些，你会挂念我，但不向你诉说又能对谁讲呢？好像只有向你倾倒出心中的话，我才能觉得轻松一些。因为只有在这时，我才会觉得你没有走，你在远方，我在与你说话，给你写信；也只有这样，我心中才有希望，才能静心地等待我们相聚的日子。

振荣，你完全可以放心，孩子们都很孝顺，我得到了他们无微不至的照顾和疼爱。所以，我不能对他们讲我不痛快的心情，以免他们分心、挂念。

2002 年 11 月 22 日

第 45 封信

振 荣：

你好！这一段时间尽管有孩子们的姑姑在，但我仍烦闷、寂寞，而且有时身体很不舒服，不如在小群那里时的心情。孩子们都那么忙，不可能常来，小群这次来只待了两天，就急急回去了。本想多留他一天，愿他多陪我一天，但他还是走了，我心中很不是滋味。看来只有你在咱们家中留下的全部衣物、写作用具、书稿，以及你在家时的所有踪影和你的音容笑貌可以永远陪伴着我。你的衣服我仍整齐地放在衣橱里，写字台上的写作用具、书稿仍照原样摆放着，只是换了房间，把那间朝阳的房间用作了卧室，不知你是否同意。我曾为这自作主张后悔了一段时间，心中很是不安。振荣，你已发表及未发表的底稿，我多次想彻底整理一下，将尚未编入集子的汇编成册，争取印成你的最后一本散文集，但这一工作至今未着手做，主要是心静不下来。每逢看到这些活灵活现的文字，以及那些熟悉的笔迹和语言，我就感到心痛，难以控制思念你的心情，所以这一工作一时还难以进行。但我是一定要做的，望你放心。

经常看到医学专家讲，心理平衡是健康的三大要素之一，我也很相信这一点，但真正做起来实在太难、太难。试想，我们两人相伴相知四十五年，特别是到了老年，又搬至近郊宿舍，离儿女们远了，只有我们两人朝夕相处，形影不离。可忽然间，一点思想准备、一点预兆都没有，竟有一人永远离去，再也见不到面，这谁能受得了，又怎能做到心理平衡？夫妻两人是一个整体，是相聚四十多年的一个完整的家，尽管两人不可能一起走，但你走得太意外、太突然、太急促，将我一人抛下。家中处处是你的印记，却又不能与你相见，没有语言、没有欢乐。这样的环境，我怎么做到心理平衡？！

2002 年 11 月 29 日

第 46 封信

振　荣：

你好！又有几日没给你写信了，很想念你！同时你的一些朋友同样想你、念你。前几日延一、希淼两人一起去英雄山看望你，尽管你们不能像往常一样畅谈，但我想你们的心是相通的，你见到他们一定很高兴，我也为此非常感激他们。还有平阴孔令才夫妇两人前天来看望我,也是为怀念你而来。不知为什么,一见到他们,我竟控制不住流下了眼泪,他们两人也同样控制不了泪水的流淌。听老孔夫人讲,得知你走的消息后,老孔几天饭吃不下,觉睡不着,悲伤至极。他们早想来看看,但怕控制不住感情,所以拖至今日才来。同时,林业局的韩子奎局长也一同前来。振荣,朋友们对你怀有深厚的感情,不时来家探望,使我深深感动,可我不知用什么语言才能表达出我心中极为复杂的感情。

2002 年 12 月 5 日

第 47 封信

振 荣:

在你走后的这一年中,不论是全国还是你热爱的家乡,都发生了很大变化。我知道,你非常关注国家的繁荣、强大,时时关心着家乡的变迁。因此,自你走后,我每逢看到任何一点新的气象,总是会首先想到你,想你如还在,一定非常关心,甚至有时会万分激动。所以,这一年中,不论遇到什么事,只要我认为是你关心的,就总想在信中对你讲。尽管这信无法寄出,但我想只要写出来,这信息一定会立即传递给你,我相信这一点。也只有这样,我才会觉得你还在,我们没有分开。

振荣,你还记得我国申奥成功的那个夜晚吗?我们坐在电视机前收看中央台的直播,一直到深夜。在万分激动的同时,我们曾说,一定要亲眼看看 2008 年在我国举办的奥运会。可谁能想到你却突然走了,而我孤单一人还能等到吗?昨天晚上电视台播放了上海获得 2010 年世博会的举办权的消息,有 5 个候选国家参加评选,结果经四轮投票,上海胜出。尽管电视屏幕上各地欢庆的场面热闹非凡,但丝毫没有激起我心中为此欢庆的想法，相反，这使我又回到了我们一起观看申奥直播的夜晚，我心中顿觉一阵悲凉。

振荣，再向你告知一个你最感兴趣的好消息，你的故乡发现了汉代兵马俑。11月23日，章丘圣井镇村民在危山风景区挖树坑时，挖出了彩绘陶俑。起初，考古专家透露，这处陶俑坑可能是王侯陵墓的陪葬坑。据12月2日《济南时报》的报道，"危山兵马俑考古队的执行领队崔大庸博士说：这是我国继秦始皇陵兵马俑、陕西咸阳杨家湾兵马俑之后，发现的第三大兵马俑坑"。至12月2日，"兵马俑已发掘'聚集'起上百号人，其阵势皆向南开赴而去。最南边的是数排威风凛凛的骑兵队列，每排5人，共约30人；骑兵陶俑气宇轩昂、栩栩如生，马俑呈赤红色，轮廓分明、雄健有力，周围有护卫队列。中间紧紧跟随的则是三辆马车，每辆马车均套有四匹大马；马车后面排列着近百名步兵。这个骑兵、步兵、车队的组合阵形气势磅礴，给人一种规模宏大之感"。特别令人称奇的是，三辆马车颜色各不相同，分别是艳红、纯黑、灰白。

报道称，这是目前山东地区发现的第一座保存完好的兵马俑陪葬坑。专家称，兵马俑以前部为骑兵队列、中部为车队、后部为步兵队列的方式安放，十分符合汉代车马出行的制度，较形象地反映了当时贵族出行的情景。现在初步判断，兵马俑陪葬的主人是东汉时期的一位"济南王"。

振荣，我能想象出你听到这些消息后兴奋激动的心情。

2002年12月7日

第48封信

振　荣：

　　今天是12月8日，你还记得这是什么日子吗？这是我们的长子建新的生日。我清楚地记得他出生前我独自一人在待产室痛苦难熬的时刻。现在生孩子，亲属几乎都在待产室外守候，甚至送水、送饭，而那时没有，只有我自己孤独地挣扎、煎熬。饿了，护士就给我送点儿饭。阵痛使我一顿饭分几次吃。饭凉了，也只有凑合吃一口。看不到亲人的面，听不到熟悉的声音，只有自己忍着、忍着。孩子终于顺利出生了，但也只有等到医院规定的每周两个下午的探视时间，你才能来看看我。你知道吗？我每天都盼着这一时刻的到来，总觉时间过得是那样的漫长。在住院一周多的漫长时间里，我得到极大安慰、感到最幸福的时刻，就是护士送孩子来喂奶。当听到护士推着放婴儿的小车在走廊咕咕噜噜一响，那种幸福、愉快的心情是难以形容的。特别是在夜12点和凌晨尚未放亮的两次喂奶，不论我睡得多么香甜，只要听到走廊上那熟悉的咕噜声和间或伴随着的几声婴儿的啼哭声，就会立刻醒来，披好衣服，做好一切喂奶的准备，欣喜地等待着孩子的到来。我从护士手中接过孩子，看他熟练地一口一口吸吮着奶汁。这一美妙的画面至今仍清晰地映在我眼前。

　　与此同时，我不禁又想到我们的女儿和小儿子出生时的情景。小红临产时，我记得是夜间，你将我送到市立二院后就回家了，为什么那时医院的制度如此残酷？同样没有亲属的陪伴和呵护，产房外冷冷清清，不论有多少孕妇在待产，走廊上都没有一人在等待，当时那种孤立无援的感觉我至今难忘。孩子出生很顺利，是个女儿。振荣，当时虽然你不在我身边，但我在心中已欣喜地告诉你，我们儿女双全了。你看，她多么可爱，脸蛋儿可比哥哥出生时水灵多了。记得你第一次见到女儿时，正值喂奶时间，你目不转睛地看着她，间或伸手摸摸她的小脸，我们对视着，那是多么幸福、美满的情景啊！

我们的小儿子出生时，正值我国最困难的时期。怀孕期间，我有时想吃点煮地瓜，但一直买不到。有一次我们晚上外出散步，在大观园偶然碰到了一提篮叫卖者，因价格较贵，我们只买了半斤，尽管这样，我也感到心满意足了。那次我在医院待产期间，和生前两个孩子时一样，吃护士送来的馒头、稀饭。临产时，我在产床上竟没有一点力气将孩子生下。助产士问我，你可能饿了，吃点饭才有劲儿，你还有什么吃的吗？我告诉她，病房的床头橱里有块馒头。就这样，我躺在产床上吃了几口凉凉的馒头。振荣，你还记得吗？那时鸡蛋也很不好买，生孩子住院那一周，你总算买到了五个熟鸡蛋给我送去，这使我非常满足。那时，尽管生活很不富裕，但只要看到我们三个可爱的孩子，我心中就充满了幸福和愉快。生活上差一些，又算得了什么？我们不是也将三个孩子哺育成人了吗？

振荣，这又使我不禁想到了我们两人坎坷的一生。我们都热爱党、热爱祖国，工作一贯勤勤恳恳、任劳任怨，但都是由于所谓家庭、历史等背景，甚至还有一些莫须有的、凭空捏造的政治问题，因此我们一生坎坎坷坷，特别是你，受到的不公平待遇比我还要严重。可是，你又是怎样忘我地工作，又是怎样对待你从事的文学事业？！自我们结婚起至"文化大革命"，我从没记得你从容地休息过。我印象最深的是建新刚出生后的情景，因为他是我们的第一个孩子，我们也不会带，那时找的保姆回家住宿，而你每晚都要工作到很晚才回来。孩子只要哭，除了喂奶，我就抱在怀里，倚到墙上等你回来。有时累得腰酸、胳膊疼，但又怕将孩子放下他再哭，就这样坚持着，等待、等待。每当听到你那熟悉的上楼梯的脚步声，我就感到如释重负。从此，这种熟悉的脚步声成了我期望的信号，不论什么时候，也不论你出差多长时间，只要一听到这声音，我就知道你回来了。在这种有节奏、有力量、有激情的声音里，蕴藏着亲情、喜悦、呵护、幸福，可现在却永远听不到了。

但是，"文化大革命"中，一次突然的脚步声，却带来了灾难、恐惧，甚至令我有些愤愤不平。那一次是报社的所谓"革命者"来抄家。你像往常一样脚步有节奏地"噔噔"上楼来，随即说，报社的同志要来"破四旧"。他们翻箱倒柜，什么反动的东西也没有找到，最后竟将你十几年来用血汗记录的十几本工作日记带走了。那里面都是你充满革命激情地记录下的工作和生活片段，但却成了他们攻击、批判你的所谓"罪证"。至今我想起来，都觉得心疼。

还有你的入党问题。1956年你在济南日报社时，支部大会就已经通过你的申请，同意接受你为中共党员。但是，在审干运动中，由于市工会某人一纸莫须有的检举信，此事又拖了下来。历经反复调查，问题虽澄清了，但政治运动接二连三，还有谁去关心你的问题？虽曾有几位老同志为你说过不少好话，但此事最终还是拖到1980年才得以解决。尽管经过多次磨难，但你对党的忠诚始终没有动摇过，仍是精力充沛地忘我工作。

振荣，虽说你的一生是坎坷的一生，但你从没有被压垮，你始终劲头十足，精神饱满，热爱亲友、热爱家乡、热爱祖国的山河，一刻不停地用手中的笔去描绘祖国的壮丽美景，热情歌颂党的丰功伟绩。可是，你还有那么多的工作没完成，还有那么多的计划没有实现，就匆匆地走了，这到底是为什么？我至今仍不愿相信你走了，每天望着你的照片，却得不到答案。

2002年12月8日

第 49 封信

振 荣：

今天整理你遗留下的一些书稿，发现有山东省作协创联部《日出东方》编委会于 2001 年 2 月 8 日寄来的《关于〈日出东方——著名作家山东游〉一书的约稿信》。约稿信中称："非常感谢您百忙之中抽出时间，应邀参与《日出东方——著名作家山东游》一书的撰写工作，本着著名作家、专家、学者写熟悉的景区、景点的原则，根据本书撰写工作的需要，特邀您撰写灵岩寺、五峰山等部分。"截稿日期为 6 月 5 日，并附有编写要求和本书的策划，以及贾平凹写的散文《进山东》，戏剧家、文学翻译家李健吾写的《雨中登泰山》等。

振荣，过去你撰写的文章都是我为你抄写，可这一约稿我没有印象，不知你写过没有。也可能材料寄来得晚，你没有见到，为此，写信告知你。我真愿永远为你抄稿，可你却一去不回，让我苦苦地等待，这种日子什么时候才能结束？

2002 年 12 月 11 日

第 50 封信

振 荣：

今天下午你的老同事蒙沙同志来看我，使我感到心中暖融融的。这已经是她第二次来，每次与她的谈话都给予我很大的安慰，她对你的离去同样感到痛惜。我见到她，又像见到过去她每次来时你们畅谈的情景，心中极为痛楚。我与她比，心中也就平衡了许多。她说自己的丈夫已离去三十多年，我真想象不出她是怎么挺过来的。同时我也深切体会到她心中那种深深的伤痛，这是我过去从没体会到的。我坚信，相依相伴几十年的夫妻，一旦一人离去，不论时间多么久远，这种深深的怀念和伤痛都是抹不掉的；这种真挚的感情，是任何力量也挥之不去的。振荣，你相信我说的话吗？我仍十分想念你，你的音容笑貌无时不在我眼前显现，好像只有在此向你倾诉，才感到一点宽慰。

2002 年 12 月 15 日

第 51 封信

振　荣：

　　今早济南大学的袁梅教授来电话问候，我万分感激这些老朋友。他今春有一段时间身体很不好，颈椎病影响到了两腿行动，曾打来一次电话。我本应去看望一下，也代你表示谢意，但由于那时我心脏不太好，故未能前去。我想应该去看看这些老朋友，还有山师大的张蕾教授，他们都没有忘记你，都不止一次打来电话问候，这样的友情实在难得。特别值得一提的是，你的好朋友孙秀清，他不顾天寒地冻，从那么遥远的吉林通化跑来探望，并由建新陪他去你安息地看望你。只是当时我正在小群那里，只与他在电话中说了几句话。放下电话后，我心中始终不能平静，感到很对不起他，也很感激他，内疚没有在家接待他，更没有陪他一起去看你。而令我感到欣慰的是，你不在家，咱们的儿子能顶起这个家了。振荣，你放心吧，有懂事、孝顺的孩子们在，有朋友们的关怀，我会振作起来的。

2002 年 12 月 17 日

第52封信

振　荣：

　　你好吗？你现在在哪里？为什么不给我一点信息？你还记得吗？今天是你的生日。如果你在家，我们又该忙着招待客人了，可今天却是这样的冷清，冷清得让人有些心酸。幸好有老家的妹妹在这里，我不知她今天什么感受，我没有谈及此事，只是自己在心中苦想，不停地追忆。每年大家为你祝寿的画面竟像电影一样，一幕幕展现在眼前，我好像又看到了你和善的面容和高兴的神情。为了重温那温馨的时刻，我又找出了一直珍藏的我们的外孙女小叶子写给你的祝寿词（可惜没有记下年限）。她写道："在我们家里，姥爷的知识最丰富，书最多；姥爷待人最热情，心胸最宽大；姥爷最慈祥、最幽默、最风趣、最爱笑、朋友最多；跟姥爷生活在一起最快乐、最无忧无虑。我最愿意跟姥爷在一起。"

　　振荣，你又一次听到了吗？你在叶子的心中是多么美好的形象，我记得她在写这篇祝寿词时还没有上初中，她竟能真切地描绘出你那能影响孩子们一生的优良品性。叶子说"和姥爷在一起最快乐、最无忧无虑"，这是实实在在的感受。振荣，不仅如此，有你在，我会感到生活充实，有依靠，不论遇到什么事，有主心骨。生活中也更有情趣：有朋友来，我愿在一旁听你侃侃而谈；闲暇时，我愿欣赏、阅读你刚起笔的文章；每逢你写就一篇散文或其他稿件，我愿坐在你身旁，听着你的口述为你抄写；早晚的空闲时间，我愿与你相依相伴，慢慢散步、亲切交谈；晚上失眠时，我愿听你轻声地说"别急，吃半片安定吧"这样关切的话语……这一切的一切是那样和谐、温馨和愉快，这样的生活又怎能不使人追忆和留恋？可它却一去不复返了，这样的享受今生今世都得不到了。我想，我有生之年，注定要在苦苦思念、不停追忆的过程中度过了。

2002 年 12 月 20 日（阴历十一月十七）

第 53 封信

振　荣：

　　在昨天——你度过 74 周岁生日的这一天，我接到的唯一一个问候电话来自山师大的张蕾教授。我想他不会知道你的诞辰，他是因一直怀念你这位老朋友，特意打电话关怀和问候我。这真使我既感激又很不好意思，因前两天听袁梅教授讲到张蕾教授今春做了胆囊手术现已基本恢复的消息后，我就想给他打电话问候，没想竟让人家先来了电话，真是太不应该了。他现在身体还可以，望你放心。

　　我还要告知你的是，你的老同事、老朋友桑署同志今夏也走了，我已打电话问候了他的老伴儿。于仲航同志也托老伴儿打电话来，是前些天打来的，我在电话中竟一时说不出话。老于也曾是咱们家的常客，是你在历史、写作方面的挚友。你们在一起谈古论今的情景我至今历历在目，可今后再也看不到了。

2002 年 12 月 21 日

第 54 封信

振　荣：

　　昨天是冬至，夜间下起了雪，至今日仍未停。这是今年的第二场雪，地上铺了厚厚的一层。虽说瑞雪兆丰年，应该欣喜，但望着阴沉沉的天，望着纷纷扬扬的雪花，我不免又想到我们刚搬来新居的第一个春节。那天天空也飘着雪花，可那天是一家人团团圆圆地过年，热热闹闹，欢欢乐乐，孩子们围绕在我们身边，那是多么幸福呀！可今天，外边天气阴冷，屋内尽管有暖气，温度也不低，但我心中仍觉凄冷，这种冷是多高的温度也扼制不了的。

这几天，我在整理你尚未汇集成册的稿件，除你已剪贴好的部分外，我又搜索、整理了一部分，可能还不全。我想为你刊印最后一本散文集，这也是你的遗愿。为此事我想得很多，晚上翻来覆去睡不着，究竟如何刊印，起什么书名，真希望你能给我一个信息。

2002年12月23日

第55封信

振　荣：

你好！这几天天气很冷，最低－11℃，望你保重。

告诉你一件你一向都非常关注的事情。1997年3月四门塔被盗的阿閦佛佛首，已于今年12月17日回归四门塔。我想你听到这一消息一定非常高兴。事情是这样的：2002年初，台湾法鼓山圣严法师，收到几位弟子捐赠的数年前在海外购得的一尊古石雕佛头像。经有关专家鉴定，这尊石雕佛头即为山东济南四门塔失盗的阿閦佛佛首。为促进两岸学术和文化交流，展现历史文物原貌，法鼓山文教基金会决定将其送还四门塔，使阿閦佛得以身首复合，重现昔日神采。12月17日，该基金会十余人专程护送已流失海外多年的阿閦佛石雕佛首来济，将其正式送还给四门塔文物管理委员会。据报纸12月22日报道，阿閦佛石雕头像近日已首归佛身，修复完成，并于21日举行了佛首修复揭幕仪式。有关单位决定，将复制一尊四门塔阿閦佛石雕头像，赠给法鼓山佛教艺术博物馆永久保存。

现在四门塔阿閦佛已身首合一，通过报纸登载的照片可以看到修复一新的石佛，工艺精湛，看不出受损的痕迹。振荣，你亲自参加了四门塔的修复工作，因此对四门塔特别关注，并写过不少文章。现在阿閦佛佛首回归，已身首合一，我想如你在，一定会亲自去看看，也很可能去参加这一隆重的揭幕仪式。我没有去过四门塔，你曾说过要陪我去一趟，但如今却永不能实现了，这真是一大憾事。

2002 年 12 月 24 日

第 56 封信

振　荣：

我今天将你离去后朋友们为怀念你写的文章汇集、整理起来，想为你印制一本纪念册。本想早动手，可我实在不敢看这些充满真挚的感情、深深的怀念，甚至是用泪水写成的文章，所以拖至今日才整理，望原谅。我想和建新商量，除现有的材料外，再托几位知己、朋友写几篇，另配几幅照片，想赶在你离去两周年前印制完成。我想这是你的遗愿，而对我来说，也了却一份心愿。我万万没想到，在我们还不是太老的时候，就要为你刊印这种使人悲凉、心疼的集子。如果真有"上帝"的话，他为什么那么残忍、那么不公？我们都是善良的人，为什么让你突然过早地离开你所热爱的家乡和亲人，又为什么让我孤寂地伴着泪水度过余生？尽管孩子们都很孝顺，但没有了朝夕相伴的你，我实在难以忍受，可又非忍受不可。

2002 年 12 月 28 日

二〇〇三

> "我愿以这种方式与你保持联系,进行沟通,直至我们相见。"

第 57 封信

振 荣:

今天是 2003 年的第一天。元旦放假,孩子们都来了,有他们在身边,能缓解我心中对你的思念,可这总是暂时的,等到他们离开,我又会觉得格外孤单。这使我想起在农村人们的生活,一家老小都在一起,那该有多么愉快和幸福!现在城市里这种居住模式对我来说实在是弊多利少,可谁又能改变得了。

下午新林和潘林来看望我,并为我买了旅游鞋,真使我过意不去。振荣,自你走后,他们两人仍像你在时一样,对咱们家,对你和我,还是那么无微不至地关心、照顾。可我什么都不能为他们做,真是心中不安。

晚上孩子们都走了,屋内又空荡荡的,一片寂静,没有一点声音。我打开电视,屏幕上映出了各地庆元旦的欢乐场景,可我面对电视画面,又流下了思念你的悲伤泪水。

2003 年元旦

第58封信

振　荣：

　　你现在到底在哪里？如按佛教的说法，真有来世，你现在可能已经在某一地出世。我知道你不相信这些，但我真希望能是这样。不论你在什么地方，我总想去看看，如真能彼此相认，那该多好！可这是不可能的事。

　　振荣，我怎么也不会想到，我们竟会过早地、匆匆地、毫无思想准备地永远地分别。即便在你动手术时，甚至在你被抢救的那段时间里，我也不曾想到你会永远地走了。我真没有想过这一天会那么早突然降临。这些想法近几天竟又强烈地在我脑子里浮现，怎么也挥之不去。现在屋子里从早到晚见不到一个人，院子里也寂静得很，几乎看不到有人走动，甚至电话铃声也很少响起，天气又冷得很，已经连续多天 – 9℃，据气象预报，明天要降至 – 12℃。这样的天气，我只能困在空空的房子内，冷清、寂寞得很，只有面对你的照片给你写信，与你谈心，我心中才觉舒服一些，总算可以倾诉心中郁积的思念了。我相信你的灵魂还在家，能默默地与我交谈，听我唠叨，可我又多么盼望能再一次听到你的声音。我深知这一企盼今生不会实现了。

　　振荣，在过去的信中我曾对你说过，没有了你，我特别依恋孩子们。现在我盼着双休日，就像童年盼年一样，我感到一周的日子过得那样缓慢，可盼到双休日见到了儿女，这两天又迅即逝去，时光溜走得竟又那么迅速。没办法，在等待中，又盼着他们能打来电话，在电话中与孩子们说几句话，我也能感到欣慰，得到些许温暖。幸好胞妹冰洁常来电话，她的关怀和亲切的嘱咐，使我得到极大安慰。

2003 年 1 月 3 日

第 59 封信

振　荣：

　　你好吗？今天是星期日，小红和叶子在这里，屋子里也有了生气，因此我的心情也畅快了许多，望你放心。建新昨天带材料来陪我大半天，尽管他在静静地写东西，没有人和我说话，但只要孩子们在我身边，我就很满足了。我很希望晚上能有孩子陪我一段时间，哪怕不在这里住宿，我也不会感到那么寂寞、孤单。可是，你是知道我脾气的，我不会给孩子们提过多的要求，他们都那么忙。自你走后，他们格外关心我，有时我都会想，我是不是已经成为他们的负担。我知道，孩子们不会这样想，但我总怕给他们增加负担。振荣，你这样突然走了，真带来了不少问题，我有时苦思冥想，实在想不出好的办法。你知道，我是个很自觉的人，也是个感情很脆弱的人，经常控制不住自己。今后怎么办，我不敢想。

　　上午罗珠来了，我很高兴。因他一直视你为父亲般的师长，你也既关心又挂念他，所以过去他每次来，我们都留他吃饭，亲切畅谈，没有一点客套，有时甚至他亲自下厨不让我帮忙。在你走后的几天里，他在我们的客厅里一直独自蹲在一边，很少与人交谈，极为悲伤。我知道，这突如其来的噩耗，他一时难以承受，所以将你送走之后，他接连两次看望我。基于这些原因，我也对他多了一份牵挂。但一年多来，我没有再见到他，我想他是怕再到这熟悉的房子里心中难过，因为他对你怀有深厚的感情，你也对他特别关爱。我记得在你生前他最后一次来咱家时，谈了很多，一直不愿离去。临走时，因酒喝得多了一点，他走路有些不稳，你担心他路上出事，便给他钱让他坐车，一再嘱咐他路上小心，我也嘱咐了几句。他说："不要紧，我爸给我钱了，我坐车。"过去，他如酒喝多了，临走我们都将他送到门外，你会亲自叫出租车，并叮嘱司机照顾他一下。但这次他临走时，因家中又来了客人，我们没有送他，为此我们一直很牵挂。没想到，那次你与他的分别竟成了永别。由于你们两人的深厚情谊，我见到他就好像又真切地看到了你们两人亲切交谈的情景，也像突然见到了久别的孩子，一时又控制不住怀念你的感情。

振荣，罗珠看起来比过去胖了，也比过去精神了许多，望你不要挂念他。一年来，他写了一部法制方面的电视剧剧本，现在这部剧在北京拍摄，准备在中央电视台第八频道播出。下一步他还准备写一部长篇小说，你听到这些一定非常高兴。关于你最后一本散文集的出版问题，他初步翻阅了一下现有文章，说心中有数了，与建新商量后工作由他去做，为此我很感激。他又提到为你出一部像样的文集（全集），不知你意向如何？能给我一点信息吗？

2003 年 1 月 5 日

第 60 封信

振　荣：

有件事我还没有告诉你，咱们的大儿子建新的职务又提升了。新年前夕，市委已经决定，由他任市档案局局长、党组书记，同时仍担任市委副秘书长的职务。振荣，你听到这一消息一定是非常高兴的。我想，你并不是为他升职高兴，而是为孩子一贯勤恳工作，不负众望，做出显著成绩而高兴。不过，市委这边的工作总是那么忙，建新近来又连续加班，准备几个大会的材料，如再加上档案局的工作，今后他的责任更大了、工作更重了，我担心孩子能否吃得消。我没有一点能力帮助他，如你在那该多好，你有做领导工作的能力和经验，一定能帮他一把，至少能出出主意，与他商讨，帮他解决一些问题，我想这也是孩子所需要的。振荣，你知道吗？有时我竟怜悯起孩子们，他们才四十几岁就失去了父亲。小群在一段追忆你的文字中写道，"父亲像一棵树，高大挺拔；父亲像太阳，照耀我成长；父亲像大山，是我最信赖的依靠"。试想，一棵大树倒了，一座大山塌了，这对孩子们来说是多么大的灾难！做母亲的又是这般软弱，年龄越来越大，今后只能给孩子们增加更多负担，想起这些，我心中非常不安。

还有件事也是你过去极为关注的，济南市人大常委会昨天召开会议，任命济南市代市长。这是我市的一件大事，希望今后济南的工作有新的面貌。你一向极为关注的泉城面貌的变化，今后我会随时告知你。再见！

2003 年 1 月 8 日

第 61 封信

振 荣：

因这些天身体不太舒服，所以没有给你写信，望你原谅。但是，我没有一天不在心里和你说话，甚至在梦中见到你。我想你是知道的，因我们两人的心是连在一起的。

建新已于昨天去档案局办理了工作交接，明天就要参加全省档案工作会议了。市委这边的工作究竟怎么办，领导还没有最后交代。如两边都忙，建新真是负担太重了，我真的很挂心。

昨天上午，大观园商场的副总张秀玲同志来到咱家，她对你的离去很难过，不停地说，你走前她来看看就好了。对她的到来，我很感激。她是个很重友情的人，我们也谈得很投机。她说咱们搬家后，她曾去过咱们在经五路的宿舍，方知咱们已搬家，之前她还给咱们寄过新年贺卡，被退了回去。我对她讲，我们曾去她宿舍周围打听过，但没有找到她的家。对此，她表示非常遗憾。她已经退休，自己在外干了点儿事，具体干什么，我也不便询问。

　　还有半个月又要过春节了，我现在对这种节日一点兴趣都没有了，不过到时候孩子们都回家来，我会得到一些安慰。特别是小群一家远离家乡，一年见不了几次，甚至只能春节见一次。这成了我的一块心病，每想起这事，我心中非常伤感，但又有什么办法？他最小，却离父母最远。为此，我又盼着春节来临，能全家团聚。但你永远走了，今后再也没有全家团聚的欢乐情景了。回想过去你在时，那种幸福、欢乐的日子是多么美好，我后悔没有好好珍惜。现在，我深深地体会到，只有失去的东西才是最宝贵的。

2003 年 1 月 14 日

第 62 封信

振　荣：

　　整整一个月没有给你写信了，但我仍无时无刻不在心中与你说话，思念之情时时袭来。我对这种一生中从没有过的心痛实在无力控制，自你走后我流出的泪水，恐怕比我七十多年里流的泪都要多很多倍。直到现在，我仍不愿相信你就这样永远地走了。我们还能有见面的机会吗？面对写字台上你在麦克风前面带笑容讲话的照片，我竟觉得你仍精神饱满地在我面前，你真的没有走，我们正在谈话。这时，我才会觉得心中宽慰了许多，我愿这样永远面对着你，以减轻对你的思念。

　　振荣，2003 年的春节又这样匆匆地过去了，孩子们即将开学，所以家中又剩了我们两人。感谢你春节与我们一起吃了年夜饭，度过了除夕夜，我和孩子们以及孙子牧牧都与你讲了话，愿你好好休息。这期间有不少老同事、好朋友都打来电话或登门探望，使我深感欣慰。因乐乐功课紧，小群一人回来过年，苏艳和乐乐没有回来。按照你生前的嘱托，初一下午，建新和小群一起去看望了你的几个好朋友，有孔孚夫人吴大姐以及徐北文、张蕾、宋遂良等。过节期间，贾延一、朱希森、周长风、高凤胜、朱建信、李全仁等好朋友，都来家里看望。还有市委办公厅、档案局、政协等部门的不少同志，以及老家的侄子、侄女、外甥等，也都来过。尽管人来人往，说说笑笑，但我总觉得没有了你，一切都不像往年那样，心中总觉暗淡、无趣。特别是从今天开始，屋内又恢复了年前的寂静。退休前，盼周末是为了休息以及处理家务，而现在盼周末是为了见到孩子们。他们的到来，可以驱走我心中的烦闷和孤寂，这也是你走后我能得到的唯一乐趣和安慰。

2003年2月14日

第63封信

振　荣：

你走后的第二个元宵节到来了，建新接我去他那里过节。小红已经开学，没有过来。牧牧正月十六报到，所以他高兴地说上高中后第一次在家过正月十五。正月十四晚上，艾萍开车，我们到泉城路观看了彩灯。正月十五上午，建新又陪我逛了花市。与孩子们在一起，我感到轻松、愉快。

今天，你的好学生、好朋友罗珠来了，他的精神面貌与过去比有很大的不同，我想可能是因为烟酒减少了吧，他气色很好，比过去精神了，显得年轻了。我知道你很挂念他，因此在这里告知你，你可以放心了。他说市委统战部已找他谈了话，准备让他任新一届市政协常委。我想，你听到后一定会非常高兴。

振荣，还有件事要告知你，《济南文史》2003年第一期刊登了你的文章《济南寻幽访古记》。"编者按"是这样写的："著名学者任远同志生前任《济南文史》顾问、特邀编审，对市政协文史资料的征编出版工作，给予多方面的热情指导和帮助。《济南寻幽访古记》是任远留给《济南文史》杂志的最后一篇文稿,在他逝世周年之际发表,以示对他的深切怀念。"

振荣,看了这篇访古记,我的眼前又真切地浮现出当时你口述、我为你抄稿的情景。"编者按"中提到,这是你"留给《济南文史》杂志的最后一篇文稿",这句话又一次刺疼了我的心。因为以你的身体情况和饱满的精神,这篇文稿不应该过早地成为最后一篇,你还有那么多写作计划。你走后的这一年多来,不论是国家、家乡,还是咱们的小家庭,都发生了那么大的变化,有多少素材在等你撰写。你多次说想学用电脑,现在孩子们都有了电脑,孙子、外孙女都能熟练地操作了,多么好的学习机会呀,你却急急地走了。直到现在,每想起这些,我仍无法承受,心疼得很。

2003 年 2 月 17 日

第 64 封信

振　荣:

又整整一个月没给你写信了,你好吗?你现在到底在哪里?真想能见你一面。最近,我连续几次在梦中见到你,但太短暂了,醒来后又是一场空,要是永远留在梦中,那该多好!我从没想到,思念亲人是这么痛苦。

你走后朋友们发表的怀念文章,我和孩子们商量,想汇编成册,出一本纪念文集。两个孙子也都写了怀念爷爷的文章,我也正在赶写,想倾诉一下对你的思念和追忆,但有时实在写不下去,无法控制自己的心情。我真不敢相信,自己竟会在这个年龄写这种文章。我不停地苦苦思索,人生为什么这么无常?

昨天我整理写字台抽屉,发现了还保存完好的 1987 年 5 月 3 日和 12 日你写给我的两封信(因那时我在石家庄帮助小群夫妻照顾乐乐)。一字一句地细读，仿佛你就在我面前对我讲话。你告知我婆母去世的情况，嘱咐我一定要平心静气，不能引起心脏不适，说你比我心宽得多，完全经得起，让我不必挂心。特别是你还在信中嘱咐小群和苏艳，让他们要照顾好我的身体。你说，特别是我有心脏病，"要时刻注意，不能太累，不能有丝毫麻痹"。你挂心我没带急救盒，嘱咐"别的药一定要准备"。

我反复看着这充满关切的话语，心又被深深地刺疼了。振荣，你时刻关心着我、呵护着我，而我对你的照顾太少了。你走得那么急，不给我多留些照顾你的时间。我对此非常悔恨，今生再也不能弥补了，这成了我终生的遗憾。这两封信，我感到那么珍贵，又那么亲切，我要永远保存，让它们陪伴我，直到我们在九泉之下相见。

前天振苔弟来了，这是你走后他第一次来济。他已不在村里的翻砂厂做传达了，因两个厂合并，四个传达员只留了两人。没有了这笔收入，他的生活就困难了。你是大哥，如还在世，定会帮他想想办法，一家人商量一下，以后他年龄大无劳力了，两个孩子怎样负起赡养父母的责任。我作为嫂子，不好去干预这些事，但也要尽我的力量去帮助他。为此，临走时，我给了他 200 元钱，我想这也是你的遗愿。

2003 年 3 月 17 日

第 65 封信

振　荣：

你好吗？时光流逝得真快，2003 年的清明节又将来临。过去每年一度的清明，都令我愉快、舒畅，因又到了春暖花开的季节，我们又可以携手漫步，欣赏大地春光，那是一番多么幸福的情景！可自你走后，同样是春色明媚的清明，却再也唤不起我往日的美好心情，相反，它带来的是无法抑制的悲凉和更深的思念。振荣,你真的永远不回来了吗?我总是痴痴地想,这到底是怎么回事?我真希望这是一场梦,我也愿在梦里和你相遇,哪怕永远醒不过来,只要能与你在一起。在你走后这一年多的时间里,在咱们的儿女、朋友和所有亲人的关心、照料下,我身体还可以,望你放心。我尽量克制自己离开你的悲苦心情,但也越来越深切地体会到,夫妻两人中一人离开,另一人的那种永远无法弥补的孤寂心情。我常常呆呆地望着我们宽敞的新房,想到你一生蜷缩在那间狭窄的居室中,不知疲倦地读书、写作,好不容易有了这样宽大的客厅、敞亮的书房和舒心的卧室,你是那样心满意足,可你仅仅住了一年多的时间,就再也不回来了,这是我无论如何也承受不了的。

振荣,在我心中,你永远和我在一起。你的照片每日都在我面前,你微笑着,似在与我说话。你的书刊、写作用具,还像你在时摆放在那里,我好像能看到你仍在写字台前静静地看书、写作。你的衣物也还整齐地放在衣橱内,我不愿做任何处理,因为那上面有你的体温和汗渍,这些能带给我温暖,看见它们,就如同你还在我身边陪伴,使我不至于太寂寞、孤单。阳台上你精心养育的各种花卉,我每天都认真按时喷洒、浇灌,想着也许你会回来欣赏。

2003 年 3 月 28 日

第 66 封信

振 荣:

你好吗?将近一个月没给你写信了,你不会怨我吧?这一段日子,我写了一篇回忆、怀念你的文章,这是我自 1983 年退休后,第一次提笔写点东西。实际上自你走后我就在脑中酝酿着文章的内容,也早已开始断断续续用笔记录下来，可至今尚未完成。振荣，我想你能想象出来我是怀着一种什么样的心情在写、在诉说。我虽然有时实在控制不住感情，不得不一次次停下来，但又总觉得只有以这种方式跟你说说话，好像心中才感到轻松一点。我相信，你会听到我心中的声音。

本月上旬，罗珠来了。我曾与他谈过，想为你出一部朋友们所写怀念文章的集子，还有你尚未收入集子的遗作，我也想再为你出一部散文集。他告知我，已与编辑部的国章、崔苇共同商量决定，由《当代小说》出资，罗珠具体帮助出版。国章也打来电话告知我此事，我已代表你向他表示感谢。虽我再三说由我们自己拿钱，但他们说已经定了，就这样办，并决定由徐北文写一书名，李永祥为集子写序。振荣，你听到这一消息也一定会非常高兴。待集子出版后，我一定拿给你看看。

上周，我心脏又不好，仍是心肌缺血。我本不想再拖累孩子，吃点药缓解就行了，但反复发作，没办法，就让建新陪我去四院看了一下，仍是潘林、新林一直陪着找大夫诊治，他们工作都那么忙，我真有些过意不去。这次共打了九天吊针，还是新林来回跑着照顾我。为了少耽误她的时间，我在建新的宿舍打了几天针后，又到小红那里住了几天，孩子们都很细心地照顾我，使我得到了极大安慰。现在我身体已恢复，并于昨天回到家中，望你放心。

这一段，全国出现非典型肺炎，传染性极强，以广东、北京最为严重，其次是山西，全国已有三千多人突发此病，死亡百余人。现全国各地都在大搞防"非典"活动，幸好济南只有一例，属输入型，是从太原调来的一名公司高管，现病情已好转。山东也仅此一例，省、市领导都极为重视。

2003 年 4 月 16 日

第 67 封信

振　荣：

　　你好！很想念你。今年的"五一"节，因全国都防"非典"，所以没有放长假，仅法定假日三天，加正常周末两天，共放假五天。牧牧因集体住校，按教委规定，没有放假，仍在校学习，家长也不能进校门，双休日仍照常在校，真苦了这些孩子了。叶子休假四天，今天已正式上课了，家里又剩我一人，实在烦闷、寂寞。只有在此与你说说话，才能缓解我心中的郁闷。

　　振荣，这几日我在梦中见到你两次，我多么高兴啊，可醒来又是一场空。我多么想让梦就那样一直持续下去，就算永远醒不过来，只要能与你在一起，我也心甘情愿。自你走后，孩子们对我很关心、体贴，可他们工作忙，不能常陪我，再加上距离那么远，来一趟不容易。虽然我希望他们能常来看看，和我说说话，让我多享受一点亲情的温暖，但是我不能向他们提出这样的要求，不能过多拖累他们。你知道，我和你一样，是个很自觉的人，就是对孩子，我也不愿提过高的要求。你知道，我现在多么渴望听到电话铃响，有时站在窗口，又多么希望能看到孩子们回家的身影。由于"非典"蔓延，今年"五一"小群他们没有回来。河北比山东疫情重一些，乐乐已放假在家。他们又分了一套房子，是三室一厅的，约有七十多平方米，正好借"五一"假期，小群和苏艳在家收拾房子。不过，我很想念他们，在电话中说说话，也感到很满足。

2003 年 5 月 5 日

第68封信

振　荣：

　　虽然又有一个多月没给你写信，但我仍感到每天都在与你交谈。因这些日子，我在整理你的作品和一些底稿，准备为你写一份年谱。可以说，这一段时间，我将身心全部投入到你的作品中，读着那些熟悉的文字，感觉那样的亲切。有些文章的题目，是你事先写出几个，经我们两人商量后确定的，又几乎每篇都是你根据草稿口述，由我抄写的。我整理着这些材料，仿佛你仍在身边陪着我，有时甚至忘了时间，一两个小时瞬间过去，竟没有丝毫疲倦的感觉。

　　最近，我翻阅你存的部分底稿，发现有些作品没有被收入已出版的集子里，还有不少草稿没有最后整理，不知这些稿件是不是你想以后整理发表的？能找到的我都挑了出来，想抽空整理、抄清，与你已编好的部分作品一起，作为你一生最后一部散文集出版，我想这也是你的心愿。另，还有那么多素材，我实在不知怎样处理。你一生留下的多少笔迹，我都想一一保存起来，因为有它们在眼前，我就像见到了你一样。可能是每天与我熟悉的这些文字打交道的关系，前天夜间，我正睡着，突然睁开眼，似看到你站在房子中间，我随即喊了一声，可打开灯，屋里仍是空寂、冷清。振荣，你真的回来了吗？为什么不让我见到你？至今，我仍每天都在等你，实在不相信你会永远不再回来。

　　现在中央台正在播一部叫《书香门第》的电视剧，主人公之一是高明饰演的，一位在"文革"中受到冲击曾蹲过监狱的经济学教授，他像你一样，每天手不离书，身不离书房，特别是他讲话的语气、神情、手势、表达能力等，都那么像你。尤其是有一次他在与一位教授谈话时的语言表达和姿势、神态，哪里是演员在表演，简直就是你在讲话，我真像又见到了你，思念的眼泪不停地流出。振荣，你不该走得这样早，让我终日孤独地承受这一切。

2003年6月6日

第69封信

振　荣：

　　时间过得飞快，又一个多月过去了，炎炎夏日已经到来。振荣，你在哪里？咱们房间比较凉爽，我真渴望你能回来。我今天中午躺在床上，怎么也不能入睡，脑中几乎全是你在家的情形，你的身影总在我眼前晃动，我越来越感到我的生活中实在不能没有你。现在我一人在家，终日几乎很少出门，因过去都是我们两人一起出去，所以我一人外出感到特别孤独。一个人走在街上，没有人与我说话，过马路时，总想起你每次都搀扶着我，可现在这一切都不存在了，我心中感到极端的凄凉。孩子们说还是找个保姆吧，我仍不愿要，因为我现在不是需要有人照顾，而是缺少亲情的呵护。去年上半年小群在这里，给了我极大温暖，如现在能有个孩子每天回来，我就会感到极大的欣慰，如能那样，我就心满意足了。可是做不到，他们都那么忙，而且又离我那么远，我绝不能要求他们天天回来陪我。现在我只能盼周三和周末，周三晚上儿子来陪我，周末女儿来，这几天我能享受到亲情的温暖。可当他们走时，我总是在窗前恋恋不舍地望着他们远去的背影，心中又酸楚得很，回过头来，屋内又重现了空寂的情形。我多么渴望一家老小都聚在一起的幸福生活。

　　为给你写传略，上周我给振芙弟去信，让他将你在老家的情况写写，但他回电说手抖得厉害，写字很困难，只在电话中谈了一下。他十分怀念你，曾作一首小诗，在电话中口述，我记了下来，现抄给你："失去父兄心胆寒，骨肉同胞是靠山。昔日教导永记心，你的遗愿由我担。"

你离去的消息，我一直没有告知你的好友江晓天。在整理你的资料时，我发现了他的地址，便写信给他，并将《当代小说》邀请写怀念文章的函发去。昨天，接到了他的来信，信中语言十分亲切，我深受感动。他在寄给我的信中说："得悉任远突然去世的消息，我很震惊、很悲痛！多次想给你写信，可不知住址。任远粗心，从未告诉过我你的姓名。"他说曾到处打听我们的住址，但打听不到。他说你走后，"我一是关心你和孩子的境况；二是总想写点纪念他的文字，以表哀思之情"。振荣，晓天同志的这些话，使我深深感到老同志、老朋友之间那种纯真的友情。他还说，凭借他对你为人、为文的品格的了解和认识，写了篇怀念文章，已寄给当代小说编辑部。他怀念1948年至1950年，你们在青年文化报的那段难忘岁月。你们一伙儿二十多岁的年轻人，同心同德，团结奋战，创办了《青年文化报》。他说那是他平生最美好的一段时光……他最后说："望你多保重身体。孩子都工作了吧？能有儿孙住在一起最好，享享天伦之乐！"

振荣，我是眼含泪水读完这封信的。没有了你，孩子们也不能天天在身边，我是享受不到天伦之乐的。

2003年6月19日

第70封信

振　荣：

这一个多月来，我继续仔细整理你遗留下的一些资料，找到了几本日记，摘录下了你的一些活动记录。本想为你写个年谱，但只找到了1996、1998、2000、2001年的日记，资料不全，不好写。我与建新商量，就不写年谱了，只写个传略。我找了一些资料以及你过去写的一些业务自传，建新答应等他忙过这一阵儿后，动笔起草一下，不知这样安排你是否同意。

小红和叶子、牧牧都放暑假了。因暑假后，牧牧和叶子就升入高三了，所以提前至8月4日开学。明年6月份他俩就要参加高考了，如你在，那该有多好，我想你会非常高兴。这一段时间有女儿在家陪着我，消减了我心中的寂寞和孤独感。没有了你，如再没有孩子，那该是多么凄凉的情景！

2003年7月18日

第71封信

振　荣：

这一阶段，朋友们都在为你的纪念文集写文章，他们接到《当代小说》发的邀请函后，都表示自你走后，总想写点东西以表怀念之情，我非常感谢他们。从几个老朋友打来的电话中，我感到他们是那样怀念你，交谈中的感人话语，总使我禁不住流下眼泪。前几天济南大学袁梅教授的夫人郭大姐来电话，说老袁十分怀念你，很愿为你写篇文章，但一提笔总控制不住感情，为此引起身体不适，犯了病，没有办法再写下去，让我谅解。她说老袁是个很重感情的人，我听后非常难过，劝他不要再写了，保重身体要紧。

振荣，你走得实在太早了，不只是我和孩子们需要你，你的众多好朋友也想与你倾谈、交流。不知为什么，至今我还是不相信你永远不回来了，你忙忙碌碌的身影总在我眼前、我心中闪现，我多么渴望能再见你一面。

2003年7月21日

第72封信

振　荣：

我深知你对家乡的建设、泉城面貌的变化是那样的关注，所以，自你走后，不论哪里有什么新的变化，又出现了什么新的建设，我总是很自然地首先想到你，想到如你在，看到出现的这些新面貌或是新规划，该是如何高兴。为此，每次我都在信中一一告诉了你，不知你能否收到我的信息。如你在，有些新的建设、新的景点，我们早就去欣赏了，可现在，那样的情景再也没有了，每逢想到这些，我就十分伤感。

这些日子，整理你留下的资料，发现了1990年你去新疆时给我寄来的一封信。这是那年8月8日——你刚到新疆的第二天，从博乐市寄来的。你要在博乐讲学五六天，然后再到新疆各地参观。你写道，3日从济南出发，6日才万里迢迢到达新疆，大约25日左右才能回来。信的最后署名是"远在天边的任远"。振荣，我看到这几个字，又实在控制不住自己。那时你虽"远在天边"，但总还是能回到我的身边，可现在你在哪里？哪怕不在天边，甚至在天外，如能有个回来的日期，我心中也是温暖的。我一定等着，可谁能告知我这个日期？

振荣，我们两人相依相伴四十五年，你却先一步离开了，我从没想过这一天的到来会是什么样，所以一旦突然到来，我便难以承受。我真想不到夫妻两人分离的日子这样难熬。这些我不能对孩子们讲，以免他们挂心，但总憋在心里又实在难受，只有以这种方式对你倾诉，说出、写出了，会觉得轻松一些。因为我感到这是我们两人在谈话，就像你在家时那样，我们没有分离。振荣，你在听我说吗？我相信你会听到的，心中的话讲出来了，就轻松多了。你放心，为使你不挂心，为了孩子，我一定会自己保重。

2003年7月24日

第 73 封信

振 荣：

孩子们的一个暑假早就结束了，又剩我一人独守空房，我的心情再一次低沉起来，如果不拨个电话，甚至一天都不说一句话。我虽尽量想办法排解，但孤独的心情总难以抑制，因此就更加想念你，怀念我们在一起的日子。虽然两人相依几十年，但我总觉得是那么短暂，今后再也享受不到那种幸福生活了。尽管咱们的儿女都很孝顺，非常关心、照顾我，使我得到极大安慰，但他们对我的爱怎么也代替不了你，况且他们都那么忙，我不能太拖累他们。好在我的身体没出现大问题，只是前一阵常感到有些眩晕，在潘林和新林的帮助下，又去四院做了次检查，结论是由于颈椎压迫脑供血不足所致，打了五天吊针，已经痊愈。这次还是麻烦他俩跑前跑后，我真有些过意不去。

2003 年 9 月 5 日

第 74 封信

振 荣：

一年一度的八月节又过去了，今年我是在建新那里度过的。因不是周末，牧牧没有回来，小红一家到剑波母亲那里去了。饭后，与建新、艾萍外出散步赏月，心情感到轻松、愉快。望着圆圆的明月，我很自然地又想到你，振荣，你在哪里？想到此不免一阵伤感。八月节是家家团圆的日子，可在咱们家，你走了，即便孩子们能全聚在一起也是残缺的。

振荣，告诉你一件使你高兴的事。由于今年雨水多，再加封井保泉的措施得力，趵突泉停喷 548 天后，于 9 月 6 日又喷涌了。近来济南全部泉群都恢复了生机，就连章丘百脉泉沉睡了 909 天，也于 9 月 16 日晨神奇地喷涌了。现在适逢国庆节黄金周即将到来，旅游观泉的客人已逐日上升。振荣，如你在家，我们肯定早去观赏了，可我现在只在电视上看看，多么想你能陪我再去看泉啊！

2003 年 9 月 17 日

第 75 封信

振　荣：

今天中午我睡了一小觉，在梦中又见到了你。像平时一样，我们在听收音机里播送的一首合唱歌曲，是二部合唱。你告诉我二部合唱是怎么唱，我说用不着你说，我知道，因为我在学校时参加过这种合唱。在梦中，我丝毫没有你已不在的思想。在我似乎已经醒了但还迷糊时，只一瞬间便听不到你说话了，至睁开眼睛，才知是个梦，你根本不在我身边，泪水随即不停地流出。我真希望永远留在梦中，你知道我是多么想念你，渴望见到你呀！

振荣，你的纪念文集已排出了清样，建新正在看，共五十余篇文稿，另配几张照片。待印好后，等你离世两周年我去看望你时，一定带给你。这一文集的出版，了却了我第一个心愿。我现正着手整理你未结集的遗稿，以备出版你最后一部散文集。至于你曾希望出一本选集或文集，等这本集子完成后再安排，望你放心。还有什么愿望，望在梦中告知我。

2003 年 9 月 26 日

第76封信

振　荣：

　　今天是国庆节，本应是欢庆的日子，但我心中丝毫没有这样的感觉，再加上阴雨连绵，更增添了悲凉的气氛。今天孩子们都没来，我一人更觉孤独难忍，只有在此与你说说话，以解心中烦闷。振荣，你现在在哪里？也像我这样一个人孤独地度日吗？我实在太想念你了，每日在心中不知与你说多少话，你能否听到、感应到？每早一睁眼，我总会想到过去这时，你早已在写字台前读书和写作，然后等我洗漱完毕再一起外出散步；做早饭时会想起，过去每天总是你去煮鸡蛋、馏馒头；早饭后会想到，我们常常冲上一壶茶，然后我端一杯放在你面前的写字台上；吃饭时常会想到，你是否还会坐在桌前与我一起用餐；晚上看电视时又会想起，你总愿躺在沙发上，有时竟能打起呼噜。睡前躺在床上，稍微听到一点动静，我都要立即睁开眼睛，看是否你回来了。我明知这是不可能的事，但每次都不自觉地这样做。真的，振荣，至今我仍感到你还在，虽再也见不到你，但仍觉得处处都有你的身影，你还在天天陪着我。所以我每天都愿与你说话，你挂心的或者有兴趣了解的事，都想要告知你。振荣，我愿以这种方式与你保持联系，进行沟通，直至我们相见。

　　今年"十一"黄金周，小群没有回来，我很想念他。苏艳在医院动了个小手术，术前我本想去一趟，因为一说动手术我还是有些担心，也记挂着乐乐没人照顾。新林也想去帮助照顾一下，但小群和苏艳都不同意，怕我身体不行，也不能为此再麻烦新林。今天苏艳已经出院了，我总算放下个大包袱。孩子们都平平安安，不出什么事，我们做父母的也就安心了。

2003年10月1日

第 77 封信

振　荣：

今天是"十一"黄金周的第五天了，牧牧和叶子因即将毕业，今天就开始加课，小红也回去上课了，所以又剩我一人在家，实在感到寂寞，还是我们两人说说话吧。

1日下午，建新接我到他宿舍去了，牧牧也在家，孩子们在跟前，我心情就愉快多了。2日上午，小红和叶子也去了，大家在一起包饺子、吃饺子，我感到了一种暖融融的气氛。只是小群一家不在，特别是你也远离了我们，我内心不免有些空旷、失落，更多的是思念。幸有女儿下午陪我回家，使我不至于太孤寂。

振荣，告知你一件你始终挂心的事。于仲航同志在为你写的怀念文章中提到了哥哥任振华，老于又提供了当时哥哥学校几个同学的地址。过几天建新准备去拜访老于，探询一下具体情况，如真能寻到线索，我们一定千方百计想办法，尽量代你实现想找到哥哥遗骨的心愿。

2003年10月5日上午

第 78 封信

振　荣：

"十一"黄金周匆匆地过去了，5日小红和牧牧、叶子就上课了。6日，建新陪我和艾萍的妈妈到柳埠一个新辟的景点看了看，名字叫"槲树湾"，虽没有什么稀罕景致，但周围是青山绿水，柿子树、山楂树、板栗树等不少，另盖了几间草房，加工生产豆腐、煎饼等。这里环境安静，空气清新，在槲树湾（实际是一水库）旁，有简单的连椅可以供人休息。坐在那里，眼望绿水、青山、蓝天，我连呼吸都感到那么顺畅，别有一番情趣，这是在市里任何地方都享受不到的。还有农家的大秋千，我们都轻轻荡了一会儿，非常舒服，好似又回到了童年在老家打秋千的场景。振荣，我在尽情欣赏这自然美景的同时，仍深深思念着你。我本该与你一起走进这一个个景点，听你讲述一个个南部山区的故事，那该是一种什么心情。我至今还在奢望你能回来。

振荣，你当年参与领导维修的九顶塔，如今新设了一处"九顶塔民族风情园"，于今年"十一"成了旅游的黄金景点。我们没有去，但在路上看到一个路牌标志，指明去九顶塔的路线，这使我不禁想到你四十年前参加维修九顶塔的情形。现在坐小汽车到此，也要近一个小时，可当年你是骑自行车来回奔波。那时没有平坦的大路，你去那儿还要经过一道河滩，我不知那是什么河，记得你说因下大雨，河里有水，要扛着自行车过河。这么遥远、难行的路，不知你骑自行车要多长时间。那时我没到过南部山区，现在亲眼见到了你曾走过的路，但已是平坦的柏油路了。想到那时你在崎岖的山路上骑车前行，那么遥远，又是上坡，真是太苦了，我顿感心中疼痛。振荣，如果今天你能看到九顶塔的新颜和周围的环境，那该有多么高兴，不知又写出多少华章来赞扬、歌颂。

2003年10月8日

第79封信

振　荣：

你好吗？十分想念你！每天不知要念叨你多少遍，屋子里空荡荡的，我只有在心中不停地与你说话，不知道你能否感应到。可在我心中，你能听到我对你讲的每一句话。

这几天连续阴雨，使人更觉沉闷、孤寂。今天虽是周六，但因下雨，小红是不会来了，建新昨天去四川成都参加档案工作的有关会议了。我真想不到，自己的晚年会是这样孤独地度过。虽然孩子们都很体贴、照顾我，可任何人都代替不了你，况且他们又住得那么远，工作又忙，我怎么忍心过多地拖累他们。

振荣，再告知你一些你最关心的消息。今年"十一"黄金周，泉城得益于群泉复涌，以"赏泉游园，欢乐济南"为主题的节庆活动缤纷多彩，共吸引了157.88万人次的游客来济南旅游。在全省17地市中，我们济南市的接待量和旅游收入居第一位，实现旅游总收入9.15亿元，加上交通、商场等收入，共计14个亿，这是多么可观的数字！特别是七天来，仅赏泉的游客就有50万人。4日下午，我与小红也去趵突泉逛了近一小时，看到清清的泉水，我们都感到心中清爽、明净。王府池子以及有些住家院中的清泉也吸引了不少人。如你在，我们一定会前去走街串巷，慢慢观赏，那该有多么愉快！如今剩我一人，我既无兴趣也无勇气独自前往。

牧牧和叶子于5日、6日又进行了一次考试，据说是月考，但考的科目比期末考试还要多。昨天牧牧打电话告诉我，考试成绩已揭晓，牧牧是全班第4名，山东省实验中学东校级部第4名，与山东省实验中学校本部班级合并，则是级部第10名。叶子是全班第12名，山东省实验中学校本部级部第36名。明年6月他们就要高考了，你的孙子、外孙女将要成为大学生了，你听后，一定非常高兴吧！

2003年10月11日

第80封信

振　荣：

　　连续两天的降雨，今天终于结束了，太阳间或探出头来，我心中顿觉舒展多了。可温度骤降，今天最低气温降到了3℃，最高也只有10℃，气象部门称，这是近年来罕见的情况。11日的一整天降雨，我市平均降雨量达到80毫米，为暴雨级别。10月出现如此大的降雨，是济南市30年来罕见的。振荣，我知道，你最关心趵突泉的水位，现在我欣喜地告诉你，昨天趵突泉的水位达到了28.05米，是1998年以来的最高值，一天之内就涨了18厘米。据专家称，"趵突泉水位达到28.5米问题不大，届时，趵突泉'平地涌起三尺雪'的壮观景象将会出现"。我多么渴望我们两人一起去观赏泉水涌动的景观，可今生今世再也找不回这一天了！

　　昨天仍是不断的绵绵细雨，虽是周末，我想小红不可能来了，可当我听到门铃响时，第一反应就是：是不是女儿来了？打开门一看，果然是她，我心中立时有了说不出的高兴。孩子是迎着寒风冒雨来的，我知道她是怕我寂寞来陪伴我，我顿觉一股暖流涌遍全身。有孩子在身边，驱散了孤独和寂寞，使我得到了极大的安慰。再加上两个儿子都打来了电话，建新是从四川绵阳打来的，小群是从石家庄家中打来的，我听到他们两人的声音，如同见面一样，感受到了亲情的慰藉。振荣，你走了，我在苦苦思念你的同时，也时时得到孩子们的关心、体贴，是他们使我逐步振作起来，努力适应独居的环境。尽管时时有反复，但我能尽量想办法摆脱。

　　这几天连续阴雨，气温骤降，牧牧感冒已输液四次，至今仍不太好。因为怕耽误功课，昨晚艾萍就开车送他去东校，真让人挂心。艾萍实在太忙，周末两天都不休息，建新不在，她还要照顾牧牧，太劳累了。叶子几天来都要冒雨骑车去学校，晚上9点以后才能回来，真难为孩子了。

2003年10月13日

第 81 封信

振 荣：

你好！我每天都在心底呼唤你，可总也得不到一点回音。明知得到回音是不可能实现的，可不知为什么，我总是在心中期盼、等待。你走了快两年了，但你仍在我心中占据着非常非常重要的位置，我无时无刻不想着你、念着你。现在是下午 4 时，过去这时已是我们一天中第二次外出散步的时间，可自你走后，我几乎很少自己外出散步，没有你的陪伴，我不愿自己出去。多少年来，我习惯了我们两人外出散步或采购物品，没有你在身边，我一人走在路上，感到那样的孤独、无趣。同时，我的脑海中又时时映现出我们两人并肩行走的情景。这一切的一切，我实在忘不掉，也永远忘不掉，想尽量不想，但根本做不到。怎么办？振荣，这实在太折磨人了。

今天是周六，总盼望能见到孩子们来，但小红有课，建新也听课，没有一个能来，我感到寂寞得很。早知如此，不搬到这里来多好，离孩子们近一点，也能随时见到他们。现在我孤孤单单一人在此，如能有个孩子在身边，我会宽慰得多，可这又是不可能的。

振荣，再告知你一件你同样十分关注的事情：10 月 15 日 9 时 9 分 50 秒，我国自行研制的神舟五号载人飞船，在酒泉卫星发射中心发射成功了，中国首位航天员杨利伟被顺利送上了太空。飞船绕地球飞行 14 圈后，于 16 日晨 6 时 23 分，成功降落在内蒙古四子王旗主着陆场，实际降落地点距理论降落地点仅 4.8 公里。航天员杨利伟在太空邀游了 21 小时，航程 60 余万公里。这是我国在航天事业中一次伟大的胜利，是一件非常激动人心的事情。16 日我整整看了一上午电视转播，场景十分感人，使人振奋。这几天，中央电视台连续播放了记者采访航天员和载人飞船各个系统总指挥的新闻，他们的英雄事迹实在了不起。振荣，如你能与我一起分享这激动人心的时刻，那该有多好！

2003年10月18日

第82封信

振　荣：

　　你好！你还记得吗？按照阴历今天是我的生日（十月初六），而初七又是你离家的日子，为什么这么巧合？这是我今生永远忘不了的。所以，从那以后我的生日就永远蒙上了一层阴影。小群说要今天回来，我没让他来，我愿平平静静地度过这一天，在这里与你说说话，是再好不过的事情。

　　按阴历算，你已走了两年了，虽两年未曾见面，但我在心中仍天天与你见面，与你说话、谈心，你仍在我心中占据着最重要的、第一位的位置。我深深感到，在我一生中能遇到你这样的伴侣是我最大的幸福，因此我再也没有憾事了。因为在一个人的生活中，这是最重要的一件事。振荣，我真的十分感谢你，你是我生活中的靠山、精神的支柱。过去，不论遇到什么事，有你在，我就感到有依靠，你能拿出办法，应付自如。我身体不舒服，有你在，有你照顾，我会感到安心、平静。我们两人可以说是几十年的恩爱夫妻，从没有真正红过脸、吵过架。论身体条件，我们虽都有冠心病，但没有什么大问题，所以我们总认为相伴到八十多岁不成问题。可是，飞来的横祸将一切美好的东西都摧毁了，这是我万万想不到的。尽管你已走了两年了，但我至今仍不愿相信你真的不回来了。我时常想，一个精力充沛的人，怎么能说没就没有了？我天天都渴望奇迹出现，能再见到你，难道在我的余生中就再也见不到你了？我实在不甘心，这实在太残忍了。振荣，我真的太想你了，怎么办？我虽强制自己，逐渐闯过了最难忍受的关口，但至今仍摆脱不了由于思念带来的悲苦，时常独自落泪。

振荣，令我感到欣慰的是我们有上进、懂事、孝顺的孩子们，他们的体贴、照顾、关心，时时抚慰着我孤寂的心。你放心，我一定时时宽慰自己，好好活着，为了你能安心，为了孩子们，我也要坚强起来，维持好我们这个曾那么美满幸福的家庭。

2003年10月30日

第83封信

振　荣：

时间过得真快，又进入了11月，但今年的天气有点反常，这些天最高气温都在20℃以上，今天竟高达28℃，使人感到有点燥热。

今天是周六，过去我总盼周末，能见到孩子们，可这一阶段，周六照样我一人在家，孩子们都忙，没有办法。可我实在寂寞难耐，只有提笔给你写信，以疏解心中之烦闷。上午我出去转了一下，顺着我们过去常走的路线（从兴济河桥沿河向东）。本想过便民桥到玉函小区看看，但走到桥边，想到该桥未建之前，我们两人相互搀扶着爬土坡的情景，我心中阵阵紧缩、酸楚，眼中竟溢出了泪水。我立刻感到两腿是那样沉重，再也没有力气越过桥去，只好慢慢返回。我总渴望着有朝一日，我们还能一起携手散步，我知道这是不可能实现的，但在我心中仍牢牢地存在这种奢望。

2003年11月1日

第 84 封信

振　荣：

　　天气渐渐凉了，不知你在哪里，我还是希望你能注意身体，接受教训。咱们家已经来了暖气，室内温暖如春，可你再也享受不到了，每想至此，我心中总阵阵作痛。

　　前几天老家的两个妹妹和秀珍来看望我，我很感激他们。振芳妹将月水有病时你送去 2000 元钱的事一直放在心上，这次她家中卖了树，拿来了 1000 元。我执意不要，但她临走时又将钱偷偷放在了洗衣机的盖布下面。我实在不能要这钱，他们生活都不富裕，收下这钱我实在于心不忍，我想以后还是要给她。我知道，振荣你会同意我这样做的。

　　振荣，你的纪念文集已印好，是大 32 开本，233 个页码，共 44 篇纪念文章、5 首诗、11 篇朋友对你的访谈，再加上你的生平和你全部的作品目录（不包括诗歌）。这本书由当代小说编辑部出资编印，是崔苇、罗珠主编的丛书之一，名为"勤耕文丛"，中国戏剧出版社出版。书由山东和平印刷厂印刷，魏永年无偿做了封面设计。我从内心深处十分感谢这些好朋友、好同志的帮助和支持。

　　振荣，书中文章的作者，有你多年相知、相交的老朋友，也有你曾亲自帮助、扶持、培养成名的中青年作家，还有你的子孙。篇篇文章都透着深深的怀念和真挚的友情，不少追忆、怀念之词非常感人，同时也震撼着我的心，使我的泪水控制不住地流淌。有时我实在不敢再看，但又那么强烈地渴望继续读下去。读着这些文章，我再次深深地感受到了你人格的魅力和优良的品德。振荣，你走得实在太早了，不只是你的亲人无力承受，就连这么多好朋友也那样怀念和痛惜。陈杰在文章中说："在基督教的文化里，一个人过于好，'上帝'就喜欢他，所以早早把他唤去相伴。"可是，

"上帝"将你唤去相伴，为什么不考虑硬硬将休戚与共几十年的伴侣拆散，是何等残酷、无情啊！

振荣，这本纪念文集在我心中篇篇都是血泪文章，我读着它们，好似时时能看到你的身影，你的音容笑貌，也好似能听到你在和这些朋友交谈。这几日，我心中更加不平静，加倍想念你、惦记你，常常夜间醒后就再也不能入睡。按公历算，再有十一天就到了你离去两周年的日子，我盼着这一天去看望你，并将纪念文集送去给你。

振荣，你不要牵挂我，我冠心病的病情一直较稳定，有孩子们的关心、照料，亲朋好友的帮助，我会好好照顾自己，将咱们的家安排好。我不仅要保存好你的书刊，就连你的衣物、用具，我也要精心地保存着。因为这些物品都浸透着你的心血、你的汗水，甚至还存有你的气息和体温，它们会像你一样一直陪伴着我、温暖着我，直到永远。

2003 年 11 月 10 日

第 85 封信

振　荣：

告知你一件值得高兴和欣慰的事情。我从老朋友于中航写的怀念文章中得知，最近，他收到振华大哥原在安徽阜阳国立二十二中西安校友会的同学，经过数年努力编成的二十二中校史和颇为详细的学生名录，以及现在能获知地址的同学的通讯录。从中查知，哥哥是阜阳二十二中二分校初七级的学生。通讯录中也有一些现在还健在的初七级同学的地址。我想和建新到老于那里抄录一下这些同学的地址，以便给他们写信了解一些有关哥哥的情况。老于说，"可惜这个校史和通讯录来得太晚了"，你已经不在了。振荣，你放心，我会和孩子尽最大可能将这件事做好，待了解到情况后，一定告知你。如果能得知哥哥的真实情况，那就太好了，也了却了你的心愿。如能找到他的坟墓，我想与振芙、振苔商量，能否让哥哥尸骨还家。

2003年11月12日

第86封信

振　荣：

你好！在11月21日那天，我和孩子们还有亲戚、朋友去看望了你。又一年了，我们再一次相聚，这是我终日渴望的。使我感激和难忘的是，当代小说编辑部的国章、崔苇、罗珠，还有朱建信、孔德泉以及为你设计文集封面的魏永年也都去了，并带去了为你出版的缅怀文集。振荣，你看到倍加怀念的妻儿和知心的好朋友，一定是非常高兴的，特别是那本珍贵的文集，我想足以使你感到欣慰。振荣，我终于等到了来看望你的这一天，本应该是高兴的，可当踏进那个肃穆的地方，我的心又紧缩起来，并隐隐作痛。我们为什么会在这里相见？我对你说了多少话，可只有我滔滔不绝，却听不到你的回声。两年了，在历史长河中，两年的时光仅是一瞬间，但我却感到那么漫长、那么难熬。孩子们和朋友们都劝我振作起来，我也尽了最大的努力，逐步适应没有你在的环境，但我实在忘不了你，更难忘我们两人相依几十年的美好情景。同时，每当看到或听到你曾关注和感兴趣的事情，我都会立刻联想到你，并急于告知你。

咱们的小儿子任群为了今天回家来了，想必你也见到他了。他在家陪了我两天，有孩子在身边，我感到无比温暖、心情愉快，可他总是要去工作的呀！他走的那天早晨，吃罢早饭，6时45分我送他出门，看着他坐上出租车后，我才转身往回走。转身时，我不觉一阵心酸，眼泪不停地流淌。

我舍不得让他走，三个孩子中他最小，却离父母最远。振荣，你早早走了，这使我更加依恋孩子。没有了你，咱们的儿女成了我唯一的精神支柱，他们不仅工作出色，而且都非常孝顺、疼爱父母，他们给予了我极大的安慰。为了他们，我也一定千方百计宽慰自己，保重身体，尽量不给他们增加负担和压力。有孩子们在，振荣，你千万不要再牵挂我了，一定要自己珍重。

2003 年 11 月 25 日

第 87 封信

振　荣：

　　你好吗？告知你几件值得高兴的事。为你出版的《远逝的榆树》纪念文集，《济南时报》在文学副刊·阅读版"一周荐书"栏目首篇发了出版消息。27 日市文联和济南日报社共同举办了《远逝的榆树》出版座谈会，文艺和新闻界知名人士 30 余人出席，包括文联领导吴泽浩、张仲亭等，报社领导周长风，以及该书部分作者，你的好友李永祥、荣斌、贾延一、孙兴振、赵鹤祥、郭廓、高夙胜等，还有当代小说编辑部的国章、崔苇、罗珠等。

　　大家都怀着对你极为敬重和深切怀念的感情发了言，再次赞誉你的人品、文品和你对济南文化建设、文学创作的贡献。会议一直开了两个多小时，反响很好。28 日，《济南日报》《济南时报》都报道了此次座谈会的情况，济南电视台也播放了会议消息。不论是大家的发言，还是报纸和电视台发表的会议报道，都一致肯定了你对济南的文学创作和文学发展贡献了毕生精力。《济南日报》在文章中还写道："与会作家、学者围绕着任远先生对济南的文学艺术、传统文化、名士文化、民俗文化等做出的贡献，一致称道其忠厚清廉、谦虚谨慎、严于律己、宽厚待人的正直人品。"

振荣，你的人品、文品已得到社会和朋友们的认可和赞扬，正像国章在参加完座谈会来看望我时所说，一个人在离世后，能得到极高的评价和众多朋友的怀念是很不容易的。在这次座谈会上，朋友们的发言都很动情，有的说，你是济南解放后文化建设事业的开拓者。振荣，我因一生中能拥有你这样的伴侣而感到欣慰和幸福，你使我的生活变得充实、有品位、有意义、色彩斑斓，甚至让我感到骄傲。唯一的不足，也是最大的憾事，就是你走得太早了、太突然了，使我这个无比幸福的人突遭如此噩运，使我余生在孤寂和无休止的怀念中度过。

2003 年 11 月 28 日

第 88 封信

振　荣：

你还记得今天是什么日子吗？今天是咱们第一个孩子建新 46 周岁生日。46 年了，时光走得多么迅速！这使我回忆起在省立医院生咱们这第一个孩子的情景。那时不像现在，一人生孩子，甚至一家人在产房门口等候。我那时是一个人在待产室煎熬，门外没有一个亲人，感到那样的孤独和无助。即便孩子生下后，在医院住院期间，也同样没有一位亲人陪护，只有每周两次的探视时间及星期日，我才能与你相见。

出院后，虽请了保姆照顾，但晚饭后保姆就回家，你又每晚在办公室学习或工作，照样是我一人在家守着孩子。因是第一个孩子，我没有照看经验，他时常啼哭，我只得怀抱孩子倚着墙，几乎每晚都是这样焦急地等待你回来。一晃 40 多年了，但这些情景我仍历历在目。思及此，我心中涌起极为复杂的感情，但归结到一点，还是那么深深地想念你。

2003 年 12 月 8 日

第89封信

振　荣：

　　2003年还剩13天就要过去了，我仍是在时时想念你、念叨你，在不停地回忆我们共同生活的情景中度过这些日子。不论是我经历了什么事，家庭、社会有什么变化，还是我认为你关心的问题等，我都不断在写给你的信中告知你了。虽然这些信我没法寄出，但我始终相信这些信息你会全部收到的。我为何这样做？因为我一直认为，只有这样，我才会感到你没有走，我们还在不断地交流、对话，我心中才觉得充实、安宁、不孤独。冥冥之中，我总觉得我们还生活在一起，我还能随时与你说话。虽然我的耳朵听不到你的回音，但我的心时时都能听到你对我说的话，甚至还似能听到你平时喊"玉洁"的声音，那是多么熟悉、亲切的呼唤！

　　记得有一天黎明，我在似醒非醒时，忽听到你一声高昂的"玉洁"的呼叫声，我立刻应了一声，睁眼寻找，可什么也没有看到。当时我是多么失望啊！振荣，你真的回来了吗？喊我了吗？为什么不让我看到你？你知道我多么渴望能再见你一面，哪怕是一刹那，我都会十分满足。好心人劝说我，应尽快忘了你，忘记我们几十年相依相伴的一切。但我的回答是，这绝不可能，我也绝不愿意这样做。

　　振荣，我相信你也知道，你在我生命中的位置是多么重要，我一生一世、一时一刻都忘不了你，这种感情甚至比你在家时更强烈。我知道，你仍牵挂着我，牵挂着孩子们，同时还牵挂着你热爱和关注的家乡泉城的山山水水及它们的变化。因此，我有义务将这一切随时告知你，这是我应尽的责任，也是你的心愿。我一直有这样一种心态：我认为你关心的事如果我不及时告知你，就总觉得不安心。每逢接触到这类你关心的事，我总是首先想到你，第一个反应就是必须告知你，这已成为我的习惯。我不是有意这样想，而是自然而为。我想，这种现象的出现，是我们两人相伴风风雨雨几十年铸造的深厚、诚挚的感情所致。振荣，你说对吗？

2003 年 12 月 18 日

第 90 封信

振　荣：

　　这一年，济南的变化是巨大的。首先是你最关心的济南的泉水，由于今年雨水多，再加上封地下水井等一系列节水保泉的措施，诸泉群出现了多年来的最高水位。趵突泉最高水位达到 28.61 米，现在也仍有 28 米，市内呈现出趵突泉、五龙潭、黑虎泉、珍珠泉四大泉群齐喷涌的壮观景象，就连原来认为不会恢复喷涌的章丘明水的百脉泉，也出现了汩汩泉水上涌、水花翻滚的美妙景观。泉城有了水，相应带来了旅游业的兴旺。为一睹泉水的英姿，我与女儿小红以及四妹冰洁先后去看过两次。我站在趵突泉边看到，"三股水"浪花翻滚，扇动着满池泉水都活了起来，整个池中碧波荡漾，好似翩翩起舞，煞是好看，我驻足泉边实在舍不得离去。振荣，你那么爱泉水，我时时想如你在家，我们一起去观赏，那该有多好。

　　泉城的建设也是日新月异。燕山立交桥已经通车，这是济南的第一座大型立交桥。我坐车送牧牧去省实验中学东校所在的郭店时，特意从燕山立交桥走了一趟，确实很气派。

　　济南市制订了旧城改造的宏伟规划，多年来一直酝酿的济南政务新城已确定。长清县已改为长清区，大学园也在长清开工建设。市区范围往北要跨过黄河；东面以高新技术开发区为中心，也要崛起一片新城区；南部山区不再搞什么大开发，将成为济南市的后花园。市中心大搞旧街巷改造，经十路现正大规模地拆迁和拓宽改造，经一路也即将动迁，拓宽后将成为贯通城市东西的干道。火车站也进行了改造。受你的影响，任何一项建设和城市面貌的变化，我都极为关注，总想着去看看，但没有你的陪伴，我一个人实在不愿出去。

上个月借小群去火车站买票的机会，我随孩子一起去了火车站。现在车站广场的容貌可比我们两人去观赏时漂亮多了，显得比过去开阔、大气，秩序井然，身临其境，我感到舒畅、轻快。

振荣，咱们宿舍一带，虽不是开发重点，但也有了不少变化。你走前正在建设的几栋楼房，都早已竣工、投入使用。我们去看过几次的大桥西南角，挖了很深的地基的工地上，已立起一座崭新的宿舍楼，农业高新技术开发区的职工早已入住。桥西北角你走前正在动工的楼房，现在是中国联通的营业房，它的后院又建起了一栋高层宿舍楼。这地方刚动工时，我们曾几次去了解、询问，要修建什么样的建筑；工地开工后，我们路过此处，你总要到里面去看看。现在回想起来，一幕幕仍在眼前。

还有你曾说给我的一个好消息——市林业局斜对面刚动工装饰门面的那栋楼房，早已是门庭若市的饭馆。我还清楚地记得你从外面回来那高兴的样子，你说："报告一个好消息，桥东南角那栋楼一层已开始装修了，看样子是饭店。"现在每逢走到这里，我脑海中总映现出你告知我这一消息时的兴奋神情。

振荣，你确实是一个感情极为丰富的人。你不仅对咱们身处的这座城市那样关注，看到日新月异的变化那样喜悦，而且在看书或看电视时，遇到动情之处也总是热泪盈眶，有时甚至泣不成声。这些都使我久久不能忘怀。

振荣，还有你多次走过的不断挖掘、整修的万寿路，现在也已是清洁、平整的水泥路面。每每到此路段购物，我总是回想起我们两人几乎每天都在这条坑洼不平的路上散步或采购的情景。因此，自你走后，除非去买点东西，不然我一人从不去那里散步；即便去购物，我内心也总有种说不出的清冷和孤寂。但这里是我们宿舍附近唯一的小商店林立之地，不到这里购买日用品又能到哪里去呢？虽说远处有超市，但因过去外出都是我们两人一起并肩前行，我实不愿一人独行。特别是由于年老体弱，我的眼睛越来越不行，我一人走在路上，常常心惊胆战，因此很少外出散步了，除非孩子们陪我走走。

2003 年 12 月 20 日

第 91 封信

振　荣：

　　你好！今天《济南时报》登载了"征文小启"，征文的主题是"济南印象"，内容涵盖城市景观、城市人、城市文化、城市个性、城市建设、城市发展等方面。看到这一消息，我又立刻想到了你。

　　你走后的这两年来，泉城发生了很大变化，如你在，不知又能写出多少篇佳作，我同样会欣喜地一篇篇抄写。你曾说我是你文章的第一位读者，是的，我多么愿意默默欣赏、阅读你的每一篇作品，更愿静心听你朗读，为你抄写。我现在多么渴望再有这样的机会，在"淡淡墨香中陪伴"你，那是多么幸福的时刻！

　　我最近接连两次在梦中见到了你，仍像过去一样，我们和孩子们在一起聊天，又好像要接待什么客人，最后，我既真切又模糊地醒来。我反复回味梦境中的情景，多么希望再马上回到梦境中去，因为还没来得及与你多说说话。我想，如天天能在梦中相见，我也感到满足，因为再见到你，可以减轻些我对你的思念。

2003 年 12 月 23 日

第 92 封信

振荣：

　　牧牧和叶子明年就要参加高考了。记得他们参加中考那年，我们在电视机前兴奋地看到屏幕上省实验中学录取名单中有他俩的名字时是多么高兴。一晃三年，他们的高中时光即将结束，很快就要成为大学生了，如你在该有多么高兴。现在告知你，我想你同样会感到欣慰的。

　　现在高考，各校除部分优秀生可保送外，还有部分可进入各名校的自主招生范围，这部分学生的录取分数线可比学校原本的录取分数线低10到20分。今年北大和清华各给省实验中学文科一个名额，复旦大学给了两个名额，这样共四人有资格参加自主招生。按三年的学习成绩，牧牧排在第四名，因第一、第二名分别挑选了北大、清华，牧牧便进入了复旦的自主招生范围。21日，牧牧已在上海参加了文化测试，如测试合格，高考是不会有大问题的。振荣，你的长孙可能要成为复旦大学的学生了，你听到这一消息该有多么高兴啊！

　　叶子的成绩也在中上游，考大学是没有问题的。乐乐学习也很好，后年也要进入大学校门。咱们的三个儿女都是大学生，三个孙辈也即将进入大学校门，这是一件多么让人自豪、高兴的事！孩子的成长、上进，固然得益于他们的刻苦、努力，但不可否认，家庭环境的影响和家长的身教也是极为重要的因素之一。振荣，在这些方面，你是首要的有功之臣，你的刻苦、好学、自律、严谨等优良品德，都潜移默化地在子孙身上发挥了作用。咱们是一个幸福的家庭。还记得吗？咱们的三个孩子都考上大学之后，周围曾投来多少羡慕的眼光和称赞的话语。20多年过去了，他们都已成为单位的骨干力量，取得了优良成绩，得到了领导和同事们的赞誉。

　　振荣，你一生卓有成就，只有我始终默默无闻，但我自感欣慰的是，我几十年工作勤勤恳恳，一丝不苟，诚恳待人，任劳任怨，没什么遗憾了。总之，我认为我们这个家庭是一个团结、和睦，人人好学、上进，有文化气息和品位的幸福家庭，这首先归功于你。振荣，为此我时刻想着你，永远怀念你！

2003 年 12 月 25 日

第 93 封信

振　荣：

你好吗？今天是 2003 年的最后一天了。回顾这一年，我仍是在时刻思念你的时光中度过的。随着你离家时间渐长，我对你的怀念则越来越重，因为我们从没有分开过这么长的时间，我多么想再见到你！

我经常站在北阳台的窗前，眼盯院中进出的通道，多么想再看到你那熟悉的往家走的身影；在屋内也总幻想能听到你叫门的声音；坐在写字台前整理、抄写你的遗作时，又多么渴望你能坐在我的身边为我朗读；每天看着南阳台上的花卉，总想起你仔细、精心浇灌它们的情形；每逢早饭后冲上一杯香茶，又怎么能忘记以往都是先为你送上一杯……这一切的一切，时时在我心中翻腾，在我眼前出现，我相信这将会延续到永远。

振荣，前几天我与建新去袁梅家探望，为他送去了你的纪念文集。昨天，我接到他的电话，听得出，他是怀着真挚的感情去读这本集子的。他说书印得很好，文章他都读过，有些是连读几篇，甚至是含着泪水读完的。他说，遗憾的是，他没有将文章写成。

2003 年 12 月 31 日

二〇〇四

> "我多么渴望这时能见到你,即便就见你一面,说一句话,我也会感到满足和欣慰。"

第 94 封信

振　荣:

　　转眼间 2003 年已经走了,新的一年悄悄来临,这使我又陷入往日的回忆。我们搬入新居的情景,似仍在我眼前。辞别住了几十年的阴暗、狭小的旧居,有幸迁入这宽敞、明亮的新居,当时我们多么高兴!

　　记得你搬家前写了《旧居三章》一文,刊登在 2000 年《当代小说》第 3 期,我曾建议你搬入新居后再写一篇《新居三章》。可谁能想到,这明媚的新居你只住了一年多,就急匆匆地永远离开了。

　　回想这一年多的时间,我们每日沐浴着温暖的阳光读书、看报,你不间断地在宽敞的书房内看稿、写稿,特别是在宽大、舒适的写字台前,你读我抄,多么惬意、多么幸福!我们几乎每日早、晚两次携手散步,极有兴趣地观赏周围的群山和村庄,踏遍附近的大街小巷,南到南外环,北至土屋路,东西两边都攀登至山巅。偶尔时间晚了,我们就选择一个较洁净的小饭馆,要上七八两水饺饱餐一顿,再心情愉快地走回宿舍。可随着你离去，我生活中这样舒适的日子也就此结束了。

　　振荣，你走的那一年中，还有一件我永生也不忘记的事，就是上半年你陪我游览了青岛和济南的灵岩寺、五峰山、小娄峪，下半年我们又一同去了济南的红叶谷和华山。这些地方都是我从没去过，但一直向往的地方。可至今我仍然弄不明白，我们两人虽多次说要出去逛逛，但未曾成行，为什么这次不到一年的时间，我们竟一起游览了这么多地方？这难道是我们永别的预兆吗？不然为什么那么巧合？因此，我又幻想，如果我们不去这些地方，那能不能躲过这一劫难？振荣，青岛和济南的灵岩寺、五峰山，我曾多次对你说很想去看看。真的，我很感谢你，你陪我实现了这一愿望。可我多么希望你能再与我一起到各地走走、看看！

2004 年 1 月 3 日

第 95 封信

振　荣：

　　昨天济南大学袁梅教授夫妇两人来咱家探望，并带来了他著的《诗经译注》精装本，共 960 页。他已 80 岁高龄，心脏不好，能著述这么大一部书真不容易。他一直为由于身体的原因没能为你写怀念文章而深感遗憾，但我看得出，他对你怀有深厚的感情。你走后，他不断打来电话寻问我的身体状况，每次都在电话中亲切地叮嘱，我极为感动。他也去探望了北文大哥，他们是同龄人，两人都已 80 岁高龄，仍思维敏捷，笔耕不辍，真难能可贵。振荣，按你的身体素质，达到他两人现在的年龄本是不成问题的，可是……

　　振荣，一年来，我得到了你不少好朋友的关照，见到他们我总是联想到你，自然更加怀念你。最近我连续在梦中见到你，我多么渴望这梦永远继续下去，那样我们就能永远在一起了。

2004 年 1 月 6 日

第 96 封信

振　荣：

　　很快又要过春节了，小红已放假，这几天忙着为咱们的新居清扫、擦拭。因叶子还没放假，她只能早来晚走，也实在够辛苦的。现在我已力不从心，帮不上忙，真不忍心看她那样忙碌。昨天她身体不适，今天在家休息一下。振荣，你不在家，我根本没什么心情去忙年，近来身体又不太舒服，思念你的心情更加重了。昨天是腊月二十三——小年，建新和艾萍晚上来陪我，有孩子们在，我心里敞亮了许多。

　　昨天陈杰托人送来了年礼，并赠送他的长篇著作《大染房》。此书原是剧本，已拍成电视剧播出，很有看头。因是写山东淄博周村、青岛、济南等地印染业的故事，我看后感到很亲切。陈杰现在是泛亚国际传媒控股有限公司首席艺术总监，真是不简单。你听后也一定非常高兴吧！

2004 年 1 月 15 日

第 97 封信

振　荣：

　　2004 年的春节已匆匆地过去，但这个传统的佳节却令我产生了极大的遗憾和内疚，我至今仍感到像经历了一场噩梦。

振荣，我至今弄不明白，我这大半年身体一直很正常，却在大年三十和年初二夜间突然发病。除夕夜本是一家人团聚的时刻，而我却让孩子们陪我在医院度过。初二夜间我又心脏病发作，再次扰孩子们送我去医院，夜间那么寒冷，他们又照料、服侍我至天亮。

振荣，我至今不能安心的，一是没能让你与我们一起团聚、吃年夜饭，过年了却冷落了你，让你孤独、寂寞；二是孩子们忙了一年，过年应让他们好好休息，快快乐乐地过个年，可我却给他们增加了更多的负担，当妈的实在于心不忍，但又没有办法。振荣，我实在感到对不起你，也对不起孩子们，这成为我的一块心病。

不过，在内疚的同时，我也感到很欣慰，我们养育了懂事、善良、孝顺的子女。除夕夜虽然一家人没在一起团聚吃年夜饭，但咱们的儿媳艾萍一人在家忙碌，总算让孩子们过年吃上了传统的水饺。我尽管没吃，但心里仍宽慰了许多。女儿小红一直陪我，照料我至年初十开学。小群仅在家待了五天，平时他不在我身边，这次我竟得到了他的细心照料，我很高兴。只是他回去得太早了，本来回家过年就没有几天，偏又赶上这么多事，没能好好在一起吃顿饭、说说话。

振荣，你放心吧，由于孩子们的关心、照料，加上潘林、新林帮着陪我打针、化验等，现在我身体已基本恢复。假期结束上班后，建新每晚都来陪我、照料我，我自己也尽量时时排除一切心理干扰，平和心态，每天读读报、看看书，恢复正常的生活，做到不使你牵挂，不让孩子们为我操心。

2004年2月3日

第 98 封信

振　荣：

　　你好吗？十分想念你！这两天又连续在梦里见到你，还和往常我们在一起时一样，我丝毫没有你永不归的思想。今夜的情景是，你与编辑部的几个同志在咱们家，好像在等一位客人，待客人来到后你才让我做饭招待他们。时间不早了，我一点准备都没有，甚至还埋怨你不早说，正在为难时，梦境突然消失。醒来后，我长时间一遍遍回忆梦中的情景，迟迟不能入睡。

　　振荣，2004年的正月即将过去。正月十五那天，建新接我到他的宿舍，正巧牧牧在学校有点感冒，教师怕传染其他同学，让把他接回家。为此，正月十五晚上，我跟艾萍、建新一起去位于郭店镇的省实验中学东校接牧牧。一路上放烟花爆竹的不少，特别是在济钢附近，马路两旁的小汽车排成了长龙，通往济钢宿舍小区的路上，更是火树银花、人山人海，并有警卫维持秩序。这是济钢每年一度的元宵灯会带来的热闹场景。

　　振荣，在这样的情景中，我很自然地想到，有一年正月十五晚上，我们两人漫步街头观灯，从大纬二路往北，一直走到天桥区成丰桥附近的花灯一条街，我们细细观赏，轻声漫谈，真是情趣盎然，那是多么幸福、美妙的时刻！可这一切你永远带走了，我只有在回忆中一遍遍去感受。振荣，我非常感谢你留给我那么多美好、幸福的回忆，点点滴滴都深深铭刻在我的脑海中，令我永生不忘。

　　你还记得吗？正月十六是振芙的生日，这天建新和小聚去滨州看望他，为他祝寿。我想，这可能是第一次由两个侄子陪着振芙高兴地过生日。我总是感到，他远离家乡，远离同胞兄弟姐妹，真是太孤单了。

2004 年 2 月 8 日

第 99 封信

振　荣：

　　今天有两件事，使我得到极大的安慰。第一件事是济南大学袁梅教授又打来电话，询问我的身体情况，说了不少关怀、嘱咐的话，并为我录制了两盒二三十年代的音乐歌曲磁带。他说过去的这些歌曲，听后不但心情舒畅，还能唤起不少美好的回忆，对陶冶心情很有帮助。特别是他说到，过春节时，孩子们都在身边，尽管累点儿，但心情愉快；节后孩子们都走了，只剩下他们夫妇两人，感到十分冷清。在这种情况下，他和老伴很自然地想到了我一人在家该有多么寂寞。因此，他嘱咐我一定要想得开，自我调整好心态，常听听音乐、看看书……

　　振荣，我很感激咱们这些老朋友，听到他们亲切的嘱咐，就像又听到了你的嘱咐一样，这也是你们之间真挚友情的体现，使我感到十分欣慰。

　　第二件事，下午五姑和姑父李志来看望我，我们已经好多年不见面了，我感到十分亲切。李志是你在报社的老同志了，在你走的那一年，他患胃癌动了手术，现在恢复得不错，只是气色很灰暗。李志对你的离去十分惋惜，他们两人都与我们同年生，看到他们至今能相伴出入，我心中不免颇多感慨。

　　不知为什么，这几天我又控制不住地反复思考，你怎么能说走就突然走了？按我们两人的身体状态，绝对不该这样早永别，这是怎么回事？我至今仍难以接受。我知道这样想没有用，反而对身心不利，应时时自我解压、自我宽心。但面对现实，我往往又不自觉地回到难以自拔的境地，实在无能为力。振荣，现在我越来越深刻地感到，我的生活中不能没有你，我的心永远不会离开你。

2004 年 2 月 17 日

第 100 封信

振　荣：

又一个多月没给你写信了，可我没有一时忘记你，只是因为这一段为出版你的文集，我翻阅了你留下的部分草稿，有些完整的我抄写了一遍，想尽量放在集子里。这样，连同你走前已剪贴好的部分文章，共计有六十余篇。我想等建新抽暇看一遍后，即可定稿，争取在你离去三周年前印好送你，不知你意如何？

在这段翻阅、抄写文稿的过程中，我似又回到了我们两人在一起的日子，又隐约重现了你在我身旁一句句地读、我不停地挥笔抄写的情景，那是多么幸福的时刻。可现在是我一边看稿一边抄写，我眼睛越来越不好，实在感到有些吃力。但我一想到这是你的遗愿，也是我的心愿，就似有一种力量驱使我，让我坚持下来，初步完成了搜集、整理、抄写的任务。

在阅读和抄写的这段时间，我看着你那熟悉的笔迹，读着你惯用的一些词句和流畅的文笔，竟不止一次流下眼泪。振荣，我实在没有办法控制对你的思念。至今，我每天早上睁开眼就会首先想到你，因为你在家时，我起床后第一眼是看到你在书房里看书、写作，随后我们两人喝杯水，再一起出去散步，7点钟准时回来看《东方时空》。

自你走后，除晶洁前年来的那段时间我早6时出去活动外，我已完全放弃了坚持多年的早上外出散步的习惯，《东方时空》也极少看了，一切都变得那么没有趣，我也没有心情。这些我不能对孩子们讲，以免他们挂心，怕再给他们增加思想负担。你走了，孩子们为了照顾我，已加重了不少负担。我只有在此向你诉说，才能缓解一下心情，这样，我觉得身心都安定了许多。

2004 年 3 月 22 日

第101封信

振　荣：

　　2004年的清明节就要到了，这些天我心情极不平静，我们相伴的日日夜夜又一幕幕地展现在眼前，我心中既有欢乐与幸福，也有思念与悲苦。

　　《济南时报》今天（4月1日）在"文学副刊·市井"一版登载了几篇有关清明节的文章。在编者的一段话中写道："……这是一个草长莺飞、万物复荣的开端，也是一个思念与怀想的季节……我们都打开心扉，让逝去的亲人到梦里来、到泪里来、到心里来，连空气里都融入了往日的味道，我们似乎能听到他们走过我们心口时的脚步声、轻语声，这让我们知道他们都很好，在另一个世界里。阴阳相隔的只是我们的肉体，我们的精神永远是相通的，一张旧时的照片，一件用过的物品，甚至一声叹息或者微笑，都牵起那么多那么多的回忆……"

　　这短短的文字，我读后感受颇深，它字字句句都道出了思念与怀想亲人的心声。但是，我认为不仅在清明节，只要身边有亲人逝去，那份思念与怀想就是无休止的。虽然为使心灵得到一点宁静，我也在试图忘却、回避，但只能是暂时的，萦绕心间的仍是抑制不住地对往事的频频追忆，它所带来的那种心灵的痛，我实在不堪忍受。

　　振荣，我常想，人一生平平安安度过是多么难啊！特别是我们这一代人，历经日军侵略和国民党统治，在年少的心灵中留下了不少创伤。新中国成立后，在安定的环境中我们才得以施展自己的才能。可经过历次政治运动，像我们这样出身的人，又是坎坎坷坷，小心度日。特别是你背着沉重的所谓历史问题的包袱，顶着莫须有的"反动权威""文艺黑线"等罪名，工作更加艰难。然而，你还是义无反顾地勤恳苦干几十年，终于迎来了党的十一届三中全会后的艳阳天。

想起这些，我总是心痛难忍。所幸你的晚年是幸福的，著述丰厚，成绩辉煌。我们两人相知相伴，恩爱有加，子孙个个上进，工作、学习成绩优良，我们拥有一个幸福、和谐、美满的家庭。可是苍天那样无情，过早地将你夺走。振荣，我至今仍无法面对这一现实，虽然我们两人的小家中只剩下我孤独一人，但在我心中你始终没有走，而是在远方，像往常一样工作结束后还会回来。

因此，我不间断地给你写信，送去我的思念，随时告诉你家中的情况和你平时关注的一些事情。只有这样经常与你对话，我的心情才能平静一些，才能得到一点安慰。然而，我的心情又是复杂的，经常在平静与悲苦中反反复复，就这样在矛盾的境况中度过了你走后的近九百个日日夜夜。振荣，你放心，我想你也知道，一生能有你这样一个人品高洁、诚信、善良的丈夫陪伴我大半生，有那么懂事、孝顺的孩子们照顾，我已经很知足了，你千万不要再牵挂我，好吗？

2004 年 4 月 1 日

第 102 封信

振　荣：

清明节又匆匆地过去了，但我的心情始终没有平静下来，那天去看望你的情景时时在我脑中呈现。我们相守了几十年，为什么如今只能在这种使人心颤的地方相见？虽然在你的周围有不少相识和不相识的亡灵陪同，但我相信你仍然是孤独、寂寞的，因见不到你的亲人，没有人陪你说话。这是多么悲凉、凄苦的现实啊！振荣，你放心，我和孩子们的心永远和你在一起，时时想着你、念着你，而且不停地在心中与你说话，用笔与你交流，永远永远，直到与你相见的那一天。

振荣，在我儿时的记忆中，清明节是个很明媚、清亮的节日。记得孩提时代，每到清明之日，我都外出踏青，与弟妹及同学们到村东的山上游玩。山上绿树葱葱，青草遍地，间或有盛开的小野花。其中有一种我叫不上名的花朵，淡紫颜色，有一小茎直立在绿叶上，有甜甜的香味。我们经常采下它在嘴里吸吮，极为有趣。除此之外，我还要荡秋千。记得每逢临近清明节，大伯母家都要在园子里扎个大秋千，架子上装两个大铁环，每环穿一根粗绳垂下，拴一块坐板，可一人坐或站着打秋千，也可两人一起打，非常有趣。离开家乡后，我很少再见到或听到清明踏青、打秋千的习俗。我曾想，这也许只是我们家乡的一种习俗，可前几天我看到《济南时报》的一篇文章，登载了唐代诗人韦庄写清明的诗句："满街杨柳绿丝烟，画出清明二月天。好是隔帘花动树，女郎撩乱送秋千。"由此可见，从古代起，清明时节就是踏青、打秋千等户外活动的季节。

随着时代的演变，不知从什么时候起，清明节又成了一个思念与怀想的季节。思念的是亲人，怀想的是与亲人在一起时的往事。往事一件件历历在目，有时让人感到欣慰，但欣慰中又伴随着复杂的泪水。我知道，今生今世，我再也找不到儿时对清明节的感受了。

2004 年 4 月 7 日

第 103 封信

振　荣：

你好吗？我总是倍加想念你，抑制不住想在此与你说话的心情。不知为什么，这段时间，每逢看到一段能引起我联想的文字，看到电视中的一个画面，或听到一句话，我都会产生一种想写点什么的冲动，这也可能是一种复杂感情的宣泄。

上个月的一天,你的好朋友袁梅教授打来电话,我拿起听筒,听到一声"玉洁"的称呼,这立刻激起了我对你的思念。这不是你一声声叫我"玉洁"的声音吗?可是自你走后,它也随之在我耳边消失。因此,我一时心中极不平静,按捺不住感情的冲动,写了一篇短文,暂取名为《久违的呼唤》。

振荣,我没有什么文采,也不会写文章,但多年来在为你抄写文稿以及阅读你的作品的过程中,逐渐养成了阅读文学作品的习惯,特别愿读你的文章。你常说,我是你的作品的第一个读者。你常写完一篇后,先读给我听,问我怎么样。有时我也提出点儿意见,与你探讨。每篇作品的标题,你都同时写出几个,征求我的意见,很多时候,我们两人都同时认定一个。

在长期的听、读、商讨和抄写过程中,我增长了一些写作知识和技巧,你那流畅的文笔,我百读不厌,它们好像都点点滴滴渗透到我的脑海中。我逐渐萌发了提笔写点儿东西的想法,这与你对我的影响分不开。确切地说,是我从你的作品中吸取了不少营养,它们开发了我的智力,促使我想拿起笔,抒发我的感情。

前几天,我在看的一韩国电视剧中,听到几个女士的一段对话,谈到结婚后在二人世界中的感受,其中有两句话对我触动很大,一是不再孤单,二是有了一份牵挂。过后,这两句话不断在我心中激荡,我总想用笔表达出来。振荣,在我们相伴的岁月中,彼此之间的那份牵挂是我永生难忘的。

2004 年 4 月 9 日

第 104 封信

振 荣:

昨天是周六,因下午要去郭店镇接牧牧回来,建新便提议,早上出发回老家一趟。我早有回傅家村看看的想法，再加上清明节刚过，可顺便为爹妈上坟。就这样，艾萍开车，我与建新、小红一起，于上午10时到了老家。一踏上家乡的土地，我的心情极不平静，我记起2001年也是这个季节，我们与振芙一起回老家的情景。我们曾欣喜地观赏了小聚种植的草莓大棚，兴奋地看了小聚和霞子新盖的两处楼房，你那赞赏、高兴的样子至今浮现在我的眼前。可这次回去，虽还是那些景物，但再也没有你的陪伴，我心中时时涌出一种难以言状的复杂情绪。

到家休息片刻，我们便前往爹妈的墓地，望着那一座座坟茔，我心中立时生出一种凄凉的感觉。除个别坟前竖一石碑外，大多都是光秃秃的坟头，简陋的墓地树木青草很少，看起来十分荒凉。公婆的坟前不但没有石碑，而且连一块放供品的小石板都没有，目睹这一切，我心情极不平静。

振荣，当时我默默地想，这次我和孩子们也是代你来为老人扫墓的。当供完祭品、焚烧完火纸跪下磕头时，我眼前立时出现了那次我们一起来扫墓的情景，当时你磕完头后，竟站不起来了。望着振苔和孩子们的跪姿，那里似乎又幻化出了你跪在父母坟前的身影。我在心中不停地追问："振荣，你什么时候能再与我一起跪在父母的坟前？"哪怕从此一跪不起，只要能与你在一起，我都心甘情愿。

振荣，我记得那次我们为爹妈扫墓时你曾提到立碑的事，但当时考虑到还有大伯、二伯夫妇的墓，单为父母立碑不好。现在大伯、二伯夫妇的墓都找不到了，已无处立碑。因此，可以单独为父母立个碑，并安放一供品石桌了，我想你也会同意这一意见的。具体可由我们拿钱，由振苔弟去操办，等振芙弟来济南，还应再与他商量一下。振荣，你放心，我们一定能将这件事办好，以了却你的心愿。

2004年4月11日

第 105 封信

振　荣：

今天是星期天，还是我一人在家，孤寂难耐，心头总萦绕着对你不可化解的思念，仍愿在此与你说说话，以解心中的烦闷。

2004 年的"五一"黄金周又将来临，我不免又想起你走的那年"五一"前后，我们一起出游的情景，那是多么高兴的日子。我怎么也不会想到，半年后你竟匆匆地离去，一晃已两年半了，至今想来心中仍隐隐作痛。自你走后，反复的回忆时刻伴随着我，无休无止，日复一日。平时我一人在家，无人与我说话，但实际上，我在心中一直不停地与你对话。屋内任何角落、空间都有你的信息，使我感到你仍时时刻刻在陪伴我。你的一张似在参加会议或是接受访谈的照片，我已放大挂在书房，虽然你不能与我说话，但我能天天见到你，也感到欣慰。

2004 年 4 月 25 日

第 106 封信

振　荣：

今天天阴沉沉的，下起了小雨，虽然天旱喜迎小雨，但我的心情却随着天气的变化感到异常沉闷，屋内也阴凉凉的，使人很不舒服。

上周五，我和建新去老朋友于仲航处探望，他今年已是 80 岁高龄，身体还可，与过去无大变化。面对这位老友，我很自然地想到你们多年来交往的情景。他的居室是那样的俭朴，与我们两人去时无甚变化，窗前用于写作的那张狭窄的旧小桌上面铺了一张报纸，以备写东西时垫用，屋内拥拥挤挤，光线也较暗……老于也是一生做学问的人，至今连个宽敞、舒适的写作的地方都没有，真使人感到有些凄凉。

振荣，我们不也是在那样阴暗、拥挤的居室中度过了几十年吗？所幸得以搬入新居，特别是有了那么宽敞、舒适、明亮的书房，但你只住了年余就永远离去。我常想，命运为何如此捉弄人？又为何如此残忍？我经常呆望着空荡荡的书房，思潮翻滚。我知道这样对身心健康不利，但有时实在无力控制。

振荣，你知道，我已尽了最大努力遏制不良情绪的袭击，一是向你倾诉，我体会到这是一种感情的宣泄，所思所想，诉说出来，倒感到轻松了许多；二是建新为我买了纸和笔墨，我已开始写毛笔字，这也是你不止一次催我做的一件事；再就是读读书报，听听音乐，这样可以舒缓寂寞，平静心灵。特别是读书，每逢孤寂难耐或晚上、中午不能入睡时，我便翻开书页，整个思想便会立时融入书中，使我忘却一切。我也深切体会到，读书不仅缓解寂寞，平静心灵，也能开阔视野，增长知识，充实生活。振荣，我也因此更理解你一生手不离书、目不离文字的良好习惯和唯一嗜好了。

2004 年 4 月 28 日

第 107 封信

振　荣：

一年一度的"五一"黄金周长假又匆匆过去了。长假对我来说虽没有什么意义，甚至因没有了你的陪伴，凄楚的心情会更加重，但孩子们的相伴在很大程度上驱散了我孤寂的心情。你走了，孩子们成为我最大的依靠，我越来越感到一刻都不愿离开他们。

每逢孩子们走，我总是习惯性地站在北阳台的窗前，望着他们离去的背影，直到看不到了，才肯转身回到房间。然后我面对的又是空荡荡、无一点声息的景象，便经常不自觉地流出泪水。我知道自己是一个感情极为脆弱的人，我不是不愿意坚强起来，但实在是太难太难。

今天虽是周六，但因已提前在节日期间休息，所以大家都照常上班了。孩子们都太忙，我不能过多占用他们的时间，尽管愿他们常来，但我从不提任何要求，总怕给他们增加负担。自小群正月初四回石家庄，我们至今没再见面。振荣，你知道我是多么想念他吗？经常萦绕在我心中的问题是：今生还能见他几次？本希望"五一"假期他能回来一趟，因他要准备评职称答辩，我希望落空，我形容不出心中是一种什么滋味。

振荣，我正面对你的遗像，还是我们两人说说话吧。在我心中，丝毫没有你永不回来的思想，面前也不是一张照片，而是活生生的你。你知道吗？昨天建新、艾萍与我又去了我们曾生活了三年的平阴，参观了洪范池、书院泉，逛了玫瑰园，随后又看了全国闻名的胡庄天主教堂，建新在平阴的几个同学接待、陪同了我们。故地重游，我不禁想起我们在平阴度过的三年时光，更回忆起几年前我们一起回平阴那愉快、幸福的时刻。

振荣，我想你能理解我当时的心情，虽然到大自然中走走是愉快的，但没有你的陪伴，我总是感到心中空荡荡的，每看一个景点，眼前就幻化出我们一起参观的情景。另外，我们还去看望了你的老朋友孔令才，他们夫妻两人身体都很好。

2004 年 5 月 8 日

第108封信

振　荣：

　　昨夜雷鸣电闪，雨下了一夜。据报载，至今天中午，全市雨量66毫米，是20年以来同期最大雨量。这场雨不仅对农作物特别是小麦有利，更可喜的是，它极大地补充了地下水，使趵突泉水位上升11厘米，达到28.02米。据专家预测，它为"三股水"全年喷涌提供了保证。

　　振荣，我想你听到这一喜讯，一定会非常兴奋，因为你爱济南的诸泉，曾以泉为题写了那么多美文华章，如你还在，我多么想再与你一起去欣赏那泉水喷涌的风姿。可是，这样的机会再也没有了，每想至此，我心中总是酸楚难忍。

　　这场雨带来了那么多可喜之处，但一夜不停的雷鸣电闪却使我心烦意乱，身心极为不适，难以安眠，甚至感到有些怕，像陷入了孤立无援的地步。这使我自然地想到了你，这时，我多么希望你能在我身边，陪伴我。闪电的光不时射入室内，雷声不停地轰鸣，我紧闭双眼，用手指将耳朵堵塞，尽量平心静气，这才似睡非睡地熬到天亮。早上7时半，建新打来电话问候，听到儿子的声音，我顿时得到极大安慰，心中平静了许多，好像周围又有了生机。

　　振荣，你知道吗？我多么想念你。至今，我每天都在心中不停地与你说话，时时追忆我们在一起的情景。近半个世纪的相依相伴，是我永远忘却不了的，因为它已深深地铭刻在我脑海中。为了消磨时光，也为了排解孤寂，我现在已开始写一生的回忆，我想不去平平地记流水账，仅将记忆深刻的和对我一生有重大影响的事情记录下来。

　　你的好朋友袁梅教授也鼓励我写，他说，可先不分时间先后，一篇篇写出初稿，然后再完整地串起来，人的一生经历，写出来就是一部内容丰富的小说。这话对我启发很大,只是我没有写作基础,更没有这方面的天分。振荣,如果你在,给我些指点和帮助,那该多好!

2004 年 5 月 11 日

第 109 封信

振　荣:

　　你好吗?寂寞时,总愿以这种方式和你说说话,我相信你会听到的。

　　你还记得吗?明天是阴历四月初八,是龙山大姐的生日。我本想与振芙弟一起去看望姐姐,但出人意料的是,他给建新打电话说不来了,要等到秋天再来,说那时孩子的二姑姑也来了,他可来多住几天。我想,他是考虑到我一人在家,不方便住。他是你的胞弟,我也实心实意拿他当亲弟弟对待,从没考虑过这一问题。他来了我也就等于见到了你,这里面总有一份亲情在。我常想他一人远离家乡,远离兄弟姐妹,身边无一子女,虽有这个新老伴在,但生活也是十分冷清的。家中振苔弟和妹妹们都十分想念他、惦记他,希望他能借此回来多住些日子。他打电话告知不来了,难道他就不想这些亲人吗?

2004 年 5 月 25 日

第 110 封信

振　荣:

　　前天我乘潘林和新林借朋友的车,去龙山为大姐祝寿。她今年 90 岁高龄,身体很好,精神也不错,思维仍是那样清晰,腿脚也灵便,真令人高兴，也使人羡慕。只是成才哥现在脾气古怪，给姐姐增加了些不愉快。看她现在的身体状况，长寿百岁似问题不大。我看得出，这次振芙没有回来，姐姐有些不高兴，说："天冷时他打来电话时说暖和了来，而现在天暖和了，又说等凉快了再来。"

这次回去，得以与姐姐、弟弟、妹妹们聚会，我心中十分欣慰，因他们同样也是我的亲人。不知为什么，在与姐姐的亲切交谈中，我们两人都止不住泪水的流淌，我不知姐姐在想些什么，而我仍是又自然地想到了你。她90岁的人了，身体还那么好，而你才70岁刚过，为什么就早早地走了？我想她同样也在想念你，更想念她故去的儿子和刚去世近半年的小女儿。

2004年5月28日

第111封信

振 荣：

你还记得吧，牧牧和叶子今年该上大学了。6日、7日两日他们参加了两天高考。苦读12年，终于熬到了即将跨入大学的门槛，真不容易，太辛苦了。孩子们终于可以喘口气，放松放松，好好休息了。

在他们考试的两天时间里，不知为什么，我的心情很不平静。一是不应有的过多地为他们操心。尤其是叶子，每天要骑自行车来回奔跑。特别是高考第一天上午，临近考试结束，骤然下起了小雨，我的心立即紧缩起来，牧牧可以坐妈妈的小车回家，叶子怎么办？我知道她会带雨衣，可也要冒雨骑车回奶奶家，再加上天气很凉，衣服穿了多少，感冒了怎么办？这使我十分挂心，真的非常心疼她。不知为什么，我忽然产生了无助的感觉。当时我想，如你在我身边那该多好，定能分担一些我心中的焦虑和不安。二是我频繁地回忆起两个孩子中考后，我们在新居电视机前收看录取名单的情景，如今却只剩我一人在等待，但我完全能想象出如你在，看到他们考入大学而表现出的兴奋、欣喜的样子。试想，我们的孙辈都上大学了，如我们两人都健在，看着这些可爱的孩子健康成长、积极上进，一个个成为大学生、研究生、博士生等，那我们这个家庭是多么幸福，多么令人自豪，而我们的晚年又是多么的愉快！

可现在没有你在，我们便是一个不完整的家庭，一种缺失和孤独感时时萦绕在我的心头。孩子们在时，能迅速驱散这一阴影，特别是看到牧牧和叶子都已即将跨入大学之门，想到咱们的小孙子乐乐明年也要走上这一征程，这一切都给予我极大的安慰。可他们毕竟不能常在我的身边，我是多么羡慕和渴望一家老小聚在一起的生活啊！

今年的高考题较去年相对容易些，两个孩子都还自我感觉可以，25日即公布成绩，27—29日填报志愿，他们现正急切地等待着。振荣，待他们接到录取通知书后，我会立即告知你。

2004 年 6 月 9 日

第 112 封信

振　荣：

我相信你也在等待孩子们高考的消息，现告知你，根据《济南时报》登载的试题及答案测算，牧牧在 600 分以上，叶子也有 500 多分。按说他们成绩不错，但是今年的考题较易，所以成绩普遍会上升，究竟他们的成绩会在什么水平，只有等待分数公布后才能见分晓。

这些天孩子们终于能好好放松、休息了，牧牧和同学已到承德去旅游，虽然他不是初次外出，但我总有些不放心。叶子因想报外语专业，还需参加面试，正在家准备功课。

再告知你一件会使你极为高兴的事，你的孙子考试完后，在电脑上写了一篇文章，题目是《我和我的高考》，今天这篇文章在《济南时报》文学副刊版"世象乱弹"栏目发表了。振荣，我能想象出你听到后既兴奋又欣慰的样子，但这只能是空想，我多么渴望能亲眼见到你与我一起分享这一快乐。看来，在文学方面，咱们的孙子定能实现你的遗愿！

2004 年 6 月 15 日

第 113 封信

振　荣：

昨夜又下起了雨，虽也电闪雷鸣，但幸亏声音不是很大，没太影响睡眠。可今天上午 10 点以后，天又阴沉得很，紧接着不停地雷鸣电闪，下起了瓢泼大雨。

南边两个阳台因窗子未关好，雨水都流到了地上。因外边乌云密布，屋内立即黑了下来，同时又雷声不断，我一人在房内害怕极了。这时我多么盼望你能来陪伴我，可不自觉地寻遍几个房间，仍空无一人，你能想象出我当时的心情吗，振荣？因建新出差去苏州，小红上课，他们不在我身边，妹妹的电话使我感到温暖，缓解了我不安的情绪。

振荣，你一向关注的泉水今年形势喜人，趵突泉自去年复涌后，至今水位仍在 28 米以上，喷涌不断。由于最近连续降雨，"三股水"有望全年喷涌，不知何时我们能再一起去观赏那清澈的泉水？特别是现在从趵突泉乘船，经护城河可直达五龙潭，你如在，那该有多么兴奋！

2004 年 6 月 18 日

第 114 封信

振　荣：

你的老朋友李根红于 19 日晚去世了，昨日《济南时报》登载了消息。我见报后，心中很不是滋味。我想到，在你的纪念文集中有他为你写的怀念文章，他还赠予我他新出的诗集。这次他发病很急，只有一天的时间，最后心力衰竭，与你一样，走得突然。因一开始我没有得到消息，所以在今天上午给李枫打了电话，表示慰问。我相信，在九泉之下，你们两位老朋友是会见面的。

振荣，最近一段时间，我经常在梦中见到你，每次与你相见时，都没有意识到你已经离开这个世界，而是像往常一样，我们相依相伴在一起。今夜的梦境是，家中来了客人。早上我们商量吃什么早餐，你说买甜沫和包子吧，我说昨天刚吃了包子，让你去买油条。你见我额头上有灰尘，说"你还说我，你看你脸上抹的灰"，然后为我擦了一下。振荣，这是多么真切的情景，只可惜我突然醒了，意识到再也见不到你，失望、心酸一起涌上我的心头。

2004 年 6 月 22 日

第 115 封信

振　荣：

我知道，你一定挂念着两个孩子高考的成绩，现欣喜地告知你，今年公布的一批次分数线是 600 分，牧牧考了 655 分，在省实验中学与另一位同学并列第一名；叶子的成绩是 567 分，比历次模拟考试的成绩都好。今年的分数线比去年高出 40 多分，牧牧报一批次院校没有问题，叶子只能报二批院校。今年济南市文、理科状元都是章丘的学校的学生，文科状元是章丘七中的学生（667分），理科状元是章丘五中的学生（711分）。

今天上午，山东经济学院举行填报志愿咨询会，全国各高等院校参加。人人都知道，填报志愿是个大难题。其实用不着我操心，我也帮不上什么，但我心中仍牵挂得很，特别是叶子的志愿，究竟怎么报好？他们说报外地二批院校把握大点，但我担心叶子一人去外地。不知为什么，这几天我心中总是不安。振荣，如这时你在，那该有多好！因此，今夜我又见到了你，听到了你与我说话的声音。

2004年6月26日

第116封信

振　荣：

时间过得太快，2004年又已走过一半。在这半年的时间里，我仍是在苦苦思念、不停地追忆中度过。我想我的余生，是永远无法摆脱这一境况的，而唯一能宣泄心中的郁闷，倾诉对你的思念的办法，就是不断地给你写信。再就是读读书、看看报，当然还有孩子们在身边与我说说话，能使我得到最大的安慰，解除心中的烦闷和寂寞。

但是，他们都那么忙，咱们的新居又那么偏远，没有整工夫都来不了。因此，我十分向往咱们住了几十年的旧居，既有熟悉的邻居交谈，更能使孩子们随时来家。即便让我天天为他们做饭、服务，只要能常与儿女在一起，我都会感到欣慰，可这已不能成为现实。我总想在离他们近些的地方租间小房，不管多么简陋都行，这一直是我的心愿。

现在尽管已进入暑假，但因近日牧牧、叶子忙于填志愿，小红还要加课，仍是我一人在家，闷得很。只有与你诉说心事，心中才能轻松一些。

2004年6月30日

第117封信

振　荣：

牧牧和叶子的志愿已经填报完了。牧牧第一志愿是中国人民大学——据讲该校的文科在全国排名第二，另报了六个第二志愿。叶子报了山东省建筑工程学院的英语专业，只要档案能投入该校，就没有什么大问题。本科一批次录取时间为7月11日至14日，二批次是7月16日至19日。等接到录取通知书后，我一定及时告知你，望你耐心等待。

振荣，最近你一直关注的泉水的好消息接连不断。今天，趵突泉水位已升至28.71米。由于地下水位节节攀高，趵突泉公园内七十二名泉之一的登州泉再也耐不住寂寞，开始走出多年的沉寂，出现了"水生泉花""珠帘悬池"的奇特现象。据讲，该泉至少有十年没出过泉花了。五龙潭公园内的马跑泉在距水面近20厘米处的池壁喷出了一股水柱，可谓"半空"出泉水。据专家称，这是一个新的泉水出露点，当地下水位达到一定高度，而且泉水通道畅通时，就会形成涌泉现象。

2004年7月4日

第 118 封信

振　荣：

　　尽管又十几天没与你说话了，但我仍无时无刻不在惦念你，在梦中见到你，实在是太想念你了。前天在厨房窗前看到一人从大门外走进院子，极像你的身影，我明知不会是你，但又多么渴望真的是你回来了。因此，我一直目送他迈进小院门，才怀着失落和悲凉的心情将目光收回。

　　虽已是暑假，但因小红连续加课，所以仍是我一人常守空房，间或建新晚上过来陪我，遇天气稍好，小红也抽暇回来。因天气太热，小红骑车回来要数小时，真是太不容易了。尽管我十分渴望孩子们常来，但又不忍心让他们为了照顾我而来回奔波。因此，我一直希望能有一处离他们近一点的居室，但这难度不小。

　　振荣，我知道你在牵挂着牧牧和叶子高考的情况，现欣喜地告知你，本科第一批次录取已经于14日结束，牧牧被中国人民大学录取，专业是社会学。他填报的第一志愿是法学，可能这一专业分数偏高、报考人多，没被录取，社会学也是当时填报的志愿之一。据介绍，这是个综合学科，包含内容广，能学到各方面的知识，也是一个很不错的专业。振荣，咱们的孙子已成为中国人民大学的一名大学生，你听到这个消息一定非常高兴吧！

　　高考本科二批录取明天就要开始了，据报载，由于今年山东大学遇到了招生"小年"，连以第二志愿报考山大的学生也全部招进，仍不能完成今年的招生计划。这一现象也减轻了二批次重点院校的压力，录取分数可能会因此有所下调，这样，叶子就更有把握了。我每天都关注着各校招生的情况，盼望叶子被录取的消息早日到来。振荣，你静心等着吧，一有通知我定会立即告知你。

2004 年 7 月 15 日

第 119 封信

振 荣：

　　上周连续降雨，气温不高，还较舒适，可自20日入伏以来，天气又异常炎热了，高达35℃。不过咱们的宿舍内还不算太热，我在此书写，不用电扇尚可。今中午睡觉又在梦中与你相见，不知你是否也见到了我，相信你又回来过一次。谢谢你来看我，但不知你有什么急事又匆匆地走了，为什么不多逗留一会儿？如能每天在梦中相见，我也很知足，实在太想念你了。

　　两个孩子考大学之事已全部落实，牧牧已接到中国人民大学的录取通知书，专业还是15日在信中告知你的社会学专业，9月6日入学。今年本科第二批，省属的几个院校形成扎堆现象，特别是叶子所在的分数段人数特多，因此她报的一志愿省建工学院没录取她，最后被二志愿泰山医学院英语专业录取。我想学英语在哪个学校都一样，而且泰安不远，来去方便，小城也很漂亮，在外地比在本市家门口好，对孩子独立生活是个锻炼。叶子情绪还好，望放心。

2004 年 7 月 22 日

第 120 封信

振 荣：

　　最近又连续两次在梦中与你相见，特别是昨天中午你竟也进入了我的梦中，你像是几天不在家，回来后到处找你那盆小花，你问我见没见那棵

"久艳桃"（你说的这花名我至今记得很清，但这几个字是我醒后想象出来的，你说"久艳桃"，我想可能是能长久保持鲜艳的意思吧）。之后，你说找到了，从一个房间里找了出来（不是我们现在的居室，说不清是什么地方）。我看到你拿着一个很小的瓷罐，里边放了一株像仙人头那样很细小的青稞，可没等我仔细看，就从梦中醒来。振荣，为这梦我反复思考，你找的"久艳桃"是不是这三个字，这是种什么花？你是否挂念着我们阳台上的盆花？望你放心，我一直精心地护理着它们。记得你住院后，还嘱咐我别忘了浇花，浇花时一次一定要浇透——我一直是这样做的。那三棵君子兰一直茂盛地生长着，有一棵今年也开了花。你栽植的蟹爪莲，两棵都生长旺盛，每年开花不少。振荣，因为在我心中你始终在家，所以我相信家中的这一切你一定能看到。我之所以在此一遍遍地书写，是因为愿以这种方式和你说话，与你交流，我也自信你是能看到和听到的。

　　叶子也接到了录取通知书，是9月3日到校。这样，孙子和外孙女9月10日前都会离家进入大学之门，这的确是件让人高兴的事，但一想到他们要远离家门，我心中又感到酸楚楚的。我知道，我是个感情脆弱的人，但没有办法，这是永远改变不了的。你已离家两年半多了，至今想来我心中还是异常难受，无力摆脱思念之情，但我绝不在孩子们面前表露，只是自己慢慢忍受。只要他们常在身边，我就会感到心情舒畅。小群每周都来电话，他最近已被提为副处长，高工的职称也没什么问题，已上报待批，这说明他工作有成绩。看来，咱家不论是子女还是孙辈，个个都是优秀的。

2004年7月27日

第121封信

振 荣：

2004年又过去一多半了。你一向关注和热爱的泉城，也在随着日月转换的步伐，发生着日新月异的变化，街道更宽敞了，景色更美了，人们的精神面貌也大大提高。

经十东路拓宽后，雄伟的燕山立交桥也竣工通车；经十路拓宽改造完工，据说两边的绿化带极为漂亮，能达到四季有花；英雄山下的小广场也重新开拓、修饰、绿化，而且又建了地下商场；经一路也开始动工拆迁、拓宽……只是这些新的变化（除燕山立交桥外）我尚未见到。我时时想，如你在，我们肯定早已携手前往细细欣赏这泉城的新姿，每想至此我又不免有些伤感。

还有，足球亚洲杯赛现正在我国举行，济南是四个赛区之一，搞得红红火火。借此，我想到了奥运会。记得2000年那届奥运会，我们两人经常彻夜观看；为等待2008年中国申奥成功的那一激动人心的时刻，我们也曾守在电视机旁等到夜间很晚；同时，我们还满怀信心地说一定要观看中国举办奥运会的盛况。可我怎么会想到，我们的约定再也不能实现，这实在是极为残酷的事实，试问谁能接受得了？过去我一直满怀信心地相信，我们还能相伴很长时间，甚至过八十大寿也没问题，因为我们身体都还可以，可现在却只剩我一人。我总是在不停地思索、发问，为什么会是这样？到底为什么？命运为何如此捉弄人？

另有一件你十分关注的事，那就是济南的历史。今年济南商埠开埠100周年，由市委宣传部、市档案局、济南日报联合举办的"济南开埠百年档案资料图片展"，已于7月25日在山东东方艺术馆（原经二纬三路济南工人文化宫）展出。同时，济南电视台还分两次播出了《古城开埠》

六集专题片。展览展出了反映济南百年变化的八百余幅精彩图片，这是以档案局为主组织搜集完成的，当然，建新也为此付出了不少心血。

从展出情况看，本次展览已受到广大参观者的充分肯定，大家纷纷挥笔疾书，把真实的感受写在了留言簿上，称是"沧桑巨变，伟业千秋"。一些年逾古稀的老专家、老同志也饶有兴致地前往参观，对济南百年的沧桑巨变，无不感慨万千，认为这次图片展办得非常好，但同时也指出了不足之处。如对济南历史上名人名事的介绍显得不足，对一些为济南发展做出过重大贡献的人都没有详细说明；还有，对能体现大众文化的舜井街以及大观园等这些地方也没有详细介绍。

这几天报纸连续报道，每看到这些文字，我总会想到你，如你在家，肯定早已前去参观，我也一定会从报纸上看到你的观后文章。你知道吗？这次展览的有不少图片是建新从你的若干本藏书中找出后翻拍的，我相信对展出的内容，你若在，肯定会提出些建议。在济南电视台播出的"古城开埠"专题片中，我看到有不少教授、专家接受采访，谈济南历史。你的好朋友徐北文也几次出镜谈济南的过去，我多么希望看到你出现在屏幕上的身影，听到你那富有吸引力的侃侃而谈的声音。

2004 年 7 月 29 日

第 122 封信

振　荣：

每逢我看到报纸上有泉水的消息，总是首先想到你对泉城泉水的关注与偏爱，因此就想尽快告知你，愿与你一起分享这泉水带来的喜悦。

我从今天的报纸上看到，趵突泉水位已达到 29.16 米，现在趵突泉泉水已发起了明显的"汛期攻势"。专家称，趵突泉水位今年突破 30 米完全有可能，这将是趵突泉水位自1966年以来首次超过30米大关，今年也将是1959年有泉水水位资料记载以来第7个最高水位超过30米的年份。同时，章丘百脉泉水位也创历史新高，已达64.8米，较此前64.72米的历史记录整整高出了8厘米。专家断言，百脉泉10年来首次实现全年正常喷涌已成定局。

振荣，我相信你看到这些数字一定会非常兴奋。我受你的影响，也十分关注泉水水位的升降情况，为你细心观察泉水的变化，以便能及时将泉水的信息传达于你。你曾写过不少泉水的文章，现在《济南时报》新辟一专栏"丰水之年看名泉"，每天都刊有文章。今年的泉水那么充沛，如你在，不知又会欣喜地写出多少有关泉的文章？可现在……我不敢多想，又没有办法不想，每看到一篇有关泉的文章，我都情不自禁地想到你，心中又往往搅起一种无法形容的痛楚。

这十几天，小红和叶子一直在这里陪我，有她们在，家中有了生气，使我得到了极大安慰。同时，我多年想学太极拳的愿望，在叶子的积极帮助下实现了，外孙女是我的好老师。从此，我可以每天练练太极拳，以增强体质，减少疾病，以免给孩子们增加负担。

再有五天就要立秋了。秋季天高云淡，气候宜人，结束了闷热的酷暑，可以毫无顾忌地外出散散步、活动活动了，可一想到没有你与我为伴，又不免感到凄凉。振荣，生活中没有你的日子，我总难以摆脱对你的思念！

2004年8月2日

第 123 封信

振　荣：

你好！本想立秋后就凉爽了，可没想到"秋老虎"又来了，气温升至35℃，湿度又大，闷热得很。过去我不太怕热，今年不知为何，实觉炎热难耐，常感胸闷气短。幸好自 14 日开始，可能由于沿海台风的影响，气温下降明显，今日又下起了秋雨，最高气温只有 25℃，我感到舒服多了。

告知你一件意想不到的事，本月 9 日，在建新和朋友的陪伴下，我竟登了一次泰山。上次还是 1954 年我在市政府时，由机关团委组织爬过一次泰山，是徒步登上南天门的。没想到，距第一次登山整整五十年后，我又重游了泰山。如我们两人能一起登山，那该有多么完美，多么值得纪念呀！可是，一切都只能是向往、回忆。振荣，你知道吗？不论是我在家还是外出，你无时无刻不在我心中。每次郊游，我总是渴望你能陪伴在我身边，明知这是不可能的事，但我心中这一愿望永远不会被抹掉，不会泯灭。

这次不仅是我五十年来第一次登泰山，更是我第一次坐索道车，也是首次在道教祠庙碧霞祠吃斋饭，并在大殿为泰山圣母上香祭拜；更值得纪念的是，我接受了道长赠送的泰山圣母护身像。还有，我有生以来第一次在泰山顶上遇到雷电交加、倾盆大雨，我听到近距离炸响的雷声，看到滚滚云海由远而近，甚至扑面而来。刚才还是大雨如注，一会儿又雨过天晴，山石间、台阶上，到处是潺潺流水，空气显得那么清新，我真是深深感到心旷神怡，舒服极了。更使人感叹的是，下山时在索道车内往下瞭望，由于刚下过雨，山水从高山沿山石下泄，远远望去，有时似一条白白的带子顺山涧飘荡，有时又形成奔流的瀑布，掩映在一片绿色之间，亲眼饱览这如画的美景，实在太壮观了。

这次登泰山，我深深体会到人必须要到大自然中，经过自然风光的沐浴，才能净化身心，开阔视野。我实实在在地感到神清气爽，周身通泰。这次上山前，我确实有些担心身体不能适应，特别是刚坐上缆车进入索道，眼望钢丝绳索似要钻入天边，我感到有些胸闷，周身不适，心中真有些怕。十几分钟后平安到达南天门，我又一路攀登一段段台阶，至天街、碧霞祠、探海石、岱顶等处，尽管跑了不少路，上了不少台阶，但刚才的不适早已散去。尽管这天预报是35℃高温，但山上气候宜人，十分舒适，我似乎感到全身都得到了净化和洗涤。

2004 年 8 月 10 日

第 124 封信

振　荣：

　　这几天天气一直较凉爽，温度保持在25～27℃之间，我初步尝到了秋风凉爽的舒适感，这引起了我不少回忆。我想到了2001年8月我们和建新去青岛的情景，我们静静地坐在海边的沙滩上，吹着凉爽的海风，欣赏着蔚蓝的海水，听着海浪拍岸有节奏的旋律，那是多么温馨的时刻，可这一切今生再也不会重现。尽管可能还有旧地重游的机会，但那已经不是我们两人在一起。

　　虽然孩子们会精心陪伴我、照顾我，但没有你，凄凉之感总时时袭来。不断的回忆，无休止的思念，我至今仍无力控制，只有在此以这种给你写信的方式来诉说、宣泄，方能感到轻松一些。振荣，我不停地给你写信，这已成为我生活中一项重要内容，我不愿停止，也停不下来，因为这是我们两人说话的唯一途径，也是继续保持感情交流的最好的方式。

2004 年 8 月 12 日

第125封信

振　荣：

　　牧牧和叶子考上大学，老家和这里的亲戚、朋友都纷纷表示祝贺，有的还送来贺礼，虽推让几次，但最终还是送来了。唯一的报答，就是两个孩子进入大学后好好学习，拿出好成绩，不辜负长辈们的期望。

　　这几天为纪念邓小平百年诞辰，中央电视台在黄金时段连续六天播放了专题片《百年小平》。从他在家庭中的生活，到他复出后的工作，很多情节感人至深。这样一位为中国命运力挽狂澜，为中国的前途做出杰出贡献、立下不朽功勋的伟人，在家庭中却是那样的慈祥、随和。他无拘无束地坐在沙发上，怀抱着孙子、孙女，夫人、儿女围坐在身旁，聊天、说笑，充满着浓浓的亲情和一家人团聚的幸福。振荣，我看到这情景，竟禁不住流下了伤心的泪水，我们家又何尝不是这样一个温馨的家庭？尽管现在儿孙个个上进、孝顺，使我得到极大安慰，但我们是一个不完整的家庭，这一阴影仍时时笼罩在我心中。自你走后，我是真切体会、感受和理解了"触景生情"这个词的含义。

　　昨晚播出的片子中介绍，邓小平于1977年73岁时正式复出，主持党中央的工作，88岁尚能走遍几个省、市视察和指导工作。振荣，你是73岁离开了这个世界，按你的身体条件绝不该走得那么急、那么早，你还能为社会做很多事，更能为歌颂祖国的大好河山写更多的华章，这一切都不堪回首。昨晚我虽眼望电视屏幕，但心中一刻也没离开你，直至节目结束，心中仍久久不能平静。

　　昨天，赵鹤祥同志送来了他出版的四册杂文、散文、小说等出版物。不知为什么，每逢见到你的老同事、老朋友，我总会立刻将他们与你联系在一起，心中掀起阵阵波澜，实在没有办法。

2004年8月18日

第126封信

振　荣：

　　昨天是周末，我上午与建新、艾萍、牧牧去章丘明水观赏了百脉泉。由于今年雨水多，泉水不仅溢满了泉池，而且泉池外也流水不断，不得不安放一方石板，以便游人通行。振荣，你曾写过《珍珠河》，可这百脉泉中的串串"珍珠"，就是珍珠泉与之相比，也显得逊色不少。还有那梅花泉，五股翻腾不息的泉水，喷涌的姿态各异，有的像一团团白色雪球，中间又呈现淡青色，似浪花飞溅；有的澄清如碧玉，有规律地翻滚不息；有的则一股股跳跃腾空，恰似有人在推波助澜，十分壮观。眼望这旺盛、澄清的泉水，我必然又想到这美妙的盛景你不能与我们一起观赏，否则，你在文章中定会描绘出许多优美画面，在你的佳作中又会增加新的写泉的篇章。

　　下午，我们到了章丘的另一景点——历史文化名村朱家峪访古。据说这是明朝时建起的一个村落，在群山环抱之中，至今仍基本保持原貌。房屋绝大部分是灰瓦房，有的外墙上装有拴马的铁环。街道不宽，全部用石头铺地，顺山势高低不平，曲曲折折，而且多条路面都流水潺潺，别有一番风味。更令人称奇的是，村内尚有两座石砌立交桥，从桥下通过，异常凉爽。另外，村内铺路的石头大都极不规则，有一条较平整的路被称为官道。这里虽没有多少景点，但因保持了历史原貌，故成为一旅游、休闲之地。在一院落内，有旧时农具展览，另有纺线、织布等现场表演，虽我们不觉多么新鲜，但牧牧却开了眼界。

振荣，每次出游，虽然开阔了视野、调节了心情，但没有你的陪伴，我总是感到失落。特别是回到空空的居室，我心中空虚难耐，实无力排解，对你更加思念。我多么渴望这时能见到你，即便就见你一面，说一句话，我也会感到满足和欣慰。

2004 年 8 月 21 日

第 127 封信

振　荣：

你好！孩子们的暑假已全部结束，牧牧和叶子都进了大学之门。虽然他们在家时，也不常在我身边，但现在他们离家远了，我心中不免空荡荡的，十分想念他们。牧牧由于高中三年住校，习惯了离开父母独立生活，故能适应新校的生活。而叶子就不一样了，这是她初次离家上学，一时难以适应新的环境，想家自不必说，她在电话中的声音，听起来使人十分挂心。不过，随着时间的推移和同学之间的熟悉，再加上开始上课，生活紧张起来，总会好起来的。

振荣，你记得吗？你走时他们刚进入高中，现在却已是正规大学的学生了，如果你在，该有多么高兴！我至今仍时时在思索，你一直精力那么旺盛，怎么可能说走就永远走了，这怎么可能呢？这些想法一直不停地刺伤着我的心灵，我知道这样想是没用的，但我无力控制。

2004 年 9 月 9 日

第 128 封信

振　荣：

你好！八月十五已经过去，这本是一个团圆的日子，但自你走后，我在思想深处真有些怕过这种节日。我每每眼望明月，脑海中总会显现出你的身影。振荣，不知这时你在哪里？你走了，幸好有咱们孝顺的孩子陪我过节。据预报，今年的八月十五天气多云，难见明月，但苍天也理解人们的心情，到了晚上竟能清楚地看到明月当空。

振荣，我欣喜地告知你，体育中心周围已改建成宽敞、漂亮的可供人们休闲的广场，从体育场东边可直接进入植物园，园外也是一个绿化、装饰一新的广场。八月十五晚饭后，由建新、艾萍陪我前往散步、赏月，周围环境优美，清风习习，十分宜人。振荣，你走得实在太快、太早了。如今泉城建设日新月异，你那么关注这座城市的变化，时时撰文讴歌它的崭新面貌，可苍天为何偏偏让你过早地离去？

2004 年 9 月 30 日

第 129 封信

振　荣：

今年的"十一"黄金周长假又结束了，小群回来住了四天，朝夕陪伴我，和我说说话、聊聊天，我感到十分欣慰。但我又想，即便一年他能回来两次，在我余生中又能见他几次？他最小却长期不在我身边，每想至此，我实难静心。

四天的团聚匆匆过去，小群已于 6 日晚回石家庄，由艾萍开车与建新送他去车站。他走时尽管院子里黑漆漆的，但我站在北阳台窗前，仍能清晰地看到汽车徐徐朝大门外驶去。汽车的灯光在院中消失的那一刻，一股酸楚的泪水溢满我的眼窝，我心中是那样的失落、孤寂。

我时时盼望他们回家，又不愿望见他们离去的背影。不论是儿子、女儿还是孙子、外孙女，每次他们走，我总是情不自禁地快步走到北阳台的窗前，目送他们，直至一个个身影消失，这时，一种难以名状的感情便会马上袭来……

2004 年 10 月 7 日

第 130 封信

振　荣：

今天是星期日，由于"十一"长假占用了星期日，故今天孩子们都照常上班。虽然房间内静静的，只有我一人，但在我心中，你仍然在陪着我，我似还能清晰地看到你的音容笑貌。

我在观看电视剧《最后诊断》时，听到一位医院的老院长诉说他与恋人因忙于工作失去联系，对方杳无音讯。为此，他二十年未婚，始终在等待，而且一直做着一个梦，即"看到她突然开门进来，两人又重逢"。

振荣，你知道，这又何尝不是我的一个梦？至今我仍期待着这梦想成真。不论是中午还是晚上，我躺在床上，似睡非睡中，每每听到"噔噔"的脚步声，明明知道是楼上的声音，但又不自觉地想是否你走路的声音，每次都急急地睁开双眼寻找。这时，我多么希望是你站在我的面前。每逢在孩子们那里住几天回家时，我同样渴望一开门能看到你坐在写字台前看书、写文章。总之，我始终在期待奇迹出现，不懈地等待，等待。

2004 年 10 月 10 日

第 131 封信

振　荣：

一个多月没给你写信了，你好吗？这一段时间我总感到心中乱乱的，特别是又接近你离开我们的那个黑色的日子了，在我极为渴望去探望你的同时，你走时的一幕幕画面又重现眼前。我经常发问，我们真的从此再也不能见面了吗？明知这是事实，但我心灵深处仍实难接受。幸好，我们能在梦中相见，但这样的会面又实在太短暂了！

振荣，你走了整整三年了，昨天你时时牵挂的振芙弟和杏妹也一同去看望你了。一进入那冷清、肃穆的陵园，我便止不住泪水的流淌，因为你一直孤单地住在这里，只有这时才能与家人相聚，这是多么残忍的事情。尽管我有满腹的话想对你说，但一时又不知从何说起，我知道，不论有多少语言，也诉说不尽对你的思念。

记得那一年春天我们回老家给父母上坟时，你曾有个心愿——要给父母立个碑，当时考虑还有大妈、二妈等几位老人的墓，如何立碑没最后决定。现在你的心愿实现了，今年阴历十月初一已为父母立了石碑，建新也带着你的心愿，参加了立碑仪式，望你放心。

振荣，有件事我没实现许下的诺言，就是你遗留的稿件，我曾告知你争取今年结成文集出版，但至今没有完成，我深感心中不安，望你能原谅。文稿我已初步整理好，你的好学生、好文友罗珠已将稿子拿去进一步阅读、整理，争取早日出版。

你走后，你的不少朋友一直关心我，不时来家探望或打电话问候，这给予我极大安慰，我十分感激他们。我深知，他们对我的关心，是基于对你的爱戴与怀念。因此，我总是在心中将这些朋友与你联系在一起，看到他们或听到他们的声音，就会情不自禁立刻想到你，你的音容笑貌会立刻显现在我眼前，这不免令我心中一阵酸楚。没有办法，振荣，我实在太想念你了！我永远离不开你！

2004 年 11 月 22 日

第 132 封信

振　荣：

　　你看到了吗？昨天下了今冬以来的第一场雪，而且是一次暴雪，降雪量达到 29.8 毫米，是济南 43 年来（自 1961 年以来）同期最大的一场雪，降雪时间在 12 小时以上，咱们的泉城成了一片冰雪世界。

　　振荣，如你在家，面对银装素裹的泉城该有多么高兴，毕竟已有几十年没见到如此大的雪了。我想象着，你会兴奋地坐在写字台前，精心构思，挥笔写下又一篇美文，赞美瑞雪装扮的泉城美景。也许这时你正在诵读，我边听边为你抄写，这一久违的情景仿佛又出现在我眼前。

　　我多么渴望再有这样的机会，可是现在宽敞的书房里平整、舒适的写字台前，只有我一人在不停地书写追忆的文字。屋内是这般冷清，没有一点声音，只有我在心灵深处回味你读我抄的情景，并不停地搜索你读文章的声音。愿那熟悉的句句诵读声永远在我耳边回响。

2004 年 11 月 26 日

第 133 封信

振　荣：

　　你好吗？2004 年即将结束了。这一年的时光我既觉得转瞬即逝，又感到那么漫长。原因是，尽管已进入第三个年头，但你离家时的一幕幕仍似刚刚出现，时光流逝得有些惊人。

另一方面，我始终不愿接受你永不回家的事实，总在等待，等待有一天你能重新出现在我面前。可是，等待的日子实在太苦了，不仅如此漫长，而且没有尽头。我时常望着你精神极好、满面笑容的照片，实在无法相信你已到了另一个世界。我多么希望你能从相框中走出来，不管实现这一愿望的时间多么漫长，我都愿意等待，等待！

振荣，不知为什么，最近我心情特别郁闷。对你的思念我无力控制，几十年朝夕相处的美好情景不时呈现在我眼前。虽又在梦中见你两次，但那终不是现实，转瞬即逝，更激起我失望的心情，增加我对你的思念与牵挂。

我因无力排解这郁闷的心情，所以还是愿以这种方式向你诉说，与你进行心灵的交流，借此抒发我蕴藏在心中的感情。只有这样，我才会感到心情轻松许多，在一定程度上缓解了郁闷，稳定了情绪。振荣你知道，这些情况我不能对孩子们讲，怕给他们增加思想负担，让他们又挂心我。他们工作那么忙，我不愿成为他们的累赘。

另外，再告知你一个好消息：全市的企业办中小学，截止到明年上半年，要全部转为地方政府办的学校。这样小红等学校转入地方后，职称、工资都会有大的改善。现在她虽是高级教师职称，但企业不按职称定工资，至今每月仅有一千二三百元工资，实在太不合理了。好在这孩子心态好，从不抱怨，生活要求不高，不但勤俭持家，工作也做得出色，实在难得。现在，她总算有盼头了。

2004 年 12 月 11 日

第134封信

振　荣：

　　你好！你记得吗？今天是你76周岁生日，我不免又回忆起你过去每年过生日的欢乐情景。孩子们和亲戚都会来，我们在高兴的同时，往往又会感到忙乱、劳累。可现在我却十分向往那样的欢乐时刻，哪怕再忙、再累，我都甘心情愿。

　　这样的日子再也没有了，你匆匆地把它带走了。从此，每到这一天，只有我一人寂寞、冷清地面对你的遗像，为你祝福，在心中与你交谈。我想不出怎样为你祝寿，只有以手中的笔抒发对你的思念，这可能是最好的方式。

　　振荣，今天是你走后的第四个诞辰，在这漫长的岁月中，我不间断地追忆我们两人几十年中相濡以沫，互相体贴帮助，共同培育三个上进、懂事、孝顺的儿女，全家欢欢乐乐的美好生活。同时，我们两人，特别是你的那一幕幕坎坷的经历，更时时在我脑海中回荡。还有，我也不停地回忆、思索自你走后我在梦中多次与你相见的情景，遗憾的是，这只是梦境，不是事实，所以只有片段浮现在脑中。我总幻想着梦中的那些场景是活生生的现实，可又被一次次无情否定。我每日就是这样在反复思索、回忆、幻想的过程中度过。振荣，我知道你爱吃水饺，所以在你的诞辰，我煮了水饺放在你的遗像前。虽没有丰盛的宴席，只有这点水饺，但这是我的心意，我知道你不会嫌弃，也定会原谅我这样简单地为你祝寿。

　　振荣，你生前一直想将在农村插队、落户的三年经历写成一篇长篇，只是走得太急没能如愿。我虽不能圆满地替你完成这一任务，但不管写得好坏，还是愿将我们所想、所感、所经历的一切记录下来，以此实现你的夙愿。尽管我也对三年的农村生活感受颇深，且已开始动笔，可总感到有些力不从心，加之确无文采，怕难以如愿。

2004年12月28日

二〇〇五

> "我们在一起度过的一万六千多个日日夜夜,无时不在我脑海中翻腾。"

第 135 封信

振 荣:

新年好! 2005 年又匆匆地赶来了,我真感到时间过得像流星一样转瞬即逝,有些怕人。今年元旦假期三天,建新因装修房子,没时间回家,幸有女儿陪我两天,今天她已开始加课。每逢孩子们住几天再走,我总是感到异样的冷清和孤寂。还好,儿子因房子尚没装修好,晚上与艾萍过来住,这使我十分高兴,真希望他们多装修几天,那样晚上就能回来与我做伴了。我多么渴望能与孩子们团聚在一起,又多么羡慕子孙满堂的大家庭,因这样才能称得上欢度晚年。

振荣,我知道你十分想念孩子们,他们都很好,也很争气,可以说都工作成绩显著,是单位的骨干。为不使你挂心,现一一向你汇报。

建新在档案局工作至年底整两年的时间,工作很有成绩,得到市委领导的肯定,在档案局也很有威信。可以说领导班子团结,干部、工作人员齐心协力,使全局的工作都很有起色,大大提高了档案工作的知名度。可为加强市委的工作,已决定让建新不再担任档案局局长职务,回市委办公厅协助一名副书记工作，这是市委领导对他的信任和重视。振荣，你听后，也一定会非常高兴、非常欣慰吧。

咱们的女儿任红你也是很了解的，她一直那么敬业，勤勤恳恳、认认真真，教学成绩始终是优秀的。她虽有了高级教师的职称，但拿不到与职称相应的工资，甚至现有工资比职称应得工资少一半。没办法，这是企业自己的政策，她实际长期受着不公正的待遇。孩子从没有怨言，整日省吃俭用，很好地安排生活，认为吃穿够用即可以满足，可我总感到这是个心事。不过你不用挂心，这样的日子也算熬到头了，市里决定今年上半年所有企业办中小学一律转入地方，小红的工资就能与公办学校同类教师相等，这真是个大好消息。

任群的工作情况和哥哥、姐姐一样，也是兢兢业业、认真负责，因而得到了领导的信任和重视。去年下半年他被提拔为副处长，评上了"高工"，也领到了聘任书，这一切证明他走这一步是正确的。虽然我希望他能在济南工作，留在我身边，可没有合适的单位，不能发挥他的作用，再加上与苏艳两人长期两地分居也是问题。不能因为我而给孩子们带来无法克服的困难，我也绝不会那样要求孩子。只要孩子们工作、生活得都好，我也就感到欣慰和踏实了。只是离得太远，我十分想念他们。

两个儿媳妇都是单位的工作骨干。艾萍被提拔为副处级干部，工作有显著成绩。苏艳也常独立搞课题项目，成绩亦很出色。他们都家庭和睦，也十分关心我，这同样使我感到欣慰。

再说孙辈的几个孩子，这是你最疼爱、最关心的人。牧牧、叶子都已超过18岁，已成长为成年人了，乐乐也即将满18岁。看着他们一个个茁壮成长，我心中十分高兴。但他们的成长也就伴随着我们一天天地衰老，特别是你竟留下我自己早早地走进了另一个世界，真是不堪回首。

牧牧自上大学后仅回来过一次，我十分想念他，哪怕只是在电话中听听他的声音都感到满足。他学习很刻苦，放寒假后又报了英语补习班，临近春节才能回来。我认为这孩子很多方面继承了你的基因，不但喜爱文学，愿提笔写作，而且有活动能力，也有组织能力。振荣，如你在，他春节回来，你们祖孙交流交流，你给他些指导，那该多好！

叶子现在已适应了大学的生活，开始的时候她想家，甚至回来抹眼泪，让人十分挂心。她因学校离家近，经常回来，现在可是个个子高高又漂亮的大姑娘了，十分惹人喜爱。她学习很好，对学好这一专业很有信心，也经常受到外教表扬。她在学校成为活跃分子，不但参加各种活动，而且还排演话剧。看到她回来欢欢乐乐的，我心中也十分高兴。

乐乐今年6月就要参加高考了，我们的小孙子也即将成为大学生，振荣，你听后该有多么高兴。这孩子一直学习那么认真、刻苦，对自己要求很严，实际上学习成绩已经很好了，但仍不满足，晚上经常学到很晚，令人挂心。我已经有两年多没见到他了，看来今年春节他仍不能回来，我心中想念又有什么办法？只有期盼他高考后能回家来度暑假。

振荣，你看咱们的孩子们个个都那么上进、争气，我们是一个多么美满幸福的家庭。同时，有孩子们关心我、细心照顾我，我也感到十分欣慰。只是由于你的离去，我总感到心中时时笼罩着一层阴影，我们完美、温馨的家庭有了很大的缺失。我也时常劝解自己，人老了都要走这一步，但振荣，你走得太早、太急了！儿女们都已有成就，孙辈的几个孩子都已或将进入大学之门，我们还有那么多幸福生活没享受，你竟一去不回，我至今想来仍十分心疼。

2005年1月3日

第 136 封信

振　荣：

　　我想你又在等我的信了吧！这一段时间建新和艾萍因装修他们的房子晚上回家来住，这使我感到生活有了生气，心情平静，身体也正常。现在我每晚都在等待着他们归来，这种期待是欣喜的，是有结果的，不会失望。我多么希望每日对你的期待也能如此，可至今已过去一千多个日夜，我始终没有你的一点信息，更望不到踪影，只是在心中永远存留着这一割舍不下的漫长期待。

　　振荣，告诉你一件令人高兴的事，你的散文集《北方的榆树》再版了。前几天罗珠打来电话说，他在经二纬三路的新华书店见到了这本书的再版书，封面重新进行了设计，他为咱们购买了几本，我尚未见到此书。我想你听到这一消息，一定会十分高兴，如你在家，定早已将书买回了。按规定，再版书同样应付稿费，罗珠说，等春节他去北京问问情况。我认为不论有无稿费，这都是一件值得欣慰的事，说明该文集是畅销的，得到了读者的喜爱，你的劳动成果是十分有价值的。

2005 年 1 月 11 日

第 137 封信

振　荣：

　　很长时间没给你写信了。前一段时间我身体一直不好，将近一年的时间心脏都很正常，不知为什么，23 日至 25 日连续三天早上犯病，心慌、胸闷、憋气，脉搏每分钟 90 至 100 次。因建新已于 20 日远赴美国学习考察，由李平的外甥女芳芳（她从幼师毕业，在历下幼儿园工作）晚上来陪我。这几次我发病都在凌晨五六点钟，因此没有惊动她，只是牢记你时时嘱咐我的"沉住气，不慌"，勉强起身打开氧气瓶，服上速效救心丸，待一小时左右，逐渐恢复平静。

我这次犯病与以前不同的是，胸闷得厉害，而且脉搏过速，极为难受。我怕心脏出现新的问题，待病情有所缓解后，给艾萍打了电话，小朋接到芳芳的电话也赶了过来，由艾萍开车送我去四院。又是由潘林、新林陪我做了心电图和心脏彩超，幸好没有大的变化，仍是心肌缺血、供血不足，只是经抽血化验，发现血液黏稠。因此我又在小红处住下，由新林连续七天中午为我输液。天冷，医院工作又忙，看到新林每天跑，我实于心不忍。

振荣，潘林、新林真成了咱们家的"保健大夫"，非常感谢他们。自你走后，新林一直每隔几天就打来一次电话问候，并不时来家探望，给予了我极大的照顾、关怀和温暖。

振荣，你知道吗？我这几次早上犯病时，都是天尚未放亮，望着漆黑的夜空，我尽量镇静并强忍着心慌、憋气的折磨，苦苦地等待病情的好转，急切盼着天快放亮，但是时间偏偏走得那样缓慢。这期间，我情不自禁、不止一次地回想起了你在家时我发病的一幕幕情景，我只要轻轻叫你一声，你就会立即起来为我输氧、递药、端水，百般照顾。这次发病，我多么渴望你仍能在我身边，哪怕什么都不做，我也会心中踏实，病情迅速好转。可如今，只有我一人静静地忍受。现在一切都过去了，我的身体也逐渐恢复，望你放心。

2005 年 1 月 31 日

第 138 封信

振　荣：

　　这几天是叶子一直陪伴我，小红虽然已放假，但每天加课，故不能回来。你记得吗？今天是腊月二十三，是小年。建新在美国还没回来，小群一家在石家庄，牧牧在北京。按旧习，家中过小年时人不齐，灶王像是不能烧掉的，要等到除夕夜才能烧掉旧灶王，贴上新灶王。现在虽没有这些旧习了，但我还是盼望全家能团圆过年。幸好艾萍回来陪我，与叶子，我们三人在小年夜也吃了水饺，我感到欣慰。

　　更使人高兴的是，牧牧从北京打来了电话，祝奶奶、妈妈新年快乐。他听到我们吃了水饺，极为羡慕，说晚上到餐馆吃了顿饭，每人给了五个水饺，但不好吃。牧牧放假后，又在校外参加了外语学习班，要到除夕前一天才能回来。现在他们宿舍只剩他一人了，我真有些挂心，盼望他早些回家。

2005 年 2 月 1 日

第 139 封信

振　荣：

　　今年的春节又匆匆地过去了。这是我们搬来新居后第四个春节，可你只在这里高兴地过了一个春节，因此每到这时，我更加想念你，怀念我们在一起过年时幸福、美满、全家团圆的场景。自你走后，没有你在的年夜饭，我也为你在餐桌上摆上碗筷，我相信你仍在全家人身边，与我们一起用餐。尽管还有孩子们在身边，但我心中仍觉得空荡荡的，甚至有一种冷清、凄凉的感受。我知道在孩子们面前不应这样，但有时实在控制不住，真没有办法。

记得我们在新家过的那个春节，初一早上醒来，窗外竟是漫天飞雪。巧得很，今年的初一早上又出现瑞雪飞扬的景象。不过，那些年泉城禁放鞭炮，除夕夜的雪花是在寂静中飘落的。今年全市决定鞭炮开禁，飘飘雪花在鞭炮炸响的助威声中撒向泉城大地，相对增加了一点节日气氛。

乐乐因为学习紧张，今年更是临近高考，所以他与妈妈已有三个春节没回济过年了，我十分想念他们。牧牧和叶子要等正月十五后才开学。大学的学习、生活要比高、初中阶段宽松一些，他们也能尽情享受这段假日的愉快。小群因要照顾乐乐，只在家住了三天，初三早上就回去了，我尽管心中不舍得他走，但也没有办法。建新这几天仍忙忙碌碌，幸有女儿小红陪我、照顾我，使我得以安心休息。春节假期七天，我都没有出屋门，有时心脏不适，躺一会儿，吸点氧、服点药，就这样平平淡淡地度过了。

振荣，另有一事相告，前些天我告知你再版的《北方的榆树》，罗珠买了两本已送来，是 2003 年 3 月份出版的，只是改换了封面。在一片鲜花盛开、绿草如茵的大地尽头，有一排郁郁葱葱的榆树屹立着，从树丛中远望，尚能看到有楼房林立。画面虽也素净大方，但不如第一版的封面有韵味。罗珠过年后要去北京，会顺便问问有关再版的事宜。

2005 年 2 月 15 日

第 140 封信

振　荣：

你好！按旧习俗，正月过了十五，才算过完了年。今天已是正月二十了，时间流逝得实在太快了，我们已经逐步走进 80 岁的行列，真有些不敢相信。

可看看孩子们的年龄,特别是孙辈的几个,牧牧不到一个月就20周岁了,叶子同样在迅速赶往这个年龄,咱们的小孙子乐乐已满18周岁。我想,如你在家,看到他们个个都已成了成年人,一个是亭亭玉立的大姑娘,两个是富有青春活力的小伙子,该有多么高兴!

春节过去了,一切都恢复正常,学校也都相继开学,牧牧已于昨天早上回校,叶子还要等一周后开学。乐乐初六已开始上课,再有三个多月就要高考了,现正面临紧张的冲刺阶段。乐乐是个聪明而又非常用功的孩子,我一向相信他的实力,现在只盼着他平安度过这三个月,取得优异成绩。

振荣,春节期间,我与你的几个老朋友都通了电话,他们都很好。北文、袁梅都81周岁了,身体、精神都很好。朋友们对我都很关心,望你不要挂念。

还有一事相告,原打算将你未收入集子的遗稿出一本散文集,经罗珠与建新商量,因稿子不是太多,可暂时不出集子,而是先将你的全部文章以及能找到的日记、书信分门别类,汇编一部全集,待你走五周年时献给你。罗珠答应负责编排,我非常感谢他。不知这一计划你意如何,望能给我一些信息,我等待着。

2005 年 2 月 28 日

第 141 封信

振　荣:

你好!现在虽已是阳春三月,但天气仍有些寒意。近几日又有冷空气侵入,今日天空阴沉,气温又降至 -9℃。在这样的天气中,我一人在家更觉冷清、寂寞,只有在此给你写信,与你谈心,才能感到心中宽慰一些。

振荣,自你走后,也可能是过于孤寂的原因,我逐渐萌生了写点文章的想法,除在你的纪念文集中写了《无尽的思念,辛酸的追忆》那一长文外,又相继试写了《记忆中的母亲》《久违的呼唤》《故乡的庭院》，还有正在起草的文章，暂定名《赏雪有感》。这几篇文章都是我有感而发，因此写起来还算顺手，但同时也感到才思贫乏，不能充分表达所思、所想。

为此，我极为后悔，为什么你在家时，我没有动笔的想法，如能早动笔书写，由你给予指导、帮助，说不定我也能写出点像样的东西。但是，振荣，我也很感谢你，我在不断为你抄写和阅读你的文章的过程中，也耳濡目染地受到了很大影响，学到了写作的不少东西。我非常喜欢读你的文章，甚至读几遍都仍感觉有滋有味。我为你住笔太急、太早、太突然而感到惋惜，至今想来，我心中仍隐隐作痛。

再告知你一件你关心的事。记得你住院期间，几次嘱咐我"别忘了浇花，一次要浇透"，对此，我一直牢牢地记在心中。现在咱们阳台上的花，大都已迎着春天的到来相继育蕾、盛开。有一棵君子兰已开花一个多月，另一棵的花蕾也明显从绿叶中探出身来。去年春节建新同事送来的两盆蝴蝶兰，今年又花蕾满枝，正在竞相开放。麦兰的花朵已开始凋谢，旱莲因缺乏施肥，生长不旺，但也相继开花。如果你在家，看到阳台上各种花卉的繁荣景象，定会十分高兴。我也相信，你一定会欣赏到的，因在我心中，你始终没有离开过家。

2005 年 3 月 4 日

第 142 封信

振　荣：

将近一个月没给你写信了，但我仍在心中时刻想着你。一天夜间我又在梦中见到你回家来了，你说前一段时间在省里一家医院治病，现在已经痊愈，我真是太高兴了。你比以前又胖了点儿，但精神很好。只是相聚的时间太短暂了，我尚未来得及说几句话即从梦中醒来。实际上自你走后，我一直不停地在想，能否出现奇迹，你又回到了家。虽知道这是不可能的事，但我始终存有这种幻想，总渴望能成为事实。

春节过后，我身体还算可以，没出现过不适的症状，但不知为什么，19日（星期六）凌晨两点多我忽然因一阵头晕惊醒，立时心跳加速至每分钟100多次，心慌得厉害，取药时手也瑟瑟发抖，更无力起身打开氧气瓶，只有沉住气，慢慢忍受。

这时，我多么渴望你能在我身边。我本想尽可能不打扰孩子们，但病情不能迅速缓解，我实在难受极了，不得不勉强拿起电话，求助孩子们。待艾萍与建新开车赶来时，我急速跳动的心脏已开始缓解，但心区仍极为不适。因有孩子们在身边，我心中安定了许多，再加吸了氧气，数个小时后，基本恢复正常。幸好第二天是星期六，不然建新和艾萍夜间被我干扰得没休息好，怎么再去上班？振荣，我经常在想，也时时担心，怕自己成为孩子们的负担。使我欣慰的是，咱们的几个孩子确实都非常孝顺，可越是这样，我就越不愿给他们增加过多负担。

时光流逝得实在是太快了，上周日（20日）是牧牧20周岁的生日。你写的《牧牧的求索》一文中的情景好像就在眼前，可当年那个穿着小拖鞋，独自过马路去找有大木马的幼儿园的两岁多的孩子，现已成长为20岁的成年人。他生日那天，我与他爸爸妈妈一起给他打电话时，他竟声称"这就要往30岁奔了"。十年的时间同样会转瞬即至，可不知我是否还能等到给他过30岁生日的那天。

2005年3月25日

第 143 封信

振　荣：

　　你好！又近一个月没给你写信了，幸好这期间我连续三次在梦中见到你，是不是你知道了我因心脏不适又在打吊针？我非常感谢你，尽管梦中的相会是短暂的，但我已很满足了。

　　自上月 19 日夜间发病，至 30 日我又连续两次心慌、头晕，经检查，心电图显示心肌缺血比之前明显，不得不再次打吊针，为此我只得又住到小红那里，由新林下班后去为我输液。使我时时心中不安的是，新林下班后既要来为我输液，又要赶回家做饭，实在太劳累了，我真有些过意不去，心中十分着急。由于孩子们的关心、照顾和新林、潘林两人的帮助，现在我身体已经恢复，并于上周四（14 日）回家，望放心。只是因这次病，我没能在清明节期间与孩子一起去看望你，望你能原谅。我的心仍时刻与你在一起，至今不愿相信你会永远不回来。

2005 年 4 月 21 日

第 144 封信

振　荣：

　　我这样不间断地写信给你，你能收到这些信息吗？我相信你会感知到的。我知道，你愿意看到这些文字，愿意听到我的心声，而我也只有以这种方式与你说说话，才能缓解对你的思念。有几次我想停笔，只在心里想着你，在心中默默地与你对话，但往往又很自然地将心中的话落在了纸上。我愿这样一直写下去。因为不论是咱们家中还是社会上发生了什么事情，或是大自然中有什么新的变化，孩子、孙辈们有什么你愿知道的情况，等等，我都会情不自禁地想要告知你。

我深知你是个感情丰富、酷爱大自然、热爱生活的人，你虽远离了人世，但我知道你仍牵挂着一切。因此，我有责任随时将一切信息传递给你。我也能想象得到，你接到这些信息后是如何的高兴和欣慰，这同样能缓解一下你在另一个世界寂寞、孤独的心情。

2005年4月28日

第145封信

振 荣：

你好！一年一度的"五一"黄金假期又匆匆过去了，每逢这时，我都会想起2001年"五一"前后我们一起出游的情况。因我从未去过灵岩寺，你特意陪我以及振芙前去灵岩寺、五峰山、小娄峪游览。建新为照顾我们，也一同前往。

当时你兴致勃勃地将各景点的情况为我们做了介绍，因为你太熟悉灵岩寺了，不仅写了很多篇文章，还撰写了电视风光片的解说词。可谁能想到，那次竟是你最后一次与灵岩寺告别。

记得那次在五峰山吃完饭已近黄昏，四周几乎没有了游人，我们站在院中，抬头望去，四面是青翠的群山环绕，不仅环境幽静，风景秀丽，连空气都令人感到特别清新。我们当时是怀着依依惜别的心情踏上了返回的路程，但心中却是十分愉快的。振荣，是你陪我实现了多年想游灵岩寺的愿望，这是我们两人第一次也是最后一次游灵岩，我会永记在心中，时时回忆这幸福的时刻。

2005年5月9日

第 146 封信

振　荣：

　　时间流逝得实在是太快了，2005年又将过去一半的时间。在日月的运转中，孩子们一天天长大，大人一天天变老，而老人更是日益衰弱。想想我们都将进入八十高龄，真有些不敢相信。尽管我心理上尚未感到那么衰老，但自然规律是无法违背的。

　　最近我时时望着院中的树木不停地浮想联翩。你还记得吗？我们搬来新居度过的第一个也是唯一一个春天，你和文联的同志们一起栽种了三棵杨树以及冬青、爬山虎等绿色植物，现在它们都生长得郁郁葱葱。特别是那一片爬山虎已越过了楼前的墙头，将枝蔓伸到了墙的南边，整个短墙的顶部几乎全部被它的绿叶覆盖，在窗前向外瞭望，有清爽之感。我常想，如你在家，望着这近在眼前的一片绿色，该有多么高兴！可现在只有我一人呆呆地观望，但我脑海中总时时有你的身影。

　　还有那三棵杨树，其中两棵已长成了大树，大大的树冠洒下了一片绿荫，不时有人在树荫下休闲、乘凉。唯独中间的一棵，只在当年发出了新芽，随着你的离去，它也慢慢地干枯了。但实际上，它一直没有停止与干旱、风雪抗争，历经两年多终于迎来了复生。去年我欣喜地发现它又缓慢地孕育出了新芽，虽只是零零散散地挂在枝干上，但我相信它一定会复活。今年，在春风的吹拂下，它久经蕴藏的嫩芽争先冲破一切束缚，个个兴奋地探出身躯，迎接这春的信息。它们自然地由嫩绿变为深绿、墨绿，现在已成为像模像样的小树了。

　　振荣，我时时望着这棵复苏的小树，思索着它枯死和复生的过程。我想，人如果也能像这棵死而复生的杨树一样，那该有多好！可是不能，这实在是一件憾事。我不明白，上苍为什么对人类竟如此残酷无情？

2005 年 5 月 16 日

第 147 封信

振　荣：

　　你好！仍是十分想念你，正因为思你心切，故常常在梦中遇见你，只是这样的时间太短暂了，因而更加深了我对你的怀念。如何排解这苦苦的思念之情，除了忙点儿家务、读点儿书报之外，我还是愿在此与你说说话，以舒缓寂寞、郁闷的心情。

　　因为只有如此，我在心灵深处才会感到你还在我身边，我们还在倾心交谈，这是一种多么幸福温馨的时刻。振荣，自你走后，我不间断地回忆过去，追忆我们几十年相知、相伴、相依的情景，这成为我生活中的重要内容。我多么渴望再回到过去，再走进我们两人的世界。我有时不自觉地幻想着你还能回来，想象着我们重逢的幸福时刻，可这一幻想又经常被现实打破。振荣，我想你能体会到，在这样的情形下，我会是一种什么样的心情。过去你每逢出差总不放心我一人在家，可现在……

2005 年 5 月 24 日

第 148 封信

振　荣：

　　将近一个月没与你说话了，但我仍像往常一样时刻在心里念叨你，在梦里与你相见。不知怎么回事，这一段时间我眼睛特别不好，视力模糊得很，看点书报很吃力。同时，我手提笔也打战，如果眼睛不能看东西，手也不能写了，那可怎么办？因为自你走后，我只有靠看点儿文章、写点儿东西，来消磨心中的寂寞、冷清。

　　振荣，你现在好吗？你在哪里，是否偶尔也能回家来看看？有时在寂静中，我听到有脚步声，第一反应是希望这是你的声音。如果此时我闭眼躺在床上，就会不假思索地立刻睁开眼睛，寻找你的踪影。明知这是不可能的事，但我每次都情不自禁地去搜索、寻找。这一情景，几年来不知重复了多少次，但每次都带来更多的失望、更深的思念。

现在已是6月下旬，济南自本月12日以来一直持续高温，17日那天竟达到38.8℃，预报明后天要达到40℃以上。据报载，6月连续出现40℃以上的高温天气，在济南30年的历史同期纪录中是非常少见的。幸好咱们的房间面积大，通风也好，还不是太热。在这样的高温下，我身体还可以，望你放心。

还有件事，尚未告知你。咱们的小孙子乐乐，已于本月7、8日两天进行了高考，分数不日即可公布。我预感他的成绩不会太差，不管怎么样，上个本科是不会有问题的。振荣，这样我们的第三代都成为大学生了，我想你听到这一消息肯定会非常高兴。待乐乐的成绩公布后，我一定立即告知你。牧牧和叶子现正准备期末考试，第一学年即将结束，暑假后，他们就成为大二的学生了。振荣，如你在，我们一起分享孩子们给我们带来的幸福，那该有多么美满！

2005年6月21日

第149封信

振　荣：

你好！济南连续三四天温度都在40℃以上，实在太闷热了，温度最高的一天达到41℃，这是多少年来在6月出现的罕见的天气。幸好，我身体总算抗过了这难耐的高温。自25日开始，气温有所下降，特别是昨天下了一整天雨，至今日上午仍是雨蒙蒙的，气温下降到最高温28℃，凉爽多了。过去，我不惧怕夏天，如今竟变得难以忍受这酷暑的天气。可这刚过夏至，至7月15日才开始入伏，更闷热的天气还在后面。我多么希望你能陪我一起度过这炎热的盛夏，我只能在毫无结果的企盼中等待。

2005年6月27日

第150封信

振　荣：

　　今年的高考报志愿已经开始，询问小群得知，乐乐报的志愿是天津医科大学的临床医学院临床医学专业。振荣，我认为临床医学这一专业比较适合乐乐的性格，他是个比较沉稳、细心、善于思考和钻研问题的聪明孩子，一定能学好这一专业。临床医学生毕业后就可以当医生了。记得小群考大学时曾报过北京医学院，只是被第一志愿山东大学录取了。家中有人学医，实在是太需要了。过去我体会不到，现在年龄大了，进入老年，到了体弱多病的时候，才有了深切的体会。

　　牧牧和叶子都在紧张地复习，参加期末考试。叶子今年有七八门课程，牧牧这学期有15门课，大概都要到7月中旬才能放假。只是牧牧除功课外，还参加了不少文学社团、协会等组织，暑假放假后，还要到武汉参加一个志愿者会议。振荣，听到牧牧的这些活动情况，我想你一定也会联想到刚解放时，你在学校忙于社会活动的情景吧！

2005年6月29日

第 151 封信

振　荣：

又有半个多月没给你写信了，你好吗？你离开我和孩子们已近四年了，时间流逝得太快，但我有时又觉得漫长，这可能是苦苦思念你的缘故。我总渴望见到你，可企盼的时间实在是太长，太长了。

现在已进入三伏阶段，据气象台的同志讲，这才真正是夏季的开始。最近一段时间，气温虽不是过高，但因湿度大，我仍感到闷热，好在咱们的宿舍还比较阴凉。振荣，这么宽敞、气温适宜的居室，你却只在此度过了一个夏季就匆匆地走了，每想至此，我心中仍感到疼痛，我无法形容这是一种什么滋味。我时常自问，为什么会是这样？

今年的暑假已经开始，小红和叶子在家陪伴我，这大大缓解了我心中的冷清和寂寞。牧牧放假后，只回来待了三天，又赶回北京，参加青年志愿者培训，还不知什么时候回来。乐乐的录取结果可能要到月底才能出来，究竟录取到哪所学校，我到时一定及早告知你。

2005 年 7 月 18 日

第 152 封信

振　荣：

昨天下了大半天雨，天气凉爽多了，最高气温下降到 29℃，我感到舒适多了。现告知你一事，我想你也许看到了，咱们的小孙子乐乐于 22 日回家来了，已经三年没见他，他长高了，比牧牧还要高些，真成大人了。虽然他回家见不到爷爷，但我相信你能见到他，而且看到多年不见、十分想念的孙子终于回家了,你一定是非常高兴的,对吗?

今天中午我睡了一觉,这也是好多天以来中午第一次真正地睡着。振荣,你知道吗?我竟在睡梦中真切地见到了你。梦境是:我在睡觉,忽听到你大声喊"玉洁"的声音,我想赶紧睁开眼看看,但两眼发涩,怎么也睁不开。待努力睁眼后,我看到你站在书橱前整理书刊,当时我是多么高兴啊!

这与过去多次梦见你所不同的是,过去在梦中见到你,我从没有你已经走了的意识,就像你在家时我们在一起的情况一样;而这次我却清楚地意识到你已经走了,所以看到你回来,我实在太高兴了,而且相信这是真的,相信我日夜盼望的奇迹真的出现了,因此当时我没敢问你是怎么回来的。

正在这时,有几个邻居抱着孩子来串门,当时我怕他们一掺和又见不到你了,所以迅速将她们送走。这时小红在房间门口,我欣喜地告诉她:"你爸爸回来了。"之后,我们一起到了另一个房间,看到你带回来几大盒吃的东西,意思是你这一段时间外出旅游了一趟。你告诉我们你去坐了火箭,我当时说:"可能是因为要坐火箭,所以单位上为了保密,故意说你永远走了。"你听后不满意地说:"胡闹,什么永远走了。"振荣,你高兴地告诉我们,火箭的速度实在太快了,"刚拿起报纸看了不到两行,就已经到达了目的地"。奇怪的是,当时一个五六岁的小孩依偎在我身边,我亲切地抚摸着他的脸(这孩子是咱们家的孩子),对你说:"现在咱们家时来运转了,你回来了,孩子也回来了。"好像这孩子很长时间没有被找到。你听了我的话后,还清楚地讲了当时找不到这孩子的情景。我随即想,连这些细节你都能记得清清楚楚,这一次不再是梦了,是你真的回来了。我看到你比以前瘦了点,但精神很好,仍是那么健谈,身上还是穿了平时在家穿的衣服……

以上就是今天中午我在梦中遇到你的情景。可是,当我正沉浸在喜悦、幸福之中时，又忽然醒了，看看房间还是空无一人，才意识到，刚才我们的相见仍是一场梦。为什么又是梦？为什么就不能成为现实？这次我明明听到了你说话的熟悉的声音，看到了你侃侃而谈的喜悦神情，可到头来还是一场梦！因为这次相见我确实相信你虽走了，但是又真的回来了，所以当我醒来时，望着书橱旁你在梦中站过的地方，感到万分难过和失望。这使我真切地相信了，我企盼的奇迹是真的不会出现了！

2005 年 7 月 25 日

第 153 封信

振　荣：

　　乐乐在家住了 8 天半，于昨天下午 3 时乘坐豪华大巴车回去了，晚 7 时已到家，望放心。乐乐这次回来，我很高兴，他比过去成熟多了，也很懂事，给家中带来了不少欢乐和生气。我虽略感身体疲累，但心中是喜悦的。有几年不见的孙子围绕在身边，我感到温暖和欣慰，只是你不在家，不能与我们同乐，我又不时感到空落和心酸。

　　我身体不行，真的是老了，不能陪他出去走走，牧牧又不在家，幸好叶子在，能陪伴他出去逛逛。还好，建新带他到淄博去了一趟，参观了蒲松龄纪念馆等，又于前天与小红一起，带他到明水看了百脉泉、白云湖等，总算游览了家乡的一些名胜。最后这两天牧牧也回来了，昨天上午兄弟两人终于见了面，因时间仓促，哥哥只向弟弟简单介绍了大学的学习和生活情况等，午后便送他去了车站。

　　振荣，昨天下午小群来电告知，乐乐已被天津医科大学临床医学院录取了，这又是一件使人高兴的事。

2005 年 8 月 1 日

第 154 封信

振　荣：

你好！昨天立秋了，又到了秋风送爽的季节。受台风影响，夜间开始下雨，直到午后才停止。今天气温降到了最高温 25℃，北风吹进屋内，有了些凉意。这一两年雨水偏多，使趵突泉的水位始终没有大幅度下降，实现了全年喷涌。今年入夏以来虽一度有所下降，但近来下了几场大雨，水位又节节上升。

振荣，你还记得 1987 年 8 月 26 日那场大雨吗？今年 8 月 2 日下午也下了一场大雨，据气象部门称，这场雨的强度比那年"8·26"的雨还要大。由于近几年各项城建设施的改进，这次受灾损失不像"8·26"那样严重，但汽车、房舍等也还是有些不同程度的损坏。不过，这场雨促使了地下水位的大幅度上升，趵突泉的水位已达 29 米。

振荣，你一直关注着泉城的泉水，并写了那么多有关泉的文章。因此，当我看到泉水节节上升时，总会联想到你。如你在，我想定会又构思出不少有关泉的文章吧！我多么希望再与你一起去看看泉水，又多么渴望再为你抄写有关泉的文章！

2005 年 8 月 8 日

第 155 封信

振　荣：

记得我上次告知你，立秋了，天气凉爽得很，气温降到了最高温 25℃，非常舒适。可是，没多长时间，天气又骤然闷热起来。今年立秋是晚6点多，真就应了那句谚语："早立秋凉飕飕，晚立秋热死牛。"连续几天，最低温度都在28～29℃，最高温36℃，再加上湿度大，真使人难以忍受。我整个夏季未开空调，这时也不得不将空调开启。

还好，热浪持续三四天后，一场秋雨终于将"秋老虎"赶走，最近几天秋高气爽，最高温度只有28～29℃，特别是早、晚还真有些凉意。振荣，每到这时，我又会想起我们每天外出散步的情景。在这金风送爽的季节，我多么渴望再与你漫步街头，欣赏大自然的美景，欣喜地洞察泉城面貌的点滴变化，轻声慢语谈论感兴趣的话题。有时天气已晚，我们到小餐馆花几元钱吃点儿水饺，然后迎着晚霞，走在回家的路上。这是一幅多么幸福、祥和的画面，可今生再也不会有了！

2005年8月22日

第156封信

振　荣：

你好吗？十分想念你。时光流逝得实在太快，2005年已走了三分之二的时间，孩子们又开始了新学年的学习。牧牧和叶子已于9月1日开学，成为大学二年级的学生了。乐乐9月7日就要到新校报到，紧随哥哥、姐姐开始大学的生活。

到此，我们的子女及第三代的孩子们全部成为大学生了，真使人感到欣慰。只是你早早地离开了我，使咱们这个和谐、幸福的家庭缺失了很多，特别是在我的心中，总觉得失去了支柱、失去了依靠。尽管孩子们都非常孝顺、体贴，给了我极大的安慰，但这与我们两人朝夕相处、相依相靠、彼此关心照顾是不一样的。因此，我们在一起度过的一万六千多个日日夜夜，无时不在我脑海中翻腾。

这漫长而又短暂的进程，可以说是坎坎坷坷、曲曲折折，有幸福、欢乐，也有悲伤、痛苦甚至迷茫、无奈。还好，我们没有倒下，因为我们心中有一个神圣的信念。终于，我们与广大人民一起，迎来了新生命的春天。振荣，你没忘记吧？我们两人都是到了五十多岁，才终于成为党组织中的一员，实现了二三十年来为之向往的心愿。振荣，特别是你，至晚年又焕发了青春。对国家的发展、社会变革和家乡面貌的变化，你都感到异常兴奋，并迫不及待地将它们写成篇篇美文，去热情地歌颂，尽情地抒发爱国、爱乡的感情。

振荣，你是知道的，我也因此受到了极大的感染，我愿为你认真抄写文章，更愿诵读、欣赏每一篇佳作，为你抄写文章成了我的一种渴望、一种享受。记得吗？有时看你写得差不多了，我总要问你是否可以抄写了。如果能立即抄写，我就如同获得了一种满足。如今，独自在此追忆这些失去的岁月，不免有些伤感，甚至心痛，但因一生中曾享有这一切，所以往往也会有一种幸福感油然而生。振荣，这都是你给予我的，我十分感谢你！

2005 年 9 月 3 日

第 157 封信

振　荣：

现在告知你一件你一向极为关注的事情：昨天是趵突泉复涌两周年的日子。2003 年 9 月 6 日 8 时 30 分，工作人员跃入水中打开了封在泉口的木板，趵突泉自此恢复喷涌。至今年 9 月 6 日，趵突泉创下了自 1976 年以来，泉水持续喷涌的最长时间纪录。现今趵突泉水位是 28.99 米，较两年前复涌时"长高"了 1.98 米。昨天，趵突泉欢天喜地过"生日"，公园到处彩旗飘扬，至 8 时 30 分"新趵突"两年前诞生的时刻，又放起了喜庆的礼炮，锣鼓喧天。晚上，人们相聚泉边，用歌声、笑声与泉水的汩汩声相和，祝福泉水明天会更好。以上来源于《济南时报》的报道。我虽没去现场，但能想象出那热闹的场景。文章还报道：为纪念趵突泉复涌两周年，有关部门还在李清照纪念馆门前开展了"爱我趵突 珍惜资源 节水保泉"万人签名活动，许多游客即兴写下对泉水的美好祝愿。白雪楼前，京韵声声，游客赏泉、听戏；沧园内展出了"名泉旧影"图片。

振荣，我每逢看到有关泉城面貌变化的报道，总是首先想到要立刻告知你，同时又会很自然地想到，如你在那该多好，我能想象出你为此喜悦、激动的心情。虽然我们早已相伴观看过趵突泉的新景，可这样的情景不会有了，今生今世再也不会有了。听四妹冰洁说，她常去趵突泉公园，我十分羡慕。可我们的新居远离市区，我现在体力已大不如以前，再加上过去你在时，每逢外出都是两人相伴，没有你在身边，我不愿一人独行。现在，我习惯了一人在家，看看书报，干点儿家务。特别是以这种方式与你谈谈心、说说话，告知你一些你想知道和关注的事情，这成为我舒缓对你的思念、排解孤寂的最好方式。只有这样，才会使我感到你没有走，仍在我身边，这会给我以极大安慰。

2005 年 9 月 7 日

第 158 封信

振　荣：

你好！近几日又在梦中与你相见，尽管我醒来知道又是梦境时十分失望，但不断在梦中见到你，给予我不少精神上的慰藉。八月十五合家团圆的日子又将来临，过去在这一节日中，只有小儿子远在他乡，而现在又少了你，孙辈们也都进入大学之门，咱们这个家再也不会有全家团圆、欢乐过中秋节的日子了。因而，这一节日自然在我脑海中逐渐淡化了。

我知道你一直惦念我的身体状况，也十分牵挂孩子们，望不要挂心。由于孩子们的体贴、照顾，加上我坚持按时服药，注意尽量调整心情，再有亲戚、朋友的关心帮助，我的身体还算正常，近半年来心脏没出现不适症状。尽管随着年龄的增长，我体内各个器官老化，体力大不如以前，但这是自然规律。总的说，我身体还可以，望千万不要再牵挂。孩子、孙子们都很好，由于努力，他们工作、学习都较为出色，为咱们这个家增加了光彩。振荣，可以说咱们的孩子们都很好地继承了父辈的优良品德，特别是你的言传身教，你的纯朴、善良、刻苦、好学、严于律己、宽厚待人等优良品德，都深深地感染着他们、教育着他们，点点滴滴融化在他们的心中。看到孩子们的努力、成长、成熟，我们做父母的真感到欣慰和骄傲。唯一的缺失，就是你走得太早了，这给我心中刻下了永远抹不掉的伤痛。

不过，振荣，望你一定放心，这些懂事、孝顺的孩子们会逐渐抚平我心中的伤痕。他们已完全成为我生活中的支柱和依靠，我好像一刻都不愿离开他们，总渴望听到他们回家按响门铃的声音，或是在窗前看到他们来家的身影。每当这时，我心中的愉悦就会一起涌出，令我得到一种慰藉和满足。

2005 年 9 月 14 日

第 159 封信

振　荣：

你好！中秋节又匆匆过去了。今年的中秋节，不但因阴云密布见不到圆圆的月亮，而且当晚竟迎来了一场电闪雷鸣、瓢泼而下的大暴雨。密集的雨一整夜都没有停歇，直至次日上午9时才逐渐停止。

据市气象台的负责人介绍，这场大暴雨是济南自1951年以来9月同期最大的一场。也就是说，今年的中秋夜，济南降下了55年来9月最大的一场暴雨，市区降雨量竟达到170.7毫米，实属罕见。而且这次降雨仅停了大半天，自昨晚（19日）又开始淅淅沥沥下个不停，现已接近上午10时，天空中仍飘洒着蒙蒙雨雾。据预报，降雨将在明日（21日）白天结束。

振荣，我知道，你最关注的是趵突泉的水位，现欣喜地告知你，这场降雨给众多泉群补充了"营养"，截至昨天下午5时，趵突泉水位已涨至29.23米，比前天（18日）高出28厘米，创下了今年最高纪录。黑虎泉的水位也猛蹿至29.34米，同样创下了今年的最高纪录。这样美好的泉水，我真渴望像过去一样，能与你一起前去观赏，可今生今世永远不可能了。

振荣，再告知你一件事，建新于上月30日去了一趟西藏，是作为慰问济南援藏干部代表团的成员去的，这真是一次难得的机会。只是那里的氧气稀薄，人可能会有高原反应，我真有些担心。不过还好，他总算顺利闯过了这一关。

西藏一行，他观赏了西藏的美丽风光，接触了那里的风土人情，翻越了海拔四五千米的高山，这是咱们家第一个踏进我国西藏土地的幸运人。还有牧牧，在今年暑假中，他与同学去甘肃旅行，也到达了甘南藏族自治州，参观了喇嘛寺庙，并拍摄了那么多风光、人物照片。振荣，我总在想，你如果也能到西域边陲一游，定又会写出不少描绘那里风光及风土人情的美文，这可是你散文集中缺少的部分。

2005 年 9 月 20 日

第 160 封信

振　荣：

　　因八月节后连续几天的降雨，济南的泉水水位不断回升，至 21 日，趵突泉水位达到了 29.45 米，创下了 30 年（1975 年）以来趵突泉水位的最高纪录。可谁能想到，今天《济南时报》报道，至昨天止，水位又攀升至 29.84 米。据专家预测，今年趵突泉水位有望突破 30 米大关，这真是个特大的喜讯。

　　昨天济南电视台新闻中播放了有关济南泉水的访谈。振荣，我想如你在，面对今年丰盛的泉水，在电视镜头前侃侃而谈的应该还有你，我认为你很有资格谈论济南的泉群和泉水，因为你对济南这座有悠久历史的城市、对它孕育的庞大的泉的家族有着无比深厚的情感。

2005 年 9 月 27 日

第 161 封信

振　荣：

　　你好！天气渐渐凉了，不知你现在在哪里，十分想念、挂心。如你在家，我又该催你添加衣服了，因为你总是不注意照顾自己，可现在，只能面对你的照片，在心中默默嘱咐你。我无时不在牵挂你、想念你，可这又有什么办法!

今年的"十一"黄金周已经结束,每逢金秋十月的到来,我总是会追忆你走那年的金秋,我们一起去了红叶谷,又游了华山风景区。也是在这一年,我们到了潍坊、青岛,还游览了济南的灵岩寺。特别是青岛、灵岩寺,我从没去过,是你在临走前陪我前往,实现了我的心愿,振荣,谢谢你。可我弄不明白,是否在冥冥之中,有一种信息传递给你,使你在那一年陪我游览了那么多地方,这是从没有过的,也是我一直向往和总想实现的心愿。可早知如此,我宁愿哪里也不去,只要能将你留在我身边。难道这是天意,是命中注定?

2005 年 10 月 9 日

第 162 封信

振　荣:

时光实在流逝得太迅速了,一晃,这金秋十月又过去了多半。你好吗?我身体还算正常,除了感到体力大不如前外,由于坚持服药,这大半年心脏没出现什么问题,望放心。只是你的辞世给我身心带来的伤痛,仍不时在撞击、搅扰我,我心中对你的牵挂和思念,是无论如何无法改变的。

振荣,这一段时间有不少事我尚未告知你:龙山成才哥已于上月去世。借国庆假期,我与建新、艾萍去龙山看望了大姐,她身体还好,精神也不错。从龙山回来时,我们顺便到老家傅家村待了半天,振苔弟和弟妹身体都很好,侄子小聚也过得不错,每个房间都是整整齐齐、干干净净,看得出一家人生活得很好、很温馨。

另外,告知你一件你一向十分关注的事情,文坛巨匠巴金于本月 17 日去世了,享年 101 岁。"这是一位备受人们尊敬和爱戴的文学大师,他的文学作品和人格力量深深感染和鼓舞了几代读者。"（报载）据悉，成都将建巴金文化博物馆，巴老的部分遗物将从上海运回成都，安放到成都百花潭公园内的慧园。

另一位你所崇敬的文化界泰斗季羡林，今年虽已95岁高龄，但在住院医病期间，还抽暇写了诗歌《泰山颂》。据报载，这是一篇俊美、潇洒、有内涵，又十分厚重、深邃的泰山颂歌，足见他老人家对泰山的深情厚谊、对山东老家的深情厚谊和关爱。振荣，你对深爱的家乡又何尝不是如此！

2005年10月20日

第163封信

振　荣：

你记得我经常念叨想在晚年再回淄博老家看看吗？这次我终于圆了这个梦。上星期六（22日）下午至星期日一天半的时间，我与四妹、艾萍及亲家大嫂回去转了一圈（建新因有会没去）。在回来的路上，我恍惚中突然有一个奇想——你在家等我，我一定要向你讲述这次淄博之行的所见所闻。可转念一想，这早已经是不可能的事，我心中立刻感到凄凉、无奈。现家中虽空无一人，但我仍相信你还在，你不愿离开这个温馨的家。因此，我还是愿在此向你述说这次重回故里的情况。

这次回去，因开通了济青高速公路南线，我们仅用一个半小时即到达博山。建新在淄博的朋友陪同我们，不然由于家乡变化太大，真有点寸步难行。我们首先到老家赵庄文展弟弟家待了一个多小时，姐弟见面畅谈，我深深感受到了那份珍贵的亲情，心中十分温暖。遗憾的是，由于时间关系，没来得及在村内转转。虽然原住的旧居已全部拆除，村内大变样，但我十分想念幼年、少年时代居住的那个庭院以及走过的街道。即便只能看看原旧居所处的地址、环境，我也会感到满足了心愿，但终没有实现，即匆匆乘车赶往博山城里。

博山的城市面貌已与旧时截然不同，我脑海中深深镌刻的条条街道、房屋、景观等也都荡然无存。总之，整个博山城内，已被一派现代气息所代替，我身在其中，竟像处在一个陌生的城市。这次令我感到欣慰的是，我去看了向往已久的父亲曾任校长的在博山有名气的考院小学，当年我与妹妹也曾短期在此上过学。校舍虽已改建，但地址没变，我因此感到十分亲切、熟悉。另外，这次淄博之行，我还有幸参观了蒲松龄纪念馆。

振荣，再次回原籍故乡看看是我多年的愿望，这次终于实现了，只是没有你陪同，总感缺失了很多。

2005 年 10 月 24 日

第 164 封信

振　荣：

今日是阴历十月初六，还记得吗？今天是我的生日，77 周岁的生日。人生实在是太短暂了，回忆走过的时日，还似在眼前，但不知不觉已 70 余年。

在这 70 多年的历程中，既有平坦之路，也有布满荆棘的曲折小径；既有幸福，也有悲痛。回想在那个扭曲的年代里，我们两人的命运是一样的，尽管工作勤勤恳恳，领导也重用，但由于家庭、历史等原因，甚至是莫须有的所谓问题，总感到重压在身，直至"文革"爆发，更被划入了另类。振荣，尤其是你还遭受了批判和入"牛棚"的待遇，现在真难以描述那段日子的心情。

党的十一届三中全会后，我们终于获得了新生，卸掉了压在身心的包袱，能够轻装上阵了。更值得欣慰的是，我们两人在50岁后，终于解决了组织问题，这可是我们几十年为之奋斗、永不放弃的追求。知道吗？振荣，在那个庄严、激动的时刻，我无力阻止热泪的流淌。实际上，为了这一刻的到来，在漫长的等待的日子里，我已记不清流过多少眼泪了。我这样说，可能有人不相信，但在那时，这确实是真实情感的流露。振荣，我想你是相信的，因为你有同感。

　　在走过的大半生中，使我感到欣慰和幸福的，一是我们两个相识、相爱、相知、相伴，一起走过了45年的路程，特别是晚年，我们都从工作岗位上退下来，得以从早到晚相守在一起，读书、看报、散步、购物，可以说是形影不离。我忘不掉横过马路时，你总要牵着我的手，更牢记着心脏病发作时，你为我取药和打开氧气瓶的身影。因此，直至现在，每每我独自一人过路口时总是左顾右盼、战战兢兢，不免又祈盼你在我身边。怕心脏突然难受，在屋内我也总是走到哪里就将药带到哪里。你在时，听你诵读文章初稿、为你抄写文章，成为我的两大乐事，我感到那是一种享受。因此，我常常看你写得差不多了，就问你抄写不抄写。在你读我写的过程中，一种愉悦的幸福感油然而生。直至现在，我每重读你的文章时，脑海中都会幻化出当时的那幅温馨、幸福的画面。振荣，在我大半生中，你给予我无微不至的呵护，成为我的精神支柱和生活依靠，这是我今生感到欣慰的一方面。

　　二是我们有正直、善良、懂事、孝顺，学习、工作都有显著成绩的第二代和第三代的孩子们，这足以使我们引以为骄傲。特别是自你走后，他们自觉承担起了照料我的重担，已完全成为我精神上、生活上的有力支柱。振荣，你和孩子们给予我的爱，足以使我享受终生。

　　无论什么事都有正、反两个方面，人生同样有悲也有喜，有愉悦也有痛苦。

我在生活中有两件难以忍受的不幸之事。第一件是我 9 岁失去生母，这在我幼小的心灵上刻下了难以磨灭的痕迹。幸好，母亲走了还有父亲的呵护，还有伯父、伯母的照料，更何况，我作为大姐，有关爱两个妹妹的义务。身边有长辈们的关照，有姐妹之间的互爱，后又有了继母，我失去慈母的悲痛之情随时间的流逝逐渐淡化。第二件实难忍受的不幸之事，是振荣你的突然离去，这当头一棒给了我致命的打击。虽然至今已相别整四个年头，但我们相依 45 年的点点滴滴仍历历在目，你走时的情景仍时时在我眼前显现，我心中仍时时作痛。我知道，你突然离我们而去在我心中留下的伤痕，今生今世是永不会磨灭、消失的。

在度过 77 周岁生日之际，我情不自禁感慨万千。振荣，我相信你还记着我的生日，因为在我生日的夜间你走进我的梦中与我相见。梦境像是我们一起到一个山区去看望一位老妈妈，我们走进她的房间观看，似事后你还要写一篇文章。梦是短暂的，但我又见到了你，谢谢你，振荣！这也是你给我的一份珍贵的生日礼物。

2005 年 11 月 7 日

第 165 封信

振　荣：

今天是你离开我和孩子们四周年纪念日。我每想到、看到"11 月 21 日"这个日子，我心中总有一种隐痛。昨天是星期日，我和孩子们提前一天去陵园看望你，本想不能再在你面前流泪，以免使你挂心，但看到你一人所处的那种环境，看到你慈祥的遗像和那个无情的、你独居的小木屋时，我真难以忍受，实在没有办法控制对你的思念之情。对不起，振荣，你千万不要因此对我又加以牵挂。我怕在那种情形下表述不尽想要对你说的话，所以以书信形式告诉你，相信你已经收到了。在信中我已告知你，由于孩子们的关心、照料，我身体比过去要好，望一定放心。

最近几天天气较冷，但也比往年暖了许多。振荣，你走后的这四年中，从家庭到社会都有很大变化。首先是我们家中又增添了三个大学生，这样我们的第二代和第三代都接受了大学教育，这也值得我们引以为骄傲。特别是牧牧他们兄、弟、妹三个更是跑在了长辈的前面。记得你走前曾想学电脑，但没见到过如何用电脑，现在他们三人都已能熟练地运用电脑，而且家里都有了电脑，这在四年前是不可想象的。咱们这一代人与他们相比，真成"科盲"了。

再看社会的变革、进步速度，更是惊人的。我知道你一直十分关注咱们泉城面貌的变化，现在这座城市的容貌日新月异，只是我缺文采，无能力描绘她的英姿。仅说济南的泉水，已实现了全年喷涌，特别是城内王府池子等地的泉群，都已经过整修。许多老街巷以及有些住户院内的泉子已向游人开放，以芙蓉街为代表的古城面貌不断恢复，"家家泉水、户户垂杨"的景象正逐渐呈现在人们面前。振荣，我多么渴望与你一起去看看古城街巷的面貌啊！

2005 年 11 月 21 日

第 166 封信

振　荣：

2005 年又只剩下一个月了，光阴实在流逝得有些吓人。已经两个多月了，弟妹传荣每天晚上过来陪我，她真是个热心人，也可说心地善良、直爽、热情、实在。她对别人说，我娘家没什么亲人了，两个姐姐就是我的亲人。她真是拿我当亲姐姐对待，关心我的身体、关心我的生活。做了什么好吃的，她总想着给两个姐姐送一些。我有时身体不舒服，她也挂在心上，使人感到心中暖暖的。不过，让她每天来回跑，我总觉得有些过意不去，怕她太辛苦。现在天气逐渐变冷，她晚来早走，更让人不放心。幸好这周老家的振英妹妹来了，可以让传荣歇歇了。振荣，你看有这么多人关心我、帮助我，你完全可以放心，千万不要再牵挂我。我今年身体比往年都好，这都是孩子们和亲戚们关心、帮助的结果。

还有，22日那天晚上，我因一时糊涂，多吃了4片"鲁南欣康"，因这种药对降血压和扩张血管很有效，所以我当时真有些害怕，只好求助新林和潘林。由建新护送我去四院后，我在新林家中输液至凌晨4时，幸好救治及时，没出现大问题。至今使我不安的是，那天新林、潘林一夜都没休息好，还麻烦、干扰了他们的父母，真是令我感到愧疚。振荣，我常说，他们两人不只是我们两人的保健大夫，也是全家的医护师。你走后，他两人一直对我无微不至地关心和帮助，我十分感激他们。

2005 年 12 月 1 日

第 167 封信

振　荣：

你好！今年入冬以来一直不冷，非常舒适。可自12月4日起，气温骤然下降，这几日最低温都在-9℃，顿觉寒冷了许多，不过，室内温度都能保持在20℃以上。在寒冷的冬季，室内如此温暖之时，我总会想到你：晚年总算有了宽敞、舒适的居室，可你只居住了一个冬季就再也不回来了，这到底是为什么？我不敢想，但总要想，至今还是祈盼你能回来！

2005 年 12 月 6 日

第 168 封信

振　荣：

　　你没有忘记吧？今天是你的生日，77 周岁的诞辰。你在时，每到这一天我们都会忙碌一天，有时甚至觉得太忙乱。可今天实在太冷清了，我反倒觉得如你还在家，哪怕再忙十倍、千倍，我都心甘情愿，因这是在幸福中忙、在喜庆中忙。我多么渴望高高兴兴地守着你，再为你过一个生日，可今生永远不可能了。

　　现在虽然你已永远远去，可在我心中你永远在家。因此，今天上午，我在你的像前摆上了供品，这样为你祝寿。尽管简单了点，但我的心是诚挚的。我专心地注视书房中你每一张照片，总觉得你仍在和我说话，像过去在家一样，你脸色是那样的红润、健康，精力也如此充沛。振荣，你没有一点倦意，更看不出有什么疾病。你爱这个家，更爱恋你的亲人，你还有那么多写作计划，我们还要一起到各处欣赏异地风光，可你为何说走就一去不回？知道吗？我至今仍在等你回来，总渴望出现奇迹！

2005 年 12 月 17 日（阴历十一月十七日）

第 169 封信

振　荣：

　　今天中午建新告知我，老大哥徐北文于今晨 7 时去世了，因为他和你去了同一个世界，我想你会见到他的。我乍一听到这一不幸的消息，心中有一种说不出的难受，同时又自然想到了你。

　　振荣，你们四个亲密的朋友为什么说走就都走了？碰巧的是，孔孚走了四年后，你紧跟其后；而你刚离去四年余，北文大哥又跟去了。你们是否约好，在那样一个世界聚会，继续研讨你们共同热爱的文学和写作？可对你们的家人和朋友来说，这却是沉痛的打击，这一伤痛永远不会泯灭，将时时在大家心中作祟，如同在身心上深深裂开一道伤口，是永远不会愈合的。

此时此刻，我完全能深刻体会到那边大嫂悲痛的心情，可这也许是命运的安排，人们用任何力量都无法挽回。北文大哥今年81岁，振荣，我想，如果你能在81岁时健在那该多好！论年龄，你比老大哥早走了八年，你知道，这八年对我来说有多么重要，哪怕多五年陪我也好，可你为什么就这么急急地走了？！

2005 年 12 月 22 日

第 170 封信

振　荣：

昨天我告知你徐北文辞世的消息，我想你已经知道了。今天《济南时报》发了消息，题目是《著名学者徐北文长眠》，副题是"弥留之际最大牵挂是一本书"。这本书是《海岱居文存》，是他平生最后一本书。

徐北文患的是肝癌，已到晚期，出版《海岱居文存》是他生前的一大心事。幸好，在他走的前一天下午，出版社赶印出两本样书送给他看，了却了他一个心愿。

今天《济南时报》除刊登消息外，还发表了山东师范大学教授宋遂良的文章，题目是《我们将长久怀念他》，以及记者对他的长子徐行健的访谈文章。

振荣，我细心读着报纸上的这些文字，很自然地又回想起2001年那个使人心痛的冬天。你走后，济南时报组织发表了你六七位好友的悼念文章，报社的重视程度使我极为感动。由于当时我处在极度悲痛之中，没有将那天《济南时报》为悼念你而精心安排的版面情况告知你。后来出纪念文集时将那天报纸上的文章都剪掉了，因此没有保存下一份完整的报纸，我现在想来十分后悔。虽然那几篇文章全部在《当代小说》上刊登了，但没有一份原始的资料，我总感到是一大憾事，想起来心中仍隐隐不安。

振荣，今天建新去北文大哥家进行了吊唁，并看望了大嫂。我让他捎去200元礼金，以表我们两人对这位老大哥、你的好友的悼念。我本想与孩子一起去，但又怕见到那种场景，特别是你与北文特殊的友谊关系，更会使我难以控制情绪，因此还是决定先不去，等过后再去看望大嫂，以表慰问。

2005年12月23日

第171封信

振　荣：

你好！2005年又匆匆地结束了。在这辞旧迎新的时刻，我不免思绪万千。特别是昨晚看到中央电视台播放的中国海协会会长汪道涵的追悼会现场，我不知为什么，立时想到，这也许就是你走时的场景，思及此，一股股抑制不住的泪水顺着我的脸颊流淌。我又一次深深自责，没有执意到现场为你送行。我知道，那种场合我会受不了，但还是感到这是我终生都后悔的一件事，每想起来，都会十分不安。

今冬一直没有雨雪，可在年终的最后一天飘下了雪花。我今早起床时，天尚未放亮，但已能隐约看到院中一片白茫茫。这真是一场喜雪，我从报纸上看到，这场雪已达到中雪程度。每次遇到下雪天，特别是夜间降雪早上惊喜地发现后，我总会立刻想到我们刚搬来新居后除夕夜的那场雪，那个初一早上是你第一个发现，招呼我赏雪的。为此，去冬下雪后我写了一篇《赏雪随想》，以寄托对你的怀念。

2005 年 12 月 31 日

二〇〇六

> "我在脑海中、心中仍无时无刻不在与你交流对话,思念你的心情从没有停歇。"

第 172 封信

振 荣:

新的一年开始了,首先祝你新年好!

自你走后,我一直没有停止以这种方式与你说话,告知你生前十分关注的一些事情。但是,我又怕这样会打扰你,几次想是否就此告一段落,可怎么也收不住笔。因为只有这样,我才能得到安慰,才能宣泄我对你的思念之情,才会觉得你仍在我身边。请原谅我,振荣,还是让我继续这样与你交流、与你谈话吧!因为在没有你的日子,不管遇到什么事情,或是家中和社会上有什么变化,我都想立即告知你,因为我知道这都是你关心的、愿意知道的,如不告知你,我总觉得像有什么任务没有完成。我想你是会理解我这种感情的。

元旦前,建新出差去湖南韶山等地,近一个礼拜才回来。本想他回来后,能听他介绍一下异地的风光,他能在家多待一会儿,可不巧因为艾萍妈妈突然有病,他与艾萍没等吃完饭就急急地走了。听说亲家大嫂有病,我真有些挂心,经几次电话询问,得知还好没出现大问题,正在治疗中。

幸小红在这里，既能陪我说说话，也真救了急，可以做饭招待来人。1日那天两点多，她小姑姑和小六来了，晚饭后回小六那里住下。2日上午霞子带李克和崇兴来，我们包饺子招待他们。就这样忙乱了一天，我身体还真有些不太适应，感到疲乏，晚上又失眠了。

据报载，2006年元旦是《济南时报》创刊十周年的日子，报道了不少消息，出了专刊，登载了济南时报编辑、记者的照片。有几个人的名字是那么熟悉，因都是过去你常与之打交道的。你每次寄出稿件，都是我在信封上书写他们的名字，因此每看到这几个人的名字，我心中总有一种复杂的感情，而这些感情又都与你联系在一起。振荣，我多么愿意再在《济南时报》上读到你的文章！

2006年1月2日

第173封信

振　荣：

这些日子天总是阴沉沉的，孩子们也都不在这里，尽管是元旦假期，可家中仍冷冷清清，因此我心中总感到空落落的。

昨天罗珠来看望我，驱散了一些我心中的烦闷。他现在从精神到气色与以前比判若两人，可能与戒掉了抽烟、酒喝得少了有关，看起来比以前年轻了，难怪振英妹妹昨天见他后都说不认识了。

记得吗，振荣？罗珠以前称你为"父亲般的师长"，对你怀有一种特殊的感情。你走后，每到你离世的那个日子，他都与我们一起去陵园祭奠。昨天他特意说明这次因出差在外，才没有前去看望你。前一段时间市文联组织部分作家去西部采风，到了甘肃、西安、延安等多个地区，其中就有他。元旦假期过后，他又要去参加市政协常委会，他还是齐鲁某奖项的评委。振荣，你听到这些消息，一定会非常高兴。

振荣，你走后的这些年，你的好朋友罗珠、全仁都经常来看望我，罗珠每次都嘱咐，建新太忙，我有什么事一定给他打电话，这使我非常感动和欣慰。我知道，他们对你一直深深怀念。朋友们对我的关心使我亲身感受到他们对你的深厚感情，从而更加深了我对你的思念。因此，往往在朋友们走后，我都会长时间陷入沉思。

还有20多天又要过春节了，这个一年一度的节日我是既怕又盼，怕的是忙乱，而且你又不在家，我心中总有些失落感和隐痛；盼的是这期间孩子们可以多在家陪陪我，跟我说说话。小红放寒假了，建新也不会那么忙了，小群一家也能回来，还有孙子、外孙女这些我们家的第一批本科学子可以欢聚一堂了。这是一年中我们家唯一一次拍全家福，可是没有你在了。振荣，你是咱们家的支柱和灵魂，可为何偏偏你自己走了？我真后悔，我们晚年没有留下张全家合影。

2006年1月3日

第174封信

振　荣：

你好吗？因临近春节时我身体有些不适，节日假期又是人来人往，所以没给你写信，望谅解。但我在心中一刻也没有离开你，我想你是能感应到的。

2006年的春节又匆匆地过去了，虽然七天假期尚未结束，但我已经又回到了平日冷清的生活中。今年过节令我高兴的是，小群和苏艳回来了，可是乐乐没来，使人有些挂心。小群和苏艳昨天上午走了，他们陪了我几天，使我感到舒适、愉快，这可是一年中难得的几天。试想，在我的余生中，还能有几个这样的日子？今年小群是租了辆汽车开车来的，昨天他们走时，我怀着难以离别的心情，强忍着泪水将他们送到楼下汽车前。眼望汽车徐徐驶离院子，一种难以言状的感情随着泪水喷涌而出。回到屋内我感到异样的空寂，只能面对你的遗像，在心中默默与你诉说。

　　谢谢你，振荣，此时此刻，只有你还在陪着我。至今，我心中仍感到你没有走，我能清楚地看到你的眼神、你的笑容、你的容貌，你还是那样精力充沛，一举一动还是那样充满活力。我总不相信你就永远地不回来了，不会的，因为我每天还能见到你，还能不时与你谈话、交流。我知道你随时都在我身边，还在关心着我，不然我为什么会时时想到你，感应到你的存在？特别是近来我连续几日在梦中见到你，有时是我们一起送客人，有时是你从外面回来我为你开门，那是多么高兴的时刻！只是时间太短暂了，我们竟没有好好在一起说说话。

2006 年 2 月 3 日

第 175 封信

振　荣：

　　今天是春节假期的最后一天，孩子们都忙自己的事，仍是我一人在家。现在不论任何假期，对我来说已经没有什么意义，放假和平时没太大区别，不同的只是假期孩子们能回家看看，好让空旷、冷清的居室有点生气，使我得到亲情的温暖和慰藉。不过有时也有望眼欲穿、盼不来一个人的情形。

　　振荣，你知道，我从不埋怨孩子们，因他们确实都很忙，有自己的一些事情要处理,我经常怕给他们增加负担。你更知道,咱们的孩子都是非常孝顺,能体贴入微、细心照顾父母的,这也是我们可以引以为骄傲的。所以,振荣你千万不要再牵挂我,你不在家,孩子们已完全成为我精神的支柱和生活的靠山,有时还承担了心理医生的职责。甚至能在电话中听到他们的声音,得到一个问候,我都会感到十分欣慰。

2006年2月4日

第 176 封信

振　荣:

今年的春节长假已全部结束,机关等单位早已开始上班,只有学校尚未开学,因此小红和叶子还可在这里陪伴我。不过也没有几天了,中学后天就要开学,家中又要只剩我一个人了。

今年春节期间的天气还算正常,初二和初八下了两次喜雪,正是"飞雪迎春到"。初七(阳历2月4日)已经立春了,新一年春天的脚步又悄悄地来到。时光流逝得实在太快,现在真感到有些怕人,心理上都有些应接不暇了。

振荣,春节期间,你几个要好的老朋友我都给他们打了电话问候,遵照你的嘱托,建新分别到北文、孔孚、袁梅、于仲航几个朋友家中探望、拜年。孔孚夫人吴大姐身体不好,春节前刚出院。北文大哥的夫人至今仍沉浸在失去老伴儿的悲痛之中,含着热泪诉说了丈夫生前的情况。我完全能深深体会到大嫂此时的心情,不用说两人刚永别不久,就算是分开几载,又怎么会忘记大半生相依、相知的伴侣?这种心痛绝不会因时间的推移而消失,这种追忆、思念是会持续终生的,直到两人在另一个世界相会为止。

年初四，建新、小群、苏艳带着牧牧，到老家看望了振苔一家，并给爷爷奶奶上了坟。老家的生活比以前好多了，振苔仍在翻砂厂看门，多少能有点收入。小聚除在村委会干会计外，仍经营着蔬菜大棚，收入不错。

振荣，你还记得吗？正月十六是振芙的生日，我知道你一直挂念着他。为此，正月十四建新借周六休息的时间，带牧牧、叶子还有新林去滨州为他祝寿，他身体很好。小聚也从老家去了。孩子们邀他夫妻两人在饭店摆了寿宴，有孩子们为他祝寿，我想他会十分高兴，只是年龄越来越大，他身边没有孩子照应，使人很不放心。

2006 年 2 月 8 日

第 177 封信

振　荣：

你好！这些天一直是我一人在家，除看看报纸、收拾房间外，我总愿在这里和你说说话，只有这样，才感到似在心中又见到了你，也能缓解对你的思念。

你看到了吗？我们中厅和阳台上的各种花都已相继开放。你细心栽植的两盆蟹爪莲，春节前已开得红红火火，一朵朵红艳艳的小花恰似一个个小花篮吊在枝叶上，十分美观、诱人。我们每年都养的水仙花，自你走后我只买过一次，因过去都是你修剪侍弄，你不在我实无心再买。春节前，文钤弟送来了一株修剪好的水仙，正巧在年初一那天绽开了两朵花，喜迎新春。不几日，又有九枝箭上的花苞相继开放，花香四溢。如此洁白、秀气的水仙花映入眼帘，我不免又忆起我们一起欣赏水仙的美好情景。记得我们刚搬来新居的那个冬季，我们两人相伴到南外环与英雄山路交汇口，在西南角的一处花卉市场买了水仙，这一幕至今仍清晰地映在我眼前。还有我们那盆竹节海棠，这几年总是花蕾满枝，一团一团粉红的花朵争相开放，十分鲜艳，而且花期很长。可能这种花寿命不是很长，自去年花期过后，枝条就逐渐老化了，虽至今还有零星花朵，但整个花株已呈现衰败的现象。为此，去年夏季我又插活了一株，现生长得极为茂盛，并已孕育出三团艳丽的花朵，开始接替它的母枝，绽放着簇簇花团供人欣赏，也将居室扮靓。现在正在开花的还有两盆麦兰，不知什么原因，最初花色是白的，自去年开始已全部变为红色，这种花虽不十分俊美，但香气格外浓郁，弥漫于整个阳台。

另外，在中厅内还有几盆蝴蝶兰，除建新搬来两盆外，市林业局韩子奎局长也托人送来一盆。这种花恰似一个个小蝴蝶，开得十分艳丽，故有人以为是人工制作的花卉。振荣，韩子奎局长我想你是认识的，过去他在平阴县工作，2002年曾与你的朋友孔令才夫妇一起来咱们家探望过。

最使我心疼和不安的是那三盆君子兰，那可是你精心护理的名贵花卉，搬来新居后也开过两次花，但现在不如你在时长势旺盛，而且叶子逐渐发黄、枯萎，不得不拔掉两株。我猜想，它们都是你亲手培育起来的，由于主人的突然离去，它们再也无力生长，而逐渐衰败、枯萎。我实不忍心把它们丢弃，经多次护理，最后还是无能为力。

振荣，我至今牢记你住院期间嘱咐我的："别忘了浇花，浇时一定要浇透。"对不起，我没有护理好它们，没有好好完成你对我的嘱托，我因此始终有一种不安的心情存在。幸好，这些我们心爱的君子兰，没有忘记繁衍后代，派生出了不少新芽，移栽后，现在有两株已长势喜人。我想这也是它们为报答主人的恩情而做出的努力吧，我一定精心护理，使之早日育出花蕾。

2006年2月15日

第 178 封信

振　荣：

又有一个月没有在此与你说话了。不知为什么，每逢春季到来，我总感到身体不适，懒散得很，再加上气温极不正常，忽冷忽热，使我刚度过冬季的身体有些适应不了。

前一段时间我不时有些头晕，但没有在意。不知何故，上周六（3月12日）夜间0时许，我突然眩晕起来，感觉天旋地转，不敢睁眼。幸小红在，为我输上氧气。我难受极了，近一小时仍不见好转，只得将建新和艾萍叫来。过了一会儿还是不行，实在有些受不了，只得又求救120急救，去警官医院输液。直至清晨4时许，眩晕才算停止。早7时多输液结束，艾萍开车将我接回家。

振荣，你走后，我一刻也离不开孩子们了。由于我突然发病，孩子们半夜侍奉，都没睡好觉，特别是建新在医院陪了我一夜。他守护在病床前，使我自然又回忆起了那年同样是我患这个病，你在医院守护我一夜的情景。

振荣，我多么渴望你能像往常一样在我身边，那样就不用再半夜叫醒孩子们了。他们的工作太忙了，夜间打扰他们，我实在于心不安，可又有什么办法？那年我发病，你守护我一夜没有合眼，你知道，我是多么心疼，特别是早上回家后，你没来得及吃饭，饿着肚子，拖着疲惫的身体，就急急地赶去开会，我的愧疚之心终生难以平复。而这次，儿媳艾萍将我接回家后，虽是星期日，但因要去单位值班，也是没来得及吃早饭就急急地走了，我心中实感有些不安。还有，每次犯病都少不了新林、潘林两人的关照，我真不知道应怎样感谢他们才能使心中平静。

振荣，你知道吗？在我发病过程中，头晕得不敢睁眼，但又不时将眼睛一睁，多么希望眼睛睁开的那一瞬间，能看到你在我身边，可终究见不到你。我也知道这是不可能的事，可又总是那么渴望、那么向往！

2006 年 3 月 17 日

第 179 封信

振　荣：

你好吗？十分想念你！2006 年已过去三分之一的时间，明天又是清明节了。今天《济南时报》"市井"栏目的大标题是"清明节的思念"。其中有一篇文章中写道："清明"这个词，它代表着清爽、清亮，明净、明朗，真是让人充满幻想和温暖。作者说他最喜欢"清明"这个词。

振荣，我过去何尝不喜欢"清明"。每到这清爽、明亮的季节，正是春风送暖、树木花草返青的好时节，也是我们两人或每日早上迎着春风、沐浴着朝阳携手散步，或抽暇外出郊游的好季节，那是多么温馨、幸福的日子。可是自你走后，我再也感受不到它的清爽、明净，只剩扯不断的回忆和思念。我郁闷，难以抑制对你思念的心情，既无法宣泄，也不能对任何人讲，更不能让孩子们知道，只有以这种方式，面对你的遗像，对你诉说。虽知道这样会使你为我挂心，但我又控制不住想念你、想对你诉说的感情，因只有这样，我心中才感到稍稍平静一些。振荣，我又在这里打扰你，你能理解我这种心情而原谅我吗？我相信你会的。

明天清明节，本该去陵园祭扫、看望你，可建新说节前他已与艾萍姐妹三人一起，对你和艾萍爸爸——我们的亲家大哥，进行了祭拜，这样我就不再去打扰你了，可以吗，振荣？虽然我不能在这一节日前去看望，但你会永远在我心中，不论什么时候，我们都不会分离。

寒假时听牧牧说，他每到清明节，都要在校园内为爷爷和姥爷烧点火纸，以示纪念。振荣，咱们的孙子，也是你最疼爱的孙子没有忘记你，虽然他远在北京，但我相信你会时时见到他，为他祝福。他小小年纪能有这样的孝心和举动，实属不易，真是个既懂事又明理的孩子。

2006 年 4 月 4 日

第 180 封信

振　荣：

　　今天是清明节了，为与你共度这一节日，我备了一点供品放置在你的相片前，并点燃了三炷香。烟雾缭绕中，我似又嗅到了你那十分熟悉的气息，伫立在你的面前，我仿佛又见到了你在家时的身影，但寂静中却只有我对你说话的声音。我多么渴望此时此刻能听到你的声音和你一向富有感染力的话语，我静心细听、搜寻，似在脑海中清晰地听到了你对我说话的声音。你相信吗？这声音将永远回响在我的脑际，存在于我的心中。

　　振荣，告知你一个好消息，咱们门前的马路已开始整修。因它是一条贯通本市南北的主干线，慢车道要全部改为快车道，中间的绿化带已全部被铲掉，人行道也将整修。这样，马路就会比以前更加宽阔、平坦、敞亮，飞扬的尘土会减少，出行也更加方便、通畅了。整修后的新面貌，我会及时告知你。

2006 年 4 月 5 日

第 181 封信

振　荣：

　　你好！又将近半个月没在这里与你说话了，但我在脑海中、心中仍无时无刻不在与你交流对话，思念你的心情从没有停歇。你知道，我多么渴望你能重新回到家中，与我共同度过晚年的时光。过去经常听到这样的话："失去的是最珍贵的，也是最值得回味的。"那时我对这类话没有什么体会，也无甚感触，可自你突然离我而去后，我深刻领悟了这一说法的含义，而且更亲身体会到了失去的一切是多么珍贵、美好。这些美好我今生今世再也享受不到了，这是多么残酷、多么使人痛心的事情。

　　振荣，自你走后，我无数次地回忆了自我们两人相识，至你突然离世，这四十五年中的日日月月，那是多么使人留恋、难以忘怀的岁月！有时我在沉思中，似又回到了过去你在时的生活：在淡淡墨香中相互陪伴，在饭茶飘香中一起用餐，在车水马龙的马路上或幽静的园林中携手散步，在儿孙满堂的居室中欢声笑语，等等。这一切，我当时并未感到有什么特别的地方，只当是日常生活中的经历，但现在却越来越感到那是多么美好、多么幸福的时刻，多么使人珍惜和留恋啊！一方面，我愿时时回忆这些场景；但另一方面，它又会带来无法排解的伤感，有时我也想尽力关闭思绪的闸门，却时常无能为力，甚至适得其反。

　　振荣，我时常想，现在你到底在什么地方。按佛学理论，人生是有轮回的。昨天我看到一本名为《西藏生死书》的书中列举一例："一人去世转世后，仍能记得他前世的居所和亲人，非要到他曾生活过的房舍、村庄去看看。他到达后，一切都记得清清楚楚，甚至连亲人都能认识。"如真是这样，我多么希望有一天忽然有人来寻旧。我虽不认识此人，但一定知道那就是你，我能再一次见到你，我们还能一起谈谈过去在一起的情景，那该有多好！

2006 年 4 月 15 日

第 182 封信

振 荣：

记得你在《寻访诗人断魂处》一文中曾写道："……希望不久，在开山能有点纪念性的建筑和标志，以慰诗人的在天之灵，以及中外崇拜者。"我现在欣喜地告诉你，2006 年 3 月 27 日，在徐志摩遇难地——长清北大山的半山处，举行了徐志摩纪念公园碑石揭幕仪式，一些文化界名人和附近大学城的大学生参加了揭幕仪式，山上的纪念公园将全面修建。振荣，这一消息，是我昨天（4 月 25 日）从《济南时报》的一篇题为《探访诗人罹难处》的文章中看到的。我想这件事不仅能像你的文章中所希望的那样，"以慰诗人的在天之灵"，同样也能慰藉你的在天之灵。

振荣，你知道吗？当我看到这篇《探访诗人罹难处》的文章时，又情不自禁地想到你去开山寻访和写这一文章的情景，为此我重读了你的《寻访诗人断魂处》，以及你为考证徐志摩遇难地写的另两篇文章，我深深感到是那样的熟悉和亲切。

2006 年 4 月 26 日

第 183 封信

振 荣：

今年的"五一"长假又结束了。因龙山大姐的生日赶巧在假期内的 5 号，振芙弟有时间回来，建新与他一起去龙山为大姐祝寿。为留振芙弟多住几日，我们将老家二妹接来玩了几天。振芙已于昨天回滨州。

振芙看起来身体还可以，只是年龄大了。虽有弟妹照应，但他一人远离家乡，总是让人不放心。看来他自己也感到了身边无子女的不方便，他说："年纪大了，外出走动真有些怵头，有子女的可以跟随陪护、照顾，而我……"随着身体的老化，他的确感到了没有孩子在身边的孤单。为此，我几次劝他想办法到济南来住，这里有侄子、外甥等，孩子多可以随时照顾。看样子他也愿意回来，但又顾虑重重，怕弟妹与孩子们处不好关系。我想，这实在不是什么问题，如他不回来，我真担心万一他有病需要陪护的时候，离济路途遥远，难以救急。

2006 年 5 月 10 日

第 184 封信

振　荣：

你好吗？十分想念你，多么渴望能见到你，哪怕不说话，只看到你又回家了，我都会高兴万分。可这只能是愿望，我知道永远实现不了。

今天是星期日，孩子们都没回来。建新去平阴了，小红在学校监考，在我心中仍是只有你陪伴着我，谢谢你，振荣。不知你能不能感知到，我仍不间断地在心中与你对话，关心着你的一切，回忆着我们在一起时的点滴情景，以缓解我心中的寂寞。昨天建新陪我大半天，当他坐在我身边与我说话、聊天时，我感到那样的温馨与幸福，不过，孩子们太忙，这样的时间太少了。

记得我曾告知你，罗珠准备在政协会上提一提案，建议由市里出资，分别为你和李根红出一全集。春节后的政协会上，他已将这一提案提出，因北文大哥已作古，又加上了北文。前天罗珠告知我，市委宣传部已同意这一提案，待上报市里批示后，就可着手准备了。罗珠说由他负责编你的文集。振荣，你听到这一消息一定会非常高兴。我想这可以说是一项大工程，我心中一点数都没有，幸有你的好学生罗珠热心帮助，我真是太感谢他了。振荣，你对此有什么想法，究竟怎样编辑，能给我一点信息吗？

　　振荣，我想你可能还牵挂着文联的情况，现告知你，文联的领导班子已进行了调整，党组书记由市委宣传部来的一位同志担任，主席待换届时再改选。当代小说编辑部已迁来文联办公，每当看到挂在文联门外编辑部的牌子，我心中总有一种特殊的感触，会立刻想到你与编辑部的关系。我想如你在，一定还会经常去看看、聊聊，这么近该多么方便。还有，我们迁往这里，为的一是房间宽敞，二是靠近单位，有什么事都方便。可自你走后，这一切都变得毫无意义了，相反只剩我一人，又离孩子们那么远，实在是寂寞、孤单得很。

2006 年 5 月 28 日

第 185 封信

振　荣：

　　今天是"六一"儿童节，全国各地都举行了丰富多彩的文娱活动，庆祝少年儿童的这一节日。看着电视上这些画面，我不禁又回忆起牧牧在市委幼儿园时，每年"六一"这一天，我去观看他与小朋友们表演节目的情景。这一切似仍在眼前，但不知不觉已过去了十多年，咱们的孙子牧牧已是 21 周岁的大小伙子了。你离家时他也才 16 岁，还是个小孩子，可现在已是不折不扣的成年人了。遗憾的是你走得那么急、那么早，看不到长得又高又壮实的牧牧，同样见不到乐乐和叶子了。他们两人也紧跟哥哥，快步进入了成人的行列。我经常在想，如你还在家，三个孩子都回来，那该是多么欢乐的一家人的情景。每想至此，我顿感心痛难耐。我总不停地追问，世间的事为什么那么难以捉摸？一个快乐、幸福、有朝气、有激情、时时充满温馨话语和爽朗笑声的家,怎么会顷刻间变成那么冷清、寂寥、无生气的空间,甚至一天都没有一点说话的声音。我真不知道,为什么会是这样。

振荣,我多么渴望你能和我说说话,可总也等不来一点回声。我知道这是空想,但没有办法,我实在太想念你了。唯一能令我解脱的办法,就是以这种方式和你说说话,只有这样不断地倾诉、宣泄,我才会觉得轻松一点。这样不会太打扰你吧,振荣?我想你是会理解我此时心情的。

岁月不饶人,咱们已都是近八十岁的人了,往事不堪回首,我不敢想我们在一起时的情景,可又不得不时时回忆那点点滴滴的生活片段,既有欣慰,也有心酸,有时甚至禁不住泪水流淌。人生啊!难道人生就该如此吗?为什么不能多一点欢乐,少一点悲伤?前些日子,电视里播放了温家宝总理去向季羡林祝贺90岁诞辰的新闻,我眼望屏幕,心中不免又想到了你。季老是你十分敬重的人,你曾与我多次谈起他,可你比他小十几岁啊,为什么就早早地走了?!

2006 年 6 月 1 日

第 186 封信

振　荣:

已将近三个月没在这里与你说话了,我想你会原谅的,也相信你会看到的。前一段时间,我由于颈椎压迫脑血管的原因,反复头晕。发作起来,我都不敢睁眼,感觉天旋地转,连坐都坐不住,有时甚至一周发作三次,实在难以忍受,幸有女儿放暑假,在家陪伴、照顾我。建新陪我就诊了三四个医院,也没有什么好办法,还有新林、潘林多方照顾。新林为我输液了半个月,我又在四院针灸了十天,现在已基本好转,眩晕没再发作。幸好心脏没受什么影响,一年多来比较稳定。这对我来说可算是一场灾难,但现在已经过去，身体没有什么不适感了，望放心。

振荣，再告知你一个不好的消息，你的朋友陈杰去世了，是癌症。连续两年春节，他都家来探望，但2005年的春节没来。后听说他得了不治之症，建新曾打电话找他，但手机打不通。前些天才听说他已离世，我心中很不是滋味。振荣，你是否已见到他，望代我问候。

2006 年 8 月 23 日

第 187 封信

振　荣：

你好！一转眼，时光又迅速进入了9月，酷暑已经过去，将迎来凉风习习、气候宜人的好季节。每逢这时，我总会忆起你在家时，我们沐浴着秋阳外出散步，或一同到郊外观光，一幕幕让人欣慰、喜悦的景象时时在脑海中闪现。可这些只能停留在追忆中，今生今世再也不会出现在现实生活中了。

学校的新学年又开始了，一个暑假我由女儿、外孙女陪着，驱散了孤单、寂寞，心情平静地度过了炎热的夏天。只是由于颈椎不适，反复头晕，幸亏孩子在身边照料，总算顺利地度过了。学校开学了，她们不得不回校，建新又那么忙，我也不愿牵扯他太多的精力。这段时间，龙山大姐在新林那里住着，她邀我去住几天，新林也几次来电话催我过去，所以我想到大姐处住一周，可又怕给她们增加负担，总是犹豫再三。

2006 年 9 月 2 日

第 188 封信

振　荣：

　　我在大姐处住了一周，没有在家陪你，望原谅。大姐虽已是91岁的人了，但精力还那样好，思维清楚，说话多了也看不出她疲倦，真使人佩服。那天新林的大姑奶奶和大姑爷爷去了，你也都认识，他们也是80岁的人了，但身体都还不错。他们问了你的情况，又谈到以前来咱们家的情景，这不免使我又回忆起了若干事情。振荣，我总是想，为什么我们不能一起走进80岁甚至90岁高龄的行列？按你的身体条件，是完全可能的，可偏偏不能。

　　虽然我在外不会觉得寂寞，但总感到不如在咱们自己家里随便、舒服，更不愿太麻烦别人，那样心里总不踏实。再说，在家我能时时见到你留下的照片，还能写信与你说说话，谈点心事，以慰我思念你的心情。

2006 年 9 月 11 日

第 189 封信

振　荣：

　　你好！可能是秋季来临，要换季的缘故，我身体总是疲乏得很，什么都懒得干，心情也特别郁闷。虽每天都想提笔对你说点什么，但也没有做到，可我心中无时不在想你，好在于梦中见了你两次，醒后总要一遍遍回忆梦中的场景，恨不能永远留在这样的梦中。

　　振荣，告知你一个你感兴趣的好消息，咱们门前的马路已改造完毕，23、24 日两天，摊铺了最后一遍沥青，现在已成为整洁、平坦的八车道大马路。摊铺沥青时我出去看了两次，沥青摊铺后，多辆压路机不停地来回碾压，场面十分壮观。这时我又很自然地想到你，如你在家，我们一定会十分兴奋地一道外出，去看那热火朝天的场景，去观赏那重新修整的平坦大道。还有，原来的人行道改为与自行车并行的慢行一体路，路边有的建筑也开始拆除，将来再加以整修、绿化，这条路就可真正成为一条贯穿全市南北的漂亮、宽敞、平坦的主干道了。

2006 年 9 月 25 日

第 190 封信

振　荣：

　　国庆节又到了，现在这个节日与往年不同的是有七天假期，人们可以尽情地旅游、休闲。也可能是年龄和身体的关系，我现在一点出游的心情都没有，只想待在家里好好休息。

　　我知道你对泉城的变化和新景点的出现总是那么欣喜和激动，现告知你：趵突泉公园在北半部新建了一处叫"泺苑"的景点，已于 9 月 28 日正式开街迎客。泺苑的建筑仿明清时期济南的民俗风格，园内以青石板铺地，泉水流过路面，还设计了日月井、三环井等，形成"清泉石上流""水上漫步"等景观。泺苑以观泉、嬉水、品茶为特色，目标是打造成游客和市民体验济南泉文化、茶文化的高雅休闲娱乐场所。

　　振荣，这是《济南时报》登载的消息，看过后，我不禁又想起了你，如我们能一起去观赏一下该有多好！

2006 年 10 月 1 日

第 191 封信

振 荣：

我已于 6 日来到石家庄，是小群开车接的我。建新要出国去欧洲考察，他不在家，小红又离那么远，我因此感到没有了依靠，怕万一身体不好没人照管，心中很不踏实。

来到石家庄后，小群和苏艳都很体贴、照顾我，只是我十分不争气，又患了尿路感染，开始输液。他们两人既要忙工作，又要陪我去医院输液，使我感到十分不安，但又没有什么办法，我心中十分着急。

换一个新环境，我感到有些不太适应，总是时时想起你，如你陪在我身边那该多好，也能减轻孩子们一点负担。

乐乐结束假期后，已于昨日返校。乐乐看起来身体不错，他关心奶奶的眼睛，嘱他爸爸给奶奶配个合适的眼镜，这使我十分欣慰。

2006 年 10 月 9 日

第 192 封信

振 荣：

你好！我来石家庄已经八天了，不知为什么，总感到这八天过得特别慢，同时特别地想念你。可能是因为远离了家乡，远离了咱们共同居住过的房舍，更没有了你的多幅照片天天陪伴我，我总觉得离你远了，恨不能立刻见到你。幸好昨夜又梦见了你，遗憾的是时间太短暂了，我后悔不应立刻醒来，可这是无法自主的事。不过能见到你，我心中也暂时得到了安抚。

前几日我告知你的尿路感染，现已基本痊愈，已输液五天，再服几天药就好了,望放心。我来到后,建新打来过几次电话,他可能于下周四去欧洲考察,来回大概要十几天。

小群和苏艳都很忙,我一感到不舒服就担心再给他们增加负担。

2006 年 10 月 13 日

第 193 封信

振　荣:

你好!十分想念你。来石家庄虽只有半个月的时间,但却感到那么漫长。我眼睛越来越不好,看点儿书也十分困难,不知是近视加重了,还是白内障的原因,写点儿东西都十分吃力。我怕以后连给你写信的能力也没有了,真十分担心。我总愿以这种方式和你说说话,如看不清了可怎么办?

小群到西安开会去了,星期一(23 日)才能回来。苏艳照顾我十分周到、细心,每晚陪我出去走走。可能天气冷的原因,我膝关节疼得很,每次都是苏艳搀扶着我,这样走起来顺利得多。建新今天出国去欧洲了,要到法国等四五个国家,来回要十几天。我想等他回来后就回去,总觉得你还在家等我,很想念咱们那个家。

2006 年 10 月 20 日

第 194 封信

振　荣:

我来石家庄已整一个月了,孩子们对我真是体贴入微,照顾得很好,这使我十分欣慰。小群说让我在这里过年，明春再回去，我也愿多与孩子们待些日子，毕竟每年都只能见一两次面。但我记挂着你的忌日，不得不回去。建新前几天已从国外回来了，如星期日他没什么事，就可来接我回去。离家一个月了，还真有点想家的感觉，因我总觉得你还在家。还有阳台上的几盆花，也是你最关心的，我走后小红每周去浇一次水。冬季到来，屋内有了暖气，有的花恐怕一周仅浇一次不行了。

小群和苏艳都很忙，小群这一个月已出差两次，苏艳也经常加班，我在这里肯定会给他们增加负担，更担心身体不适，影响他们的工作。一个月来，我已适应了这里的生活，真不愿离开他们，但你的忌日临近，还是应回去，这种矛盾的心情一时难以缓解。

2006 年 11 月 7 日

第 195 封信

振 荣：

我已于 12 日从石家庄回到济南，是建新来接的我。我在石家庄住了一个多月，已适应和熟悉了那里的一切，特别是小群和苏艳对我精心照顾，说心里话，从感情上真不愿离开他们，因此当真要走时，我说不出心中是什么滋味，有些难舍难分的感觉。但我牵挂着你走的那个让人心碎的日子，已经五周年了，我必须回来，亲自去看望你，看看你所在的环境，看看你的居所，面对面在心中和你说说话。

昨天是阴历十月初一，又正是你离开五周年的纪念日，我和孩子们前去看望你，还有侄子、外甥，以及潘林、小明子都去了，他们每年都不会忘记这个日子。特别是你的好友、学生罗珠每年都要前去拜祭，而且总要献上一束鲜花，这使我十分感激。振荣，这一切我想你都看到了。面对你的遗像，我尽管有千言万语，但又说不出一句话，只有任凭泪水不停地流淌。

2006 年 11 月 22 日

第 196 封信

振　荣：

　　时光流逝得实在太快了，你已走了五年，至今年我们两人结婚也满五十周年了。回想 1956 年的这个时间，我们正沉浸在新婚的幸福时刻，如你不走得那么早，我们一起来庆祝这个日子，那该多么温馨、多么美好、多么值得回味。可今天只剩我一人在此怀着深深思念你的心情，默默地追忆我们共同走过的这段漫长而又短暂的历程，这又有什么用呢？

　　今年的 11 月 21 日赶巧正是阴历十月初一，是祭祀亲人的日子。听小群说，石家庄的习俗是，在这一天要为失去的亲人送寒衣，为此，他和苏艳也为你买了两套送去。之所以买两套是为了让你好有个替换，我相信你一定会收到的。

　　振荣，天冷了，你一人在外，千万要注意身体，我和孩子们都十分牵挂你。

2006 年 11 月 23 日

第 197 封信

振　荣：

　　你好！还记得吗？昨天是我 78 周岁的生日。2001 年你突然离世的那天，正是我生日的第二天，为此，我决心不再过这个使人难以忍受的生日。五年了，我嘱咐孩子们不要在这一天为我祝寿。今年的生日赶巧是星期天，想和孩子们在一起吃个便饭，也就算又过了一次生日。

生日这天（十月初六），不知为什么，从早晨开始身体就很不舒服，头发晕，腿发软，尽管吸了半小时氧，还是无济于事。幸女儿小红在家，我心中总算比较安定，午饭后服了几粒丹参滴丸，休息了数小时，身体不适有所缓解。可怎么也想不到，晚上又正儿八经地过了一次78周岁的生日，这使我决心不过生日的戒律被彻底打破。

这次难忘的生日宴会是建新和几位朋友安排的。振荣，你知道，我很不习惯这样的场合，再说让晚辈们为此破费，我也于心不忍。所以，几次让建新向朋友们婉言谢绝，可一直推不掉，无奈只得作罢。晚上6时许，我怀着惴惴不安的心情步入餐厅，立时被大家的热情、友好、诚恳所打动，顿感置身于一个熟悉的充满友情的场景中，心中十分激动而又不安。孩子们精心布置了现场，迎门墙上一个大大的"寿"字悬挂在正中，"寿比南山""福如东海"八个大字张贴于两旁。当我吹灭蜡烛，大家一起唱起"祝你生日快乐"的歌曲时，我激动万分，感激至极，股股暖流涌遍全身，不论用什么语言都表达不尽我此时的心情，只能再三举杯，深深感谢大家的盛情款待。

尽管我年近八十岁，已是夕阳西下、暮气沉沉的老人，但望着席间友好、亲切和诚挚的这伙儿年轻有为的青年，我仿佛又回到了师范毕业前后那个朝气蓬勃的年代，心情非常舒畅，甚至顿感年轻了许多。在这里，我感受到了晚辈们对老年人的呵护和关怀，他们中的几个人我虽是初次见面，却充满了友情、亲情的味道。不知为什么，宴会散后临走时，我竟有些依依惜别的心情。晚上我仍久久不能入眠，席间一幕幕场景不停地在脑海中闪现。

2006年11月27日

二〇〇七

"家中处处有你的印记,还牢牢保留着你的气息,你永远扎根在我的心中。"

第 198 封信

振　荣:

你好!又好长时间没有在这里与你说话了,原因是这一段时间我颈椎病又犯了,仍是头昏目眩,严重时晕得呕吐,心中异常难受。每当这时,我总会想如你在我身边那该多好!尽管永远不可能了,但我仍感到你就在我身边。建新陪我又跑了两个医院,最终还是省医学科学院附属医院的一位黄大夫,采用向颈椎注射药的办法有效果。这一周总算没再犯,可能就这样好了,望你不要挂念我。

2007 年的元旦过去了,我们已经往 79 周岁的路上奔了。我多么渴望我们两人都能健在,一起走到今天。可能是太想念你的缘故,最近连续两三次在梦中见到你,只是梦停留的时间太短暂了,但也值得我回味许久。

告知你一件令你欣喜的事,今天《济南时报》登载了"我市新添了 25 处省级文保单位"的消息,其中有你关注的老舍故居和蔡公时殉难地等。

2007 年 1 月 4 日

第 199 封信

振　荣：

　　记得吗？今天是你的生日，我知道你是不会忘记的。如你在家，孩子们以及老家的弟、妹、外甥等又该来为你祝寿了，可现在只有我面对你的照片默默地祝贺你 78 岁生日。

　　振荣，你注意到了吗？今年你的阴历生日是阳历 2007 年 1 月 5 日，你出生的那一年是阳历 12 月 28 日。我们两人都已是近八十岁的人了。80 岁高龄在旧社会是极少见的，现今已是很平常的现象了，可你竟没有等到这一天。直到现在，我仍似不相信你离开了，可事实却是无情的，至今一想起来，我心中总有隐痛。

2007 年 1 月 5 日（阴历十一月十七日）

第 200 封信

振　荣：

　　谢谢你！也许你有意在你生日的这一天让我在梦中见到你，你又回到了家中。我们在一起收拾你的书刊，你说要出差，与一伙儿年轻人到什么地方去，要拿点茶叶，让我为你找个盒子。我劝你年龄大了，还是不去为好，怕你路上生病，可你不同意。你知道，见到你在家，我是多么高兴，可这却又是一场梦！

2007 年 1 月 6 日

第 201 封信

振　荣：

　　你好！今天是周末，可孩子们都有事。建新昨晚来陪我，今天有事，早饭后就走了。屋内寂静得很，实在是太闷人了，虽有老家二妹在此，但时间长了，也没什么话可说了。只有以这样的方式与你交谈，我的感情能得到些宣泄，也能得到不少安慰。

　　最近天气较冷，最低气温 -5 ~ -6℃，可我们的房间仍温暖如春。今天阳光明媚，咱们阳台上的几盆花生长茂盛，只是你每年都精心护理的君子兰，自你走后一直萎靡不振，叶子逐渐发黄，甚至枯萎，有的叶子已变形，有一盆已全部枯死，虽然文钤弟每年来给换土，但仍起色不大。我想，它们也是有生命的，也会有感知，因此随着护理它的主人的离去，再也无力返青、生长。不然，过去那么茂盛，每年都能开花的君子兰，这几年为什么那么不旺，甚至枯死、变形？真无法解释。

　　咱们阳台上的那两棵蟹爪莲倒是长得很好，现在已经满枝花朵，有的已经开花，如果全部开放，就像一个个小红灯笼挂满枝条，十分悦目。其他也没什么可观赏的好花。振荣，你不在了，我对养花也越来越不感兴趣，每年我们都买的水仙花，你走后，我再也没买过一次。

　　振荣，你还记得吗？我们院子西边有一片青山，现已被好多房子遮挡了不少，特别是院子西墙不远处盖起了三栋高层楼房，现仍在施工加高，今后再也不能在阳台上远眺西山的风景了。记得咱们刚搬来不久，几天阴雨后，一日突然放晴，太阳照射在被雨水洗涤过的山峦上，山下低矮楼房的红瓦，衬着山上青翠的松柏，显得格外清晰、明亮，你看见后竟激动得让大家都来观赏。今后恐怕再也看不到这样的好景致了，但那天你兴奋的神情我一直牢记在脑海中，并时常回味那时的情景。

2007 年 1 月 13 日

第202封信

振　荣:

你好吗？时间过得实在太快了，一晃，离我上次给你写信已近五个月了，2007年又将过去一半的日月，想想还真有些怕人。

这一段时间我之所以没提笔给你写信，一是因为眼睛越来越不行，前段时间颈椎病又反复发作，再伏案书写真有些吃力；二是听说如时时与故去的人不停地用书信交流、怀念等，会干扰他的安息与平静，会使他时时牵挂家人，所以这一段时间我没有再提笔。可是哪怕不用这种方式表达，也无法停止在心中追忆、思念。振荣，我这样会干扰你吗？我知道你一直牵挂着我，也相信你愿意听到我的声音，愿意了解咱们家中的情况，特别渴望了解咱们泉城面貌日新月异的变化，因为这是你生前十分关注的事。因此，我认为我有义务随时告知你，而且从感情上说，我多么渴望在这里和你说话，这也是能与你交流感情的唯一方式。我想这样是不会干扰你的，对吗，振荣？我想你一个人在那种地方是十分孤独、寂寞的，而我一人在家也同样如此，我不与你在此说话，又能对谁说话？

振荣，也可能是太想念你的缘故，我时常在梦中见到你。特别是最近连续梦见你，甚至中午稍睡一会儿，也会与你在一起，有时是和孩子们在一起，有时是我们两人外出散步，或在家中收拾房子。总之，我那时丝毫意识不到你已离去多年，因此每次醒后都那么留恋梦中瞬间的情景，同时又会激起心中的酸楚和更加思念你的心情。有一天，我忽然意识到，我反复在梦中见到你，也许与你所住的地方迁移有关。我知道英雄山安息园已经迁址完毕，但我与孩子们一直没有去看望你。我想，迁址会干扰你的平静，到了一个新的地方，环境生疏，会引起对亲人的思念。对不起，振荣，我们没有及时去看望你，我已与建新说好，一定尽早抽时间去看你，也望你能原谅。

　　振荣，咱们在平阴的那段历史，我根据记忆写了一些，可能有近万字了，但还有不少经历没有涉及。现在的问题是，我很想继续写下去，但自己的精力特别是写作的水平，又很难完成这一任务。因此，我更加怀念你，如你在，那会成为一件很容易的事情，这也是你写作计划中的一部分。振荣，在平阴的那三年，是我们两人和孩子们人生中一段不寻常的经历，也可说是坎坎坷坷，苦苦度日，终于挺过来的一段历史。生活苦一点儿，劳动苦一点儿，没有什么，就是"文革"运动中这最后一段清查"五一六"的时间，真把人搞得"触及了灵魂"。现在想想，那很像一场闹剧，但也值得回味、值得思考，给我们的人生增添了一点色彩。

2007 年 6 月 5 日

第 203 封信

振　荣：

　　你好吗？又一个多月没给你写信了，但仍是时时想念你。不知为什么，直到现在，我仍觉得你不会就此永远不回来了，甚至有时还幻想着你忽然出现在我和孩子们面前，明知道这是不可能的事，但总还是抱有极大的希望。今天从报纸上一篇报道中的几句话里，我得到了答案。这是一位在洪水中失去爱人的姑娘的话，她说，虽然亲人走了，但爱还会重生，也会永生。我相信，我们两人之间是永远被一种无私的、纯洁的爱连在一起的。所以，我永远不会忘记你，而且会永远、时时想念着你。

　　振荣，你还记得 1987 年 8 月 26 日济南那场大雨吗？今年 7 月 18 日傍晚的一场大暴雨，比"8·26"那场雨还大 1.5 倍，下了近 3 个小时。济南受灾严重，死亡 30 多人，冲毁倒塌房屋 1000 多间，多条道路被冲毁，光下水道井口的井盖就冲走了1000多个，护城河和杆石桥下的圩子壕都倒灌了。还记得泉城广场的银座地下商场吗？由于旁边的护城河水涨满，倒灌入商场内，仅15分钟的时间，水位即达1.6米，商品全部被淹，所幸没有死人，经济损失8000万元，30台水泵抽水两天两夜。大雨过后，全市展开了抗洪救灾，捐献物资救助受灾居民。这真是一次罕见的灾难。

振荣，你放心，咱们这里和孩子们的住处都没什么问题。那天晚上风雨交加，电闪雷鸣，幸有女儿小红在，如我一人在家，还真有点害怕。振荣，自你走后，每到乌云密布、狂风大作或雷雨交加时，如我一人在家，真是有点心惊胆战，这时我多么渴望你能在我身边，可是你却永远地走了。我至今仍在冥冥之中觉得你不可能就永远地走了，不可能！

2007年7月24日

第204封信

振　荣：

现在尽管已放暑假，但孩子们仍不能在家陪我。小红住了一个多星期，现又回校为学生补课，大约要三周的时间。叶子在上日语补习班，还要准备研究生考试，忙得很。牧牧至今还没回来，在校忙着大学生辩论会。所以，仍是我一人在家，不在此与你说说话，又能与谁说？振荣，我实在太想念你了，可又有什么办法？

振荣，谢谢你，能经常在我梦中回来看我，这也使我得到不少安慰，只可惜见面的时间太短暂了，经常是不等说几句话就匆匆地醒来，又回到现实中来。我愿永远停留在梦中，与你相聚。

2007年8月3日

第 205 封信

振　荣：

今天又是一个周一。每逢双休日孩子们回来，整个房间都有了生气，我也好像精神了许多，可是每当他们都走了，房间里又显得比平日更加冷清与寂寞，心中很不是滋味。我知道这样不好，但无力控制。每逢他们走后，我总是习惯性地站在北阳台目送孩子们的背影完全消失，转回身来，看看屋内那么空寂，便总会想如果你在家，那会是一种什么情景？于是，思念你的感情便更加强烈。振荣，你就真的永远不再回来了吗？这是自你走后，我反复发问多少遍的问题，但得到的只是无声的回答，没有任何结果，也不会有什么结果。

振荣，告诉你一个能使你高兴的事情，也就是你十分关注的济南的泉水。自你走后的那一年至今，泉水一直没再出现停喷，特别是由于近几日连续降雨，趵突泉水位已突升到 28.56 米，报纸上报道，泉城又出现趵突腾空的景象。可惜我没去观赏这一胜景，你不在了，我好像也没有那么大的兴致了，况且现在身体状况也不允许，但如果你在，我还是愿意与你同去观赏。

2007 年 8 月 13 日

第 206 封信

振　荣：

时间走得实在太快，又是十多天没给你写信了。一是前一段时间天气闷热得很，我身体有些抵抗不住这潮湿、闷热的气候；二是我现在视力实在太差了，不仅看东西模糊不清，而且写不了几个字，眼睛就干涩得难受，从字迹你可能看得出来。尽管这样，我还是按捺不住想在这里与你说话的心情。近几日天气凉爽得多了，我身体状况也随之好转，望放心。

2007年的暑假又将结束，小红因要为初三的学生加课，只在家陪我一个多星期；建新忙得很，星期天经常不是开会就是加班。牧牧只回济待了一个多星期，他可是个大忙人，不是参加辩论会，就是有其他什么活动，现在又回校写学年论文去了。叶子参加日语补习班，这是她选修的第二外语，同时她还要抽时间复习功课，准备参加研究生考试。乐乐暑假没回来，他两次拔牙，需要恢复一段时间，最近还与小群去张家界旅游了一次。

振荣你看，咱们家都是些忙人，只有我清闲，可是这种清闲是很难熬的。本来盼来了暑假，想着家中会有些生气，可大多数时间仍是我孤守空房，只有期盼周日孩子们能来一趟。

振荣，你离家时，孙子、孙女们还都是中学生，现在他们可都是大学生、成年人了。牧牧、叶子还有一年即大学毕业，乐乐也升入大学三年级了。如你在，看到他们的成长和学业的进步，该是多么高兴。在我心中，这是一件非常遗憾而让人心疼的事情。我每每想到或看到他们，便会想到你对他们的喜爱和关心，从他们出生的一瞬间到一步步长大，再到你离他们而去，点点滴滴、一幕一幕像电影镜头一样，不断出现在我眼前，现在也只有用这种办法来回味了。振荣，你知道我多么渴望真实的再现，可是，这只能是空想，不可能了，永远不可能了！不过，看到他们健康成长和进步，我心中还是无比欣慰的。

2007年8月29日

第 207 封信

振　荣：

　　仍是非常想念你。你是否能经常回家看看，因为我经常在梦中见到你，前几天甚至连续见到你，有两次情况是你生病，但还是带病坚持写作。振荣，你该好好休息了，不要再那么劳累了。现在又到了初秋季节，天高气爽，风景宜人。每逢这时，我都会回忆起你走的那年秋天，我们一起游红叶谷、华山，以及春、夏两季，去济南灵岩寺、青岛等地，那是多么快乐的时光。可现在，我只能一个人蜷缩在房间内，哪里也不能去，也不想去，可能也有年纪大的原因，对出游也没有兴趣了。我现在只有数着日子，盼着周末孩子们回来一趟，再就是接到远在外地的小群的来电，说几句话，听听他的声音，这些是对我最大的安慰。只是建新现在太忙了，会议多、材料多，经常双休日加班，夜晚也要写材料，让人十分担心他的身体，可也没有办法。

2007 年 9 月 5 日

第 208 封信

振　荣：

　　你好，十分想念你！又一个中秋节即将来临，这是一个团圆的日子，可咱们家由于你的离去，以及孩子们有的在外地、有的工作忙碌，也很难团聚在一起了。

　　今年我的身体比去年好，头晕的病没有再出现，这也得益于孩子们的照顾和及时治疗。不过，可能由于去年一年不间断地发病，我的身体受到极大损伤，自感体力不如以前了，幸好心脏一直平稳，没出现什么问题，望放心。

振荣，你离家已近六年，这六年社会变化非常快。记得刚搬来时，附近有家电脑培训班，你不止一次说想去学学电脑。那时我们还没见过电脑如何使用，家庭中也很少有电脑，可现在咱们的孩子都已家家有了电脑，而且都会熟练操作。还有，社会上几乎人人持有手机，不只通话使用，而且互相发短信、聊天。在这些方面，我简直成了"科盲"，有时孩子们将手机忘在这里，来了电话，我都不懂得如何接通。

我常想，如果现在你还在家，可能早就学会用电脑写作了，那样就用不着我为你抄写了。可是，你知道，现在我多么向往过去为你抄稿的日子，感到那是一种享受，正像你在文章中写的那样，是在"淡淡墨香中的陪伴"，那是一种幸福。可这种幸福你永远把它带走了，再也找不回来，只能不断靠回忆去感受、去回味了。

人们常说，失去的东西才是最宝贵的。过去没什么感知，体会不到这话的真实含义，自你离去后，我才真真切切地感受到了这句话的真谛。我不可抑制地时时回忆我们在一起的日子，感到是那么美好、那么幸福，遗憾的是，当时没能好好去体味这种幸福，让它们平平淡淡地溜走了。

2007年9月19日

第209封信

振　荣：

也可能是时时想念你的缘故，我今天中午在午睡中又见到了你，这次是认为你真的回来了，我是多么高兴啊！梦中，我像在工作单位的门口，看到你和振芙弟一起回来，你说振芙是来参加学习的。好像是长期学习，还带了被褥，好像弟妹过几天也要来。当时建新、小红他们也都在。我见你比过去瘦了，耳朵上还有点伤，我想可能是往家走时不小心弄伤的。我问你见到小群了没有，你说还没见到他，我说他在家里，咱们一会儿回家。当时我心中真的太高兴了，你回来了，真的回家来了。振荣，我们分别那么长时间，我以为这次真的又能团聚了，心中的喜悦难以形容。可是，还未等我们回家，我就忽然醒了，睁开眼睛的那一刹那，我的第一反应是，为什么又是梦？为什么不能成为现实？心中立时十分难受。一整个下午，这个美好的梦不停地萦绕在心中，我不断追问：这能成为事实吗？为什么不能成为事实？

2007 年 9 月 28 日

第 210 封信

振　荣：

你好吗？仍是十分想念你，甚至无时无刻不想起你，想我们过去在一起时那些美好的岁月。能不能不想？不能，我做不到。因为家中处处有你的印记，还牢牢保留着你的气息，你永远扎根在我的心中，我怎么能不想，怎么能忘记？我心中憋闷得很，只有在这里诉说一下，才能觉得轻松一些。振荣，这样不会打扰你吧？对不起，我没有办法控制。

"十一"长假又过去了，不过今年的黄金周一直阴雨绵绵，雾气弥漫，使人很不舒服。不过对我来说，这样的长假我早已不感兴趣，唯一祈盼的就是孩子们能回家多待几天。可是，今年的长假家中仍是冷冷清清，小红只住了两天就回校加课，建新不是加班就是开会，有时只能陪我半天，有时只能晚上回来。小群在石家庄陪儿子不能回来，牧牧去了西藏，叶子因准备考研究生，赶往南京师大上补习班。振荣，你看孩子们有多忙，只有我一个大闲人在寂寞中苦苦等待。这时我多么渴望你能在家陪我,可是今生永远不可能了,再加上那么坏的天气,真使人难受至极。这些心情,我只能以这种方式宣泄,不能给孩子们说,以免他们挂心。

振荣,自你走后,各方面变化都非常大,特别是你所关注的泉城的面貌,真是日新月异,不仅有些马路比以前宽阔了,而且有些景点也更加新颖、靓丽。特别是为迎接2009年10月在济南召开的全运会,省里专门召开了扩大会议,要求加大省会城市的建设力度,并拨出专项资金资助济南。我们的大明湖将明显扩大湖面,现已开工。要达到"南有西湖,北有大明湖"的目标,重现济南"家家泉水,户户垂杨"和"泉水穿流于小巷民居之间"的城市风貌。2009年全运会开幕之际,济南肯定会呈现出一种特有的新面貌。

2007年10月8日

第211封信

振　荣:

你好!又半个多月没给你写信了,天气逐渐凉了,望保重。告诉你,前些天我到四院查了一次身体,从化验结果看,各项指标都比过去好,只是有少量胆结石,但没出现什么症状。总的看,我身体还可以,望放心,千万不要再牵挂我。除我自己注意,孩子们也一直很照顾我。你走后,他们成为我的精神支柱,不论是儿子还是女儿,对我倍加关心,我很感谢他们。

振荣,这一阶段咱们国家有几件大事,使全国人民倍受鼓舞。一是党的十七大召开,选举产生了新一届政治局领导人,第一次在政治局常委中补充了两位新中国成立以后出生的领导人。他们都有大学以上的高学历,有丰富的领导经验，有显著的政绩。还有你知道的，曾在济南任市委书记的贺国强，也进入了政治局常委领导机构。报纸评论他长于组织工作，所以担任了中央纪委书记。这些都为加强党的建设，提高领导水平，实现全面建设中国特色社会主义的伟大目标提供了组织保证。二是我国于10月24日18时05分成功发射了"嫦娥一号"探月卫星。我在电视机前收看了点火发射的那一激动人心的情景。"嫦娥一号"卫星行程38万公里，将创下中国航天器到达的最远距离。这次卫星的任务是绕月探测月球，要飞行13天18小时，才能抵达遥远月球上的工作岗位，开始向地面传递探测数据。

振荣，以上这两件大事都是振奋人心的，预示了我们祖国的美好未来和光明前景。振荣，由此我不止一次想到你走得实在太急、太早了。那天我在独自收看"嫦娥"卫星发射的时刻，不免又想到我们两人在电视机前等候至深夜，收看2008年奥运会申办成功的情景，我们都充满信心地说一定能一起观看2008年奥运会，可是现在……

2007年10月27日

第212封信

振　荣：

你好！转眼间，时光进入了11月，冬季即将开始。11月在我心中是一个黑色的月份，因为你在这个月离开了我和孩子们，永远地离开了我们。六年了，我们不能见面，幸好我时常在梦中见到你，尽管时间是那么短暂，梦醒后又特别难受，但能见到你，我还是感到欣慰的。

振荣，在这难以度过的六年中，社会发展很快，变化很大。咱们家同样如此，特别是孩子们。建新已经50岁了，小红、小群分别刚过了48岁和46岁生日，他们不但更成熟，而且工作都很有成就。我时常想，如你在，会不断对孩子们的工作给予指导和帮助，而我什么都不行，很是惭愧。幸好孩子们个个都很上进，工作勤恳、努力，全都得到领导的信任和重视，这使我们做父母的十分欣慰。再看咱们第三代的三个孙辈，那年你走时，他们还都是十几岁的中学生，现在全都走进了大学之门。看看时间过得多么快，牧牧和叶子明年就要大学毕业了，乐乐已是大三的学生，咱们家有了两代大学生。

振荣，你还记得吗？当年刚恢复高考不久，咱们的三个孩子全都考上了大学，当时得到了许多人的赞扬和羡慕。现在虽然不像过去了，大学生比比皆是，但咱们家的这种情况，在傅家村老家，也算是头一份儿吧。所以我很感谢孩子们的不懈努力，更感谢你的言传身教，我也为此感到骄傲、感到幸福。只是最大的遗憾就是你走得太早了，咱们晚年更幸福的生活还在后边儿，怎么能只留下我一人去享受？振荣，你知道，生活再美好，如果你不在，我心中就总有悲凉的一面。因此，我至今仍幻想如果有一天你突然回到家，那该多好！

2007年11月5日

第213封信

振　荣：

你知道吗？今天是二十四节气中的立冬，一年一度的冬天又来临了。不过现在天气还不怎么冷，屋内又送了暖气，已是温暖如春，可这么舒适的室温你却不能享受。天冷了，你一定保重身体。我想象不出你现在在什么地方，仍是十分想念。前天夜里我又在梦中见到了你，咱们和孩子们在一起，像往常一样，那是多么幸福的时刻。尽管时间十分短暂，但由于能不时在梦中相见，所以我总觉得你还在，只是在遥远的地方尚未回家来。

振荣，现在告知你一个会令你感到欣慰的好消息，建新于11月6日被市委任命为市委办公厅主任，这源于领导的培养、信任，也是孩子自己工作出色的结果。这一职务责任重大、任务繁重，办公厅下属十余个局、处、室，头绪多，不仅要为书记、常委们服好务，还要协调、领导好各局、处、室的工作。振荣，你有领导工作经验，如你在，我想能对孩子的工作有所帮助。好在建新任档案局局长期间，工作干得不错，我相信他有能力干好办公厅的工作。

振荣，你走后，因我感到失去了支柱，所以把对你的需要都转移到了孩子们身上，我愿他们常来家看看，愿他们多陪我待一会儿。这样确实过多地牵扯了他们的精力，我也实实在在感受到了孩子们对我的关爱和照料。振荣，你知道吗？建新曾对朋友们说，父亲走得太早、太急，他要将对父亲的孝心和爱都补偿给母亲。我听到这句滚烫的话语后，眼中立时溢满了泪水，至今想起来，仍是泪流满面。这虽是建新自己的话，但我相信，也代表了妹妹、弟弟的心声。我要尽我所能支持孩子们的工作，不给他们增加负担。

2007年11月8日

第214封信

振　荣：

今天是阴历十月初一，是传统习俗中祭祀的日子，本应该去看望你，但因你走的日子即将来临，所以不如等到那天再去祭拜，望你原谅。我知道，你想念我们，盼望亲人前去探望，我和孩子们又何尝不是如此，都在急切地等待这一天的到来。

　　振荣，这一段时间我看了一个讲述婚姻生活的电视剧《金婚》，是实力派演员张国立和蒋雯丽主演，讲述了他们从1956年结婚至2006年金婚，五十年的婚姻历程。振荣，你早早地离去，我们没有等到金婚，只有四十五年的婚姻历程，但看完了这部电视剧，我也似重新回味了我们四十五年的经历。

　　在这部电视剧中，家庭成员之间的矛盾时有发生，在我们的家庭中虽没有那么多激烈的矛盾、冲突，但我们两人的经历要比剧中两位主人公的经历坎坷得多。

2007 年 11 月 10 日

第 215 封信

振　荣：

　　你可能不记得，按阴历算，十月初七是你急急离开的一天，而前一天初六是我的生日。我记得那天早上（初七）我到医院后曾告诉你，晶洁昨晚打来电话祝贺我的生日，并问候你的病情。我告诉她你手术后恢复得很好，已经是术后第六天了，过两天拆线后就可以出院了。可谁能想到，下午你突然发病，不多时就急匆匆地走了。为此，我不止一次地告诉孩子们和老家的弟弟、妹妹们，从此我不过生日。我想生日这天，不如我自己平平静静地度过。今年不知为什么，也可能是虚岁八十的缘故，四妹冰洁前几天和小东拿了礼物来为我祝寿，文铃弟也几次问我生日怎么过。生日这天，建新和艾萍也执意要过来为我祝寿，我说服不了他们，只得听从孩子的意见，同时也将文铃和传荣邀来，一起度过了我的八十寿诞。文锦和文铎、晶洁等弟弟、妹妹也都打来了电话，我很感谢他们。女儿任红和儿子任群也没忘了妈妈的生日，都为我买了生日礼物。在这样的氛围中，我虽十分高兴，但心中总觉得有些缺失。振荣，我们两人都80岁了，我们为什么不能一起愉快地度过这个也算高寿的诞辰？

回想这八十年的人生历程，我们一同经历了风风雨雨，有欢乐，有幸福，也有辛酸和痛苦，我们经过不懈的努力、奋斗甚至挣扎，总算熬过来了。可当我们都退休在家可以平平静静地相依为命，愉快地度过晚年的时候，你竟留下我一人走了，这是我从未想到过的事情。没办法，只能面对现实。我庆幸，我们有那么多亲朋好友，更有时时给予我疼爱和照料的儿女，这些都是我的精神支柱。

2007 年 11 月 16 日

第 216 封信

振　荣：

今天我和孩子们去陵园探望了你。虽距你离世六周年的纪念日还有三天，但因是星期天，孩子们都能去，所以就提前去为你祭奠。这虽不是我第一次前往，但当我迈入陵园的那一刻，心中仍立刻升腾起一股难以名状的感情，既有一种急于见面的渴望，又因总是在这样寂静、肃穆的地方探望你，心中有些难以承受的悲凉。

振荣，我这次去陵园虽不是首次，但这次与以往相比有一种新的感受，主要是因为看到你搬入新居的环境如此幽静、庄重。环视灵堂周围，宽敞、整洁，院中新设置的花坛内绿草如茵，特别是高高耸立在院子中央的那棵松树，满树墨绿苍翠，粗壮挺拔，傲视着冬日的蓝天，给人以安全、持重的感觉。同时,陵园三面环山,山体全被松柏覆盖,风景十分秀丽。振荣,你能在这样好的环境中安息,我也感到欣慰。

2007年11月18日

第217封信

振　荣:

　　今天又到了11月21日这个我终生难忘的日子,我们离别整整六年了,这六年我是在无时无刻不想念你的情况下度过的。我知道,你一直挂念着我的身体。为使你安心休息,我时时注意控制自己的情绪,做到自我安慰,而且有如此懂事、孝顺的儿女们精心照料,加上新林、潘林的热情关心、帮助和照顾,我极为感动,十分感激。由于上述诸多因素,我的身体比以前好多了,冠心病病情比较稳定,去年反复眩晕的病已经痊愈,我也做到了按时服药,望你千万别再挂心,做到静心安息。

　　11月21日在我心中是个不寻常的日子。房间里挂着的月份牌上,虽然每个月都有"21"这个数字,但我从没注意到这个号码有什么异样。可今天,每次经过月份牌前,"21"这两个数字竟显得特别清晰,好像字号也比以往大了不少,它直直地刺入我的心间,触及我的神经,使我立时涌出一股伤感的情绪。奇怪的是,我每次经过时,并不特意去看,但它仍会立刻映入眼帘。我想,它是在提醒我,今天是什么日子。

　　振荣,我怎么会忘记这个刻骨铭心的日子?不仅我和孩子们不会忘记,而且你的学生、同事、好友罗珠也从未忘记,每年到这一天,他都会准时手捧一束黄色菊花,与我们全家一起去陵园祭奠你。今年由于我们提前几天去了,没有告知罗珠,21日上午,他带着一盆盛开的黄菊花来到家中,并在你的遗像前郑重地三鞠躬，以表达心中对你的怀念。这一举动使我极为感动，更激起我对你的思念。

振荣，我知道，你对罗珠寄予很大的期望，你是个爱才的人，所以对罗珠给予了不少帮助。你看到他在写作方面的成就而感到欣慰和高兴，你对他可能有些偏爱，为此他也多次称你为"父亲般的师长"，对你十分敬重。自你走后，他不断前来看望我，这也是基于对你的深厚感情。罗珠既有才，又是个十分勤奋的人，不时有新作问世，近来又在赶写一部长篇小说。除了写作，他还担任了一些社会职务，原是市政协常委（你是知道的），现在又担任了市九三学社副主委。他在忙于这些方面工作、会议的同时，还能挤出时间创作，真是不容易。

振荣，你走后，除罗珠外，还有很多人时时想着你、怀念你，并不时打来电话问候，如你的老朋友袁梅、于仲航、张磊等，我很感谢他们。

2007 年 11 月 21 日

第 218 封信

振　荣：

你好！今年又进入最后一个月，这一年即将过去，日月旋转得实在有些怕人。真难以想象，明年咱们就 80 岁了。一想到 80 岁高龄，就感到是很老了，但如今我还没感到自己有那么老，有人说这说明心理年龄不老，是好现象。但我时常想，我们两人如都能活到八九十岁，儿孙绕膝，那该是多么幸福。现在我尽管心理上没有感到太老，但体力、腿脚却明显一年不如一年了。

近一年来，我按有关医书的介绍，采取了些按摩等保健措施，目的是能使身体好一些，一是自己不受疾病折磨，二是不拖累孩子，减轻他们的负担。过去有你陪伴，我有病都是你精心照料，我心中踏实；现在我一人在家，孩子们离这里又远，有时我身体不舒服，心中十分担心。还好，今年我身体没出现大问题，比较稳定，望放心。

2007年12月2日

第219封信

振　荣：

你还记得吧？咱们三个孩子都已进入了四五十岁的年龄段，特别是老大建新已经整50周岁了，儿媳艾萍与他同岁。昨天正好是周末，又是建新的生日，他们为永远记住这五十年的历程，两人特意邀家人去饭店就餐，亲家母也参加了，还有新林、潘林，这也是祝贺他们两人50周岁的生日宴。看到孩子平平安安、顺顺利利地度过了五十年，也都做到了事业有成，作为母亲当然是高兴和欣慰的。

人们常说"孩子的生日，娘的苦日"，这个日子又不免使我想起生建新的情景。那时不像现在，生孩子时甚至一家人都去陪护，那时不到医院规定的探视时间，就见不到一个家人。记得我临产时，你将我送到省立医院就回家了，我一个人既怕又被折磨得难以忍受，真有些孤独无助的感觉。当然，孩子出生后，我的心情自然是轻松、快乐的，尤其是初为人母，那种幸福的感受是难以用语言形容的。振荣，我想你那时的心情同样如此。

同孩子们平安、顺利地度过五十年相比，我们的这一人生阶段就不是那么平静、顺畅了。首先是饱受战乱之苦，小小年纪就经受了外敌入侵给心灵造成的伤害，甚至遭受失去亲人之痛。解放战争中，我亲眼看到了炮火连天的激烈场面，还要躲避炮火袭击，担惊受怕的。新中国成立后，学生时代，我经过如火如荼的革命斗争的洗礼，革命思想、新的理想来了个大飞跃、大转变。参加工作后，我又经历了历次政治运动。在这一阶段，时顺时逆，难以界定，特别像我们这样被认为有所谓家庭、历史问题的人来说，每次运动都是一次对思想、灵魂的严峻考验，我们不得不谨小慎微，"低头拉车，埋头苦干"，生怕在哪一个关键时刻跌倒。

由于我们不断接受教育，努力学习，扎实工作，也得到了领导的信任和重用，但这一重用是有所限制的。我们都渴望加入党组织，参加组织的条件也得到认可，但还是由于所谓的历史问题，总是受到拒之门外的待遇。这一痛苦当时我是难以忍受的。振荣，可能是我太脆弱，为了上述问题，不知流过多少眼泪。可巧的是，我们两人都有经过支部大会已经通过，而又被拖至失去这一机会的经历，尤其是你，振荣，一拖就是二十多年，谁能受得了？但你还是那么不懈努力。还好，党的十一届三中全会后，我们终于有了出头之日，卸掉了压在身上的所谓历史问题的包袱，共同迈进了党组织的大门。

振荣，回忆这一人生历程，我感受颇深，遗憾的是，你不能与我共同来撰写这段历史。

2007 年 12 月 9 日

第 220 封信

振　荣：

你好吗？今天是二十四节气中的冬至。已经交九，应该是冻得不出手的寒天了，不是都说"一九、二九不出手"吗？可现在暖冬越来越明显，这一段时间气温很少到过 0℃ 以下，前两天最高气温甚至达到了 10℃。最近几天有浓雾，能见度很低，所以我没敢外出，屋内也暗暗的，使人很不舒服。

振荣，在这样的天气里，我总会想到你，我想象不出你现在的处境，你会在什么地方，真能见到你那些也同样离世的好朋友吗？你们都是本性善良的人，按佛家的说法，会有一个好的归宿，也就是西方极乐世界。如果真是如此，我也就放心了，因为你不会因离家而孤独、寂寞，你会在那个世界无忧无虑地生活，甚至继续读书、写作……这是我的心愿，真希望能成为事实。

2007 年 12 月 22 日

第 221 封信

振　荣：

今天是阴历十一月十七日，是你的生日，我想你是不会忘记的。每到这一天，我总会想起，你在家时的那种繁忙而愉快的场景，可今后再也不会有了。我只能一人静静地、默默地对着你的几幅相片，去回味已流逝的美好时光，从内心深处祝你生日快乐。

振荣，写字台上你那幅在麦克风前讲话的照片，是那样的精神、潇洒，我不了解那是一次什么会议，但我清楚地知道，你是在讲文学、讲写作。此时，我好像又隐隐听到了你那十分熟悉的侃侃而谈的声音；我的思绪又情不自禁地回到了过去，再次聆听你与来访朋友的谈话，以及不时传来的爽朗笑声。这已经成为我生活中的一种享受，我终生难忘。

2007 年 12 月 26 日

二〇〇八

> "我每天早上起床走出卧室,总是要首先张望一下书房内写字台前,希望能看到你的身影。这已成为我的习惯,我不加思索地一天天重复着,从没有停止过。"

第 222 封信

振　荣:

2007 年已经结束,2008 年的元旦也过去了。虽是新年假期,但因你不在家,孩子们又特别忙,所以整个假期家中仍然很冷清,再也不会像你在家时那样,我们和孩子们欢欢乐乐地团聚了。其实,对已退休的老年人来说,放假不放假都一样,可我还是总盼着放假,因为只有这时,孩子们才能回家来。

近几日天气骤冷,新年前后气温降到了零下七八摄氏度,所以我连门也没敢出,只得在既温暖又冷清的房间内,独自度过 2008 年的元旦。

振荣,再告知你一件让我们做父母的十分欣慰的事,建新被推荐为济南市政协委员了,而且即将进入本届政协常委会,昨天他参加了市政协第十二届委员会第一次会议,还是主席团成员。对咱们家来说,这是一件大事。振荣,你听到这个消息后,一定是非常高兴的,也可以说,咱们的孩子为父母争了光,增添了荣誉。我也相信孩子不会为此自满、骄傲,而会更加自律、自勉,在工作上做出更出色的成绩。

回想党的十一届三中全会以前的那个年代，我们家的人，不用说能进入市委工作，成为市政协常委，就是真正按你的才能、政绩，恰如其分地受重用也是很难的。振荣，你的水平不在建新之下，你的政绩更是有目共睹。几十年来，你为工作付出的心血太多，在不平坦的道路上不屈不挠地拼命工作，你受的艰辛甚至委屈，是常人难以想象的，而你仍一如既往，继续辛勤地耕耘你所钟爱的事业。可是在你担任的各项职务中，从没有一个正职，即便只有你一人主持工作，也不能将"副"字去掉。不用说担任什么要职，就是怀着满腔热血，一次次申请、恳求加入党的组织，都是难上加难。

振荣，写到这里，我回想起20世纪60年代你负责南部山区四门塔、九顶塔维修工程的那段艰苦岁月。那时去南部山区没有平坦的公路，更没有公共汽车，往返近百里，你一直是骑自行车奔波。中间不仅要爬坡，还要经过大涧沟的一段水路，有时遇到下雨，沟内水大，不能骑自行车，人要扛车过去，夜间还要住宿在山间空无一人的简陋的招待所内。在这样艰苦的条件下，你出色地完成了指挥任务。你再看现在，不用说去南部山区工作，就是去游山玩水，也大都是开车前往，真没法相比。

幸好，振荣，党的十一届三中全会改变了你的命运，可是青春已在那个年代流失。虽然你又振作精神，取得了不少成果和不俗的业绩，但时光有限，而你又早早地、匆匆地走了，留下了太多的遗憾！

2008年1月3日

第223封信

振 荣：

昨天下了今年的第一场雪，据预报是中到大雪，这其中也有人工催雪的效果。因久旱无雨，空气干燥，所以迟到的雪花给人们带来了喜悦和舒适。每年这洋洋洒洒飘落的雪花，总能勾起我无尽的回忆。

我不止一次地回忆和书写过，你在咱们新居过的唯一一个春节，早晨赏雪的情景，一转眼已经七个年头，但那让人时时怀念的画面我仍历历在目。我后悔当时没有尽情地去享受那温馨、幸福的时刻，今生今世再也无法弥补了，只有在追忆中重温那段失去的美好情感。

今天雪虽然停了，但气温还是骤降，最低降到 -8℃。虽然又到了周末，但冰天雪地的，孩子们可能不会来了，而我仍翘首期待。

2008 年 1 月 12 日

第 224 封信

振　荣：

你好！我至今仍觉得你一直在很远的地方，最终还会回来，因为你精力旺盛的身影总在我眼前显现，我不愿相信你真的自此消失得无影无踪。天气冷了，不论你现在在什么地方，我始终在心中盼你注意身体，一定好好地休息，不能再像过去超负荷地拼命干了。

这几天泉城的气温一直很低，连续四五天都 -8℃，院内地面和许多屋顶上的雪至今都没化净，这也是近几年少有的现象。你不必挂心，咱们的房间内很暖和，沐浴着窗外灿烂的阳光和室内适宜的温度，我不免时时想起我们居住了四十多年的那个小院，和既狭窄又很少见阳光的居室，忆起你在小写字台前或夜晚依偎在床头写作的情景。这些镜头一直深深地、牢牢地镌刻在我的脑海中，至今我仍很想念那个久居的院落。因为那里有我们两个从青年、中年到老年的生活足迹，有三个孩子成长的印记，还是咱们家的第一个孙子出生后，由 80 多岁的老奶奶迎接他进入的第一个家门。

这诸多值得回味的事，让我对那里有一种特殊的感情。特别难以忘记的是，你退休后，我们每天早上6时许准时迈出家门携手散步的情景。如今我每逢路过那条熟悉的街道，望见那小小的院落和咱们旧居的门窗，内心总有一种形容不出的感受，既感到十分亲切，又会产生一种难以抑制的伤感。我始终被这种矛盾的心情困扰着，不得解脱。

2008年1月16日

第225封信

振 荣：

离2008年的春节越来越近了。春节意味着又一个春天即将到来，可今年天气有些特殊，至今仍持续低温，这两天竟降到最低气温-9℃，最高才-2℃，北风劲吹，十分寒冷，所以我已经很多天没出门了。我身体还可以，望放心。可我仍牵挂着你，所以夜间又梦见了你。现在我不求别的，只要在梦中能见到你，看到你身体很好，我就可以得到一些安慰，缓解对你的思念。

寒假到了，可上学的孙子们都还没有回来。牧牧、叶子尚未放假，乐乐已放假二十余天，他的确应该多休息一段时间，因为学医学要比学其他专业更苦一些，需要牢记的东西太多。还好，孩子很刻苦、努力，已顺利完成了两年半的学业，再有一学期就进入实习阶段。不久的将来，咱们家就会迎来任家的第一个医生了，这是值得全家高兴的事。

牧牧和叶子今年暑假就毕业了，时间过得实在太快，两个孩子四年的大学生涯即将结束。叶子本月19日来济参加了研究生考试，据小红讲希望不大。这样，两人下一步都面临找工作的问题。牧牧今年没报考研究生，但他并没有放弃，可先工作，同时准备来年考研。

振荣，你听到以上消息，一定是非常高兴和欣慰的，你看这几年咱们家的孩子变化多大。我知道，你会很牵挂家里的一切，所以有什么事我都想及时告知你，这已经成了习惯。

2008 年 1 月 24 日

第 226 封信

振　荣：

已经一个多月没给你写信了。因春节前后忙忙碌碌，人来人往，平日的生活规律都被打乱了，故我身体有些不适，什么都懒得干，还感到筋疲力尽，所以也没提笔在此问候你，望原谅。可你知道，我仍时刻惦念着你。一年一度的春节见不到你的踪影，我感到极为失落，有孩子在时还好，待节后剩我一人在家时，那种既冷清又十分思念你的环境真有些难以忍受。

今年春节因亲家母有病，需人照料，乐乐和苏艳都没回来，只有小群回家来。已经有一年多没见乐乐了，我很想念他，时常回忆起他小时候的一些趣事，特别是他在济南与我们一起生活的那段日子，我始终难忘。小群初五就回石家庄了，他一年就回来这一次，在家的时间实在太短暂了。每次送他走后，我心中总有一种说不出的伤感。望着汽车驶出院子，再也看不到了，我才肯回房间，寻觅着他在家时留下的点点痕迹，心中不免一阵酸楚。想想自己已进入 80 岁高龄，还能与孩子再见几次面？

振荣，你知道吗？牧牧和叶子今年暑假就要毕业了，现在就面临着找工作的问题。你看时间过得多么快，你走时，他们刚考入高中，如今变化多么大。每想至此，我总会深深地感到你走得实在太早了，我至今仍然在心底深处盼着你能有一天突然回来，我也知道这是不可能的事，但总是不停地盼着，盼着。你知道，我每天早上起床走出卧室，总是要首先张望一下书房内写字台前，希望能看到你的身影，因为这是你在家时每天早上准时看书、写作的地方。虽然明知这一画面不可能再出现,但这已成为我的习惯,我不加思索地一天天重复着,从没有停止过。

2008 年 3 月 3 日

第 227 封信

振　荣:

　　你好,十分想念你,所以总愿在这里以这种方式与你说说话,以解心中的思念与寂寞。

　　又一年严寒的冬季过去了,虽然前些日子经过一次"倒春寒"的袭击,但近几日气温已逐渐回升,使人感到了春的气息。我在房间内蜷缩了一冬,这时不免被温暖的春日所吸引,所以我总想外出呼吸些新鲜空气,舒展一下全身的筋骨。可无奈随着季节的变化,我腿部关节痛有些复发,眼睛也越来越不好,再加上随着年龄的增长,孤独一人外出散步,我心中真有些胆怯。因此,我又不免回想起你在家时,我们两人并肩携手一天两次散步的情景,可现在也只有在追忆中去享受、重温那份难忘的感情。没办法,我还是像往常那样待在屋里吧!

2008 年 3 月 11 日

第 228 封信

振　荣:

　　你好!我知道,你不仅想念我和孩子们,同样也挂念着你的同胞弟弟、妹妹,其实我对他们也有不同寻常的感情,也很想去看看他们。为此,昨天建新提出回老家一趟时，我心中十分高兴，虽也担心身体不适，但还是想回去看看他们。艾萍开车，亲家母和艾玉也一同前往。

虽然我没在老家久住过，但当迈进家门后，我立时感到是那样的亲切、熟悉和温暖。进屋后，首先映入眼帘的是挂在迎面墙上的你那幅照片，我看后心中不免一阵酸楚，脑海里立刻浮现出过去我们两人一起回家的情景。振荣，你照片的左首是母亲的遗像，我想，你离家几十年，现在终于能在家久居，和母亲团聚了。

振荣，自你走后，我已经回老家三四次了，每次回去都有新的感受。看得出来，现在家里的生活一年比一年好了，振苔弟仍在翻砂厂当传达，只是中午和夜间值班，他精神很好，气色也比过去好多了，你不必挂心。小聚现在经营着两个大棚，收入可观。这次回去特别使我惊喜的是，二妹妹家新翻修的房子简直是太好了，屋内和宽宽的前厦里全部铺设了洁白的地面砖，大玻璃窗透明、锃亮，处处清爽、洁净。院内也全部用水泥砖铺设，并栽了一片冬青，还有新修的高高的大门楼，十分气派。

试想，在这样的环境中生活，该是多么舒适。为此，我萌生了回去住些日子的念头。振苔弟弟家里虽然房子旧了些，但拥有一个阳光普照的小院，我们几人在院中沐浴着温暖的阳光，一边择着弟妹刚挖来的荠菜，一边聊天说话，也是一种享受。振荣，如果我们两人能一起在家住一段时间，那该是多么幸福！

2008 年 3 月 18 日

第 229 封信

振　荣：

现在虽已过了春分，但气温仍很低，今天最高气温只有 10℃，由于已停止了供暖，所以屋内十分清冷。我现在深深感到气候的变化对人身体的影响是很大的。今天天气阴沉沉的，更使我感到寂寞和冷清，只有在这里和你说说话，才能缓解一下不良的心情。

还记得咱们阳台上的那些花吗？我一直牢记着你住院时嘱咐我的"浇花一定要浇透"，因过去一直是你管理这些花，所以现在每逢侍弄它们，我总会想起你对这些花的精心照料。现在几盆花都长得很茂盛，只是君子兰已有几年不开花了，不知为什么。我想也许是因为过分思念过去耐心栽培它的主人，不然过去在旧居那样的条件下都能开花，为什么现在阳光充足却总孕育不出花蕾？

2008 年 3 月 28 日

第 230 封信

振　荣：

你好吗？十分想念你。今天是清明节，从今年起，国家规定清明节放假一天。本应今天去看望你，但因这一天陵园的人太多、太乱，所以建新和艾萍提前几天去探望了你和亲家大哥，想必你已经见到他们了。孩子们没提前告知我，所以我没能去看你，望原谅。振荣，我想你是知道的，不论在什么时候，我都时刻惦念着你，在思想深处始终与你在一起，从没分离过。

这些天，你在医院和离开时的情景，总是不停地在我脑中闪现，我进而联想到你在家时的点点滴滴。算起来，我们在一起有四十五个年头，不算短，但我觉得是那么短暂，总觉得这段时光我们没有尽情地去享受生活，令我感到十分后悔。这是我一生中最大的憾事，再也没法弥补了。

2008 年 4 月 4 日

第 231 封信

振 荣：

　　时间走得实在太快了，又是一个多月没在这里和你说话了，你好吗？我仍十分想念你，没有别的办法，只有不时面对你的照片，静静地待一会儿。望着你的神情，怎么能让人相信你会永远离开了这个世界，永远离开了咱们这个幸福的家庭呢？

　　现在我的身体还好，不必挂念。记得你在家时，每逢要出差，总不放心留我一人在家，就是你那次有病住院，还要让老家二妹妹来陪我。可是现在你永远地走了，留下我一人，你能放心吗？我知道你一直牵挂着我，我也一直在逐步适应这样冷清的环境。为了不让你牵挂，不让孩子们在工作中分心，尽管伤感的心情时起时伏，但我始终努力自我控制，多想想咱们这些孝顺的孩子们，他们给予我的爱，便感到极大的安慰。

2008 年 5 月 8 日

第 232 封信

振 荣：

　　我想你已经听到和看到了，5 月 12 日 14 时 28 分四川汶川大地震的消息。这次地震比 1976 年唐山大地震还要严重，是 8.0 级，死伤、破坏情况惨不忍睹。国务院决定，自今日起至 21 日，为死难同胞哀悼三天，全国各地与驻外领事馆一律降半旗致哀；同时在 19 日 9 时，全国各地所有汽车、火车、船只以及警报一起鸣笛三分钟。振荣，你知道吗？当时我肃立在电视机前，看着屏幕上一面面低垂着的国旗，听着刺疼人心的呜呜的哀鸣声,怎么也止不住泪水的流淌,真想痛痛快快地大哭一场,以消解这几日伤感、压抑的心情。

这几日各地都纷纷捐款救灾,我想自己同样有义不容辞的责任,也有这份爱心,可没有单位,到哪里捐?恰好,我看到市慈善总会有银行的捐款账号,于是到农业银行捐献了1000元,这才了却了一件心事。

2008年5月19日

第233封信

振 荣:

你好!十分想念你。最近又连续几日梦见你,看到你身体很好,仍像往常一样。我在梦中丝毫也意识不到你是已经离世近七年的人。因此,每次醒后都特别难受,真想一直这样在梦中度过。多么渴望你能真的回来,这已成为我时时盼望实现的梦想。

振荣,你注意到了吗?汶川大地震已造成死亡六万九千余人,还有失踪一万七千余人。现在全国各地正在积极援助灾区恢复、重建,济南对口支援的是四川省北川县擂鼓镇。

还有一件事要告诉你,上月20日,我去章丘杜张村振芳妹妹家住了五天,她将振英妹妹也接了去。她们对我像亲姐妹一样关心、照顾,使我深受感动,再次亲身体验到同胞姐妹的情谊,我心情十分愉快。如你能陪我一起在老家住上一段时间,那该多么幸福、愉快。为什么你在时,我们没想到一起回去住一段日子?

我非常喜欢农村的房子、院落。早上一起床走到院子里,空气是那样清新。小妹家的大门外扎了个大大的葡萄架,上边挂着一串串刚孕育出的小葡萄,生机勃勃,十分悦目。门前一块空地上,栽了十余棵树木,我没问清是些什么树，但都郁郁葱葱，形成一个小树林。清早在这里走走，眼望一片翠绿，沐浴着清新的空气，我心中宁静、舒适，这是在城市中享受不到的。

说来也奇怪，在农村五天，我尽管每晚都失眠，但一点都不觉难受，精神很好。我在家时膝关节时时疼痛，疼得厉害时走路都很费劲，但在老家这几天腿一直没疼。那天我去杜张水库大坝走了不少路，也没感到关节有什么不适，可回自己家后，又开始疼痛，我弄不懂这是为什么。可能是农村的空气清新，气候宜人，再加上和妹妹们讲讲家常，说说笑笑，丝毫没有寂寞感，心情舒畅的缘故吧！

2008 年 6 月 15 日

第 234 封信

振　荣：

你好吗？仍时时想到你，怀念你，这种感情我至今无法克制。我现在深感时间流逝得越来越快，离上次给你写信一转眼又近一个月了，有不少事都想告诉你，但因前些天身体不适，一直没有提笔。

首先要告知你的是咱们孙辈的几个孩子的情况。牧牧和叶子已经大学毕业了，正式领到了学士学位。牧牧已经开始工作，在北京的一家投资企业，据说它不叫"公司"，而是一个大的集团，在全国多个地区都有分部。听牧牧说，总部名叫"明天系"，他所在的单位叫"北大文化"，主要从事文化等方面的媒体、信息工作，具体我也弄不太明白。他已经工作了半个多月，开始适应这样的环境。

叶子被招聘到净雅大酒店，经过几次面试、笔试，酒店已同意任用。因净雅在北京也有分部，因此叶子是去北京工作，酒店给她定的职务是主管,从今天开始集中在威海培训两个月。叶子很愿去北京工作,这样她和牧牧都在北京,也好互相有个照应,使人更加放心了。只是两个月的培训是十分紧张和辛苦的,还要穿插急行军等项目,叶子来电话称浑身酸疼,真使人有些不放心,祝愿她能顺利渡过这一难关。

还有咱们的小孙子乐乐,大学的课程已全部学完,暑假后就要开始实习了。乐乐被分配到天津市南开医院实习一年半。三年赶完四年的课程真是不容易,好在这孩子十分刻苦,又很要强,终于顺利完成了学业。乐乐还一直很喜欢心理学,准备在实习期间再多学一些。以上是咱们三个孙辈的情况。振荣,我想你听后一定是十分高兴的。

2008年7月10日

第235封信

振 荣:

记得我们搬来新居后,总是时时关注着周围环境的变化,特别盼着能有什么新的建筑、新的景观出现。那时的兴济河不仅污水流淌,而且两岸是高低不平的土堆、沟壑,当看到东方红桥西侧的河南岸开始平填深沟、开挖地基,准备兴建房舍时,我们都十分兴奋。我们每天出去散步时,总要近前观看一番。现在此处不仅楼房林立,连兴济河也已开始整修。

我时常回忆起你在家时,兴济河附近是我们经常散步的地方。那时我们去玉函小区购物或去邮局,每次都是互相搀扶着慢慢顺坡走到河底,小心翼翼地踏着一块块小石板,再费劲地爬上河岸。后来,此处修建了一座窄窄的便民桥,可算解决了大问题,从此我们不止一次顺桥而过,并极为欣赏这虽简陋但便民的小桥。振荣,这些画面至今仍牢牢地印在我的脑海中,也永远镌刻在了我的心中。

振荣，你在家时，我们多年坚持的一天两次散步的习惯，自你走后，我没有继续坚持，总感到没有你的陪伴，一人外出散步十分无聊，而且总会时时回想起我们两人一起散步的情景。虽然兴济河的治理早就有消息披露，但我从没有到近前观望一下。记得是上个月的一天，我在家实在闷得很，忽然升起一种想去看看兴济河到底有无治理的念头。我漫步到东方红桥头向东望去，真有些惊奇，原有的那条杂草丛生、污水横流的兴济河彻底变了模样，真真切切地旧貌换新颜了。河床比之前大大开阔了，而且河水澄清，河两侧建起了有护栏的长廊，不时有行人过往和散步，实成为一处休闲的好地方。同时，东方红桥西侧也正在加紧施工，据园林部门的公示牌上介绍，此处将建设假山、园林小品等景观。桥东、西靠马路的河两岸都建有美观的护栏，附近居民长期苦于没有绿地、休闲场所的问题将成为历史，今后人们可以尽情地享受这优美的环境了。

振荣，我能想象得出，如果你在家，看到附近这些如此大的变化，肯定又极为兴奋，同时也会像以前一样，撰文书写兴济河的变迁，那我又该重操旧业为你抄写书稿了，那该是多么幸福和高兴的事情。还有，我们每天的散步又有了好的去处，增加了新的内容。可是，这一切都已成为泡影，你已经把它全部带走了，我只有靠回忆、幻想、想象试图享受片刻，但总还要回到现实中来。这些复杂的思绪和感情是很折磨人的，却又怎么也挥之不去。为此，我经常有不切实际的祈盼，那就是你真的能回家来，明知不可能，但我还是盼着能变为现实。

2008 年 7 月 17 日

第 236 封信

振　荣：

　　已经近五个月没提笔给你写信了，望原谅。我现在确实感到眼睛越来越不行了，可能不仅近视度数又高了，而且白内障也更加严重，所以我这一阶段很少提笔了。但我仍如以前一样，在心中默默地与你说话，以求缓解思念之情。

　　记得吗？今天是阴历十一月十七日，是你80周岁的生日。为此，我一大早就在你的遗像前点燃了三炷香，摆上了水果，以示纪念。据说"香"是代表信息的，香火的闪动预示着你收到了我和孩子们祝福你的信息。振荣，你现在好吗？究竟去了什么地方？近来我仍时常梦到你，看到你如往常一样身体很好，我十分高兴，但也只是一场短暂的梦，即便短暂，如能天天如此，也是我祈盼和渴望的。振荣，我们两人都已步入80岁高龄，进入这一年龄段的老人如夫妻双方都健在，那该是多么美满和幸福的事情。前几天我从一书中看到，有不少名人都在80多岁时创出了成果，写出了专著。我因此联想到，你如健在，不知又写出了多少华章，就连你计划已久的描写去平阴下乡三年的长篇也会早已完成，可现在……

　　振荣，再告知你一件事，上次我曾与你提到的，罗珠在市政协会上提出提案，由市里出资为你与徐北文等出版文集的事，已由市委宣传部批准。你的文稿现正由罗珠编辑、整理，初步定名为《任远文集》，分三卷，即散文卷、随笔、诗歌卷，评论、序跋卷。我也不太懂，不知这样是否合适？如你在，那该多好！我一直相信你没有离开家，至今我仍时时在梦中见到你，关于出集子的事，望你能在梦中给我些指点，现在我真怕集子搞不好。

2008年12月4日

第 237 封信

振　荣：

你好！夜间我又见到了你，梦中你约了原在报社的张同志来咱家谈话，好像是谈写文章的事。当时，我感到像往常一样，丝毫没有意识到你已经走了。梦中你像从前一样与来人侃侃而谈，精神很好。梦醒后，我久久不能入睡，一遍遍回忆这难得的场景。这是过去在我们家经常出现的情景，可已经消失七年了，尽管时日已久，但当它展现在眼前时，又是那么熟悉、那么亲切，我多么留恋你在家时的一幕幕场景啊！过去常听到或看到这样一句话，即"失去的东西是最珍贵的"，现在我总算深深体会到了这句话的真切含义。

2008 年 12 月 24 日

二〇〇九

"多么想一直生活在梦中，永远和你在一起那该多好！"

第 238 封信

振　荣：

很想念你，你好吗？很长一段时间没给你写信了，望你原谅。

去年 11 月我住了十几天医院，还是心脏不好，上个月又在医院待了几天，之所以没告诉你，是因为怕你担心。现在好了，身体各方面又恢复了正常，只要按时服药，我想不会再有大问题了，望你放心。我知道，你十分牵挂我的身体，现在告诉你，这几年我的身体总的看比前些年好了，除这两次住院外，平时很少有心脏不舒服的感觉，同事、朋友、亲戚见了我都说我气色还好，不像年过八十的人，所以望你千万不要再挂心我。有孩子们体贴、照顾，还有新林、潘林像保健医生一样对我关心、呵护，是不会有什么大问题的。

记得吗？今天是清明节。前天建新去陵园看望了你，他说天凉就没让我去，所以今天我在你的遗像前点了三炷香，摆了水果，以示纪念，也借此表达我对你的怀念和永不磨灭的真挚感情。今天建新和艾萍回老家去给爷爷奶奶上坟，两个姑姑也一起去了。我想父母地下有知，看到孙子与孙子媳妇去看望他们，一定是非常高兴的。

你不用挂心，家里一切都好。振苔也已是虚岁七十的人了，不过身体还健康，已经不再当传达了。他年龄不小了，应该在家好好休息了。建新几乎每年都能回去几趟，也给叔叔、婶子留些钱，家里生活没问题，望你放心。只是振芙一人在滨州，年龄大了，使人有些挂心。去年他来济一趟，身体还好，你也不必太牵挂他。

2009 年 4 月 4 日

第 239 封信

振　荣：

今天是"五四"青年节，回想我们这一代人过"五四"节的情景，好像近在眼前，可时光已流逝了六十多年，实在太快了，想想还真有些怕人。那时朝气蓬勃、心怀大志、勤恳为新中国工作的年轻人，如今都已是退休在家颐养天年的老者，甚至有不少已离开了他们眷恋的儿女，丢下了他们为之奋斗了一辈子的未竟事业。振荣，我总是感到你走得实在太早了，现在咱们国家经过改革开放，社会发展迅猛，新生事物层出不穷，有多少东西值得你去书写、去歌颂。前些天，全国书博会在咱们泉城开幕，有不少著名作家到场。我看报道后，即情不自禁地想到，你为什么不晚些走，好去参加这一盛会。如你在，肯定会前往，并且购得不少好书，我甚至能想象出你为此兴奋的样子，同时也会为此写出多篇美文。

还有，振荣，你为什么不晚些走，再看看咱们泉城的变化？不只是多条马路比以前宽了，高层楼房比以前多了，更值得书写的是，城区内历史遗留下的多处棚户区，都得到了拆迁、改造，一栋栋新楼房在原地建起，过去咱们常去购物的魏家庄也得以拆迁，重建了新的居民区。现在不少新建小区已初具规模，就连我们厂在北坦一带的宿舍也彻底改变了面貌，住在那里的同事下半年就能搬入新居了。

振荣，你看这有多大变化！我真想到过去熟悉的那些棚户区看看它们的变化，只可惜现在我一个人去不成了。更可称道的是，在我们城区的东部建起了奥林匹克体育中心，今年10月要在那里举行第十一届全国运动会开幕式等，现在全部场馆已交付使用，得到了不少省、市运动员和教练员的称赞。那片区域已成为泉城的新城区，本市的政务中心——龙奥大厦也建在那里，市直机关大部分已搬入，文联也已搬走，原办公用房由市里统一调配，据说市委、市政府在十一届全运会后也要搬去。我真担心市委迁到那么远的地方，家里有什么事需找建新就不如过去方便了。孩子们都离那么远，振荣你又走了，这会使我感到更加孤独。

2009年5月4日

第240封信

振　荣：

你好！离上次给你写信有三个月了，我虽然没有提笔，但几乎每天都在心中与你交流。今年学校的暑假已过去近一个月，小红在家陪了我半个月，现在学校组织教师学习，家中又剩我一个人，因此更加时时想到你，时时回忆你在家陪我的情景，以及你离开我和孩子们时的一幕幕。我知道不应再去想那些让人伤心的事情，但是就我一个人寂寞地在家，你的身影又牢牢地印在我的脑海中，我没有办法控制自己的思绪，永远做不到，只好由它敞开去想、去追忆，这样好像还能缓解一下寂寞的心情。

2009年8月2日

第241封信

振 荣：

你好，现在天凉了，望你千万注意身体，以免我和孩子们牵挂。

自你走后，每逢看到咱们泉城的面貌有什么变化，总想尽快告知你。今天大明湖新扩建的景区正式开园了。大明湖扩建、改建工程拆迁总面积22万平方米，景区由74公顷扩大到103.4公顷，其中水面由46公顷扩大到57.7公顷，陆地由28公顷扩大到45.7公顷，新建七桥风月、秋柳含烟、明昌晨钟、稼轩悠韵、竹港清风、超然致远、曾堤萦水、鸟啼绿荫八大景区，大明湖由园中湖变为城中湖。扩建后的大明湖和护城河沿岸老城区占我市老城区总量的三分之一左右，这样"四面荷花三面柳，一城山色半城湖"的经典，又重现在人们的面前。

振荣，再告诉你一件更令人高兴的事情，济南的名泉日前被国家住房和城乡建设部正式列入《中国国家自然与文化双遗产预备名录》，这样距离申请世界"双遗产"的梦想又近了一步。在这中国"双遗产"预备名录中有趵突泉、黑虎泉、五龙潭泉、珍珠泉泉群，章丘百脉泉泉群，平阴洪范池泉群等六大泉群。

我每逢看到这些巨大的变化，总是要在心中将其与你联系起来。振荣，你实在走得太早了，不然泉城的这些新面貌会在你的笔下熠熠生辉，每想至此，我心中总会隐隐作痛。

2009年9月21日

第242封信

振 荣：

　　你好！很想念你，不过还好，能在梦中时常见到你，我也能得到一些安慰。在梦中相见时，我从没有意识到你已经离家八九年了，而是像平常我们生活在一起那样，可醒后我心中很不是滋味。多么想一直生活在梦中，永远和你在一起那该多好！

　　振荣，你的好朋友于仲航、袁梅两位老人还常打来电话问候，我很感激他们。现两人都是85岁高龄了，今年国庆节期间，老于同志还在孩子的陪伴下来咱们家看望，这实在太感动人了。自你走后，建新也根据你的嘱咐，每年过年都去看望他们。振荣，你的身体情况和精力都比他两人好得多，健步走到85岁或更多也应该是没有问题的，可现在……每想起这些，我始终很后悔、很内疚。你在恢复期间不能服治心脏的药，可含化点儿速效救心丸不是不可以，或建议大夫采取点别的措施，可什么都没有做。这些我始终在心中不停地思虑，成为一块心病。

　　振荣，上次给你说的出版你的文集的事，已由济南出版社负责，听建新说由侯琪和戴永夏等人负责。对此事，市委宣传部很重视，什么时候出版，到时再告知你。

　　另外，10月市作协组织了一次文学评奖，名字是"宝通杯济南文学奖"，你的《北方的榆树》被评为"宝通杯济南文学奖"荣誉奖，除发一份获奖证书外，还有一个很精致的玻璃奖杯，我放在了你的照片旁边。我想让它永远陪伴你，这是你的成果。

2009年12月12日

第 243 封信

振　荣：

　　这些天特别想念你，我前天夜里又梦见了你，梦中好像是我和孩子们都没在家（也不是现在这个家），只有你一人在。我和小红回来后，你给孩子们买了些礼物，有三个包，记不清什么东西了，听小红说共计 980 元。当时我想，这是你自己在家省吃俭用存下的钱。没记得你说什么话，你比以前瘦了些，但精神很好，没等与你好好说说话我就忽然醒了。醒后我一时睡不着，心中十分牵挂你，反复回忆梦中的情景。这几天总觉得你在我身边，又好像我们刚刚分别，你很快会再回来。你能回来吗，振荣？哪怕让我再真实地见你一面我就很满足了！但是，事实是无情的，任何人都改变不了。

　　振荣，我知道你一直牵挂着振芙弟，他现在身体不错，前天我刚与他通了电话。他说每天按时吃药，心脏还正常，没出现什么问题，只是年龄大了，不愿到处走动，所以这几年很少到济南来。建新、小聚、小六等每年正月十六他生日前后都会去看望他一次，你放心，我和孩子们会时时关心他的。

　　2009 年即将结束，时光流逝得实在太快了，回首走过的这几十年，好像就在眼前，但咱们却已步入了八十几岁的高龄。过去我总害怕一旦离开这个世界，离开了亲人，该有多么痛苦，多么恋恋不舍，可自你走后，这样的担心已很少存在，除了还恋着孩子们，牵挂着他们，其他我再也没有牵挂的了。同时，如果按灵魂不灭的说法，我还可以与你重新团聚，结束对你的思念，那不是很好吗？振荣，为了咱们这个家，为了孩子们，我能做到顺其自然，好好生活。

2009 年 12 月 16 日

第 244 封信

振　荣：

　　一年一度的冬至节气又到了。冬至以后，气温会逐渐走低，据气象台预报，未来几天有一股较强冷空气侵入。我不知你现在的情况，身体怎么样，非常挂心。你一人在外，一定要多加注意，不要再像过去那样，对自己的身体满不在乎，一定要认真接受这一教训。

　　振荣，还有一件事我忘记告诉你，你最关心的学生，也就是一直称你"父亲般的师长"的罗珠又结婚了。女方是枣庄一宾馆的工作人员，比罗珠小十几岁，她对罗珠照顾非常细心，看样脾气也不错，比较文雅，建新已帮她联系了济南的接收单位。你可能想象不到，罗珠还打算再要个孩子，据说已经联系要"娃娃票"了。振荣，我想你也会为他们高兴的。

2009 年 12 月 22 日

第 245 封信

振　荣：

　　时间过得实在太快了，今天已是 2009 年的最后一天，再有十几个小时，就要迎来 2010 年。在这样的时刻，我总会不加思索地想起，刚进入新世纪 2000 年的那一年，你既兴奋又忙碌的情景。你曾写了《世纪之交话济南》，以及《老人当自强——新世纪到来感言》等。你对新世纪的到来有那么多感想，也在心中酝酿着新世纪到来之后的写作计划，可是这一切都还没有开始，你就匆匆地走了。对此，我心中始终有个问号，那就是：这怎么可能呢？在我的思想深处始终隐藏着一个信念——我相信也感到你没有走，而是在一个遥远的地方。我不是还经常给你写信吗？同时，我也感到你还在家，在我和孩子们身边，你的所有足迹都还在家，我随时都能感受到你的存在，还能随时与你说话，你真的没有走。

2009 年 12 月 31 日

二〇一〇

> "你知道,现在我多么渴望能再听到一声你对我的呼唤!"

第 246 封信

振　荣:

　　新的一年又开始了。巧得很,振荣你可能不会忘记,今天是阴历十一月十七,你的生日。元旦与你的生日赶在了一起,这恐怕很少见,更值得庆贺。只是你不在家,但我又想你可能早已来到家,等待这一佳节的到来。

　　今天孩子们都没有回来,只有我一人守着你,在你的遗像面前点燃了三炷香,摆上了水果。香火烟雾轻轻地飘散,它包含了颇多信息:有我对你的思念,有咱两人相伴几十年的追忆,有我们生育、抚养三个孩子的喜悦,也有儿孙满堂的幸福,更有我渴望你回家的感情。振荣,你能对我说几句话吗?记得在你刚走的那段时间,有一天凌晨我在似醒非醒的状态下,忽然听到你大声喊"玉洁"的熟悉声音,我立即答应,待睁开眼后,屋内空无一人,但我相信那确实是你真切的喊声。你知道,现在我多么渴望能再听到这一声熟悉的呼唤!这一呼唤是那么亲切、温暖,可自那以后,我再也没有听到过。

　　振荣,前几天,我曾告诉你罗珠结婚的事,昨天晚上他们夫妇两人又来看望我。从电话中我听出他可能又喝了不少酒,来到后果真如此,他说过年了,要来看看妈。你还记得他在咱们家吃饭时酒喝多了后,总要叫你"爸"、叫我"妈"吗?他媳妇说,昨天晚上罗珠喝了不少酒,非说要到"妈"家里看看。她对罗珠很关心,担心他酒喝多了出事,外出总要陪着他。每次见到罗珠,我都要劝他不要喝太多的酒,他媳妇也不断提醒他。昨天他表示一定听"妈"的话,听媳妇的话,可就怕酒劲下去后又忘了。

2010 年 1 月 1 日

第 247 封信

振 荣:

离上次给你写信又半个月了,在这半个月中我患了感冒,又引起气管不好,咳嗽得厉害。不得已,建新带我到附近的门诊部输了十天液,主要是消炎,现在好了,望放心。因建新工作忙,输液期间主要由其朋友小辛陪着,真使我有些过意不去。门诊部的条件很好,主任、大夫、护士都非常关心我,为此,我一再表示感谢他们的照顾。

今年的冬天与往年比有些异常,气温偏低,最低到 -13℃,而且冷的时间长,所以患病的特别多。孩子们都还好,只是我挂心三个在外地的孙子和外孙女,北京的气温曾降到 -15℃至 -16℃,天津也较济南气温低。他们没有父母在身边,但总算经住了考验。

2010 年 1 月 15 日

第 248 封信

振　荣：

你好吗？今天是清明节，是祭奠故去亲人的日子。现在提倡文明祭扫，英雄山纪念堂废止了烧香、焚纸的习俗，因此只能去看望一下。前天建新前去祭拜你，我想你已经见到他了。孩子没让我去，因此今天我在你的遗像前摆放了供品，点燃了三炷香，借此与你说说话，以慰藉我对你的思念。

振荣，我知道你一人在外十分想家，想我和孩子们，因此在清明之日，你又与我在梦中相见。我看到你的身体和从前一样，精神很好，只是梦幻如泡影，很快就消失了。每次醒后，我都会一遍遍回忆当时的情景，心中涌出一种难以抑制的思念之情。

振荣，这些时候我一直在想，你现在身处陵园那样的环境，周围阴森，屋内孤寂，没有一点生气，面对你的只有众多亡灵，我觉得实在不是久留之地。听说已故市委原秘书长王砚耕已经迁出陵园，新墓地大概是在长清。因此，我曾与建新商量，咱们也迁走吧，找一个山清水秀的地方，平平静静地将咱们的另一个家安在那里，将来咱两人一起在此欣赏山野美景，悠闲散步，读书写作，没有任何干扰，共同享受另一种幸福。振荣，这是我自己的设想，我想你一定会同意的。

振荣，时间过得太快了，我们已分别近九个年头。还记得吗？你走的那一年，牧牧和叶子刚考上高中，而现在他们都已大学毕业，走上了工作岗位。更可喜的是两人都有了朋友，开始谈恋爱了。乐乐大学五年，也将于今年毕业。振荣，如你在，那该多好！

2010 年 4 月 5 日

第 249 封信

振　荣：

又很长时间没给你写信了，请你原谅。总觉得时间过得太快，一转眼又到了一年一度的国际劳动节，不过现在这个节日也不像过去了。今天要告知你的是，借"五一"假期，我与建新、艾萍去滨州看望了振芙弟，他与弟妹都很好，只是振芙有点消瘦，明显看出衰老了，不过精神还好，望你放心。

振芙今年已是79周岁了，在任家男性几辈人中他可说是最长寿的了。过去你常说，咱家女性寿命都长，你知道吗？龙山大姐今年已95周岁了，身体还不错。她可说是个有福之人，虽说儿子和小女儿走在了她的前头，是很不幸的，但她现在很享福，有儿媳妇伺候、孙女、孙子百般孝顺、体贴，她可以舒舒服服地享受晚年，又有谁能有她这样的条件。

2010 年 5 月 5 日

第 250 封信

振　荣：

你好！很想念你。不知为什么，这些天总在脑子里反复回忆咱们在一起的日子，也时时记起儿女及孙辈小时候的情景，可是一晃已过去五六十年了。在这五六十年中，我们也真是酸、甜、苦、辣、咸都尝过了，特别像我们这代人，在年轻时经受了多少磨难，尤其是精神上的折磨。

幸好，"文革"过去后，人们开始卸掉身上的枷锁，特别是改革开放后，终于可以无忧无虑、心情舒畅地去工作、学习、生活。振荣，这个时期，也是你在文学道路上的第二个春天,其间你写出了不少歌颂祖国、歌颂党、歌颂家乡、歌颂人民的佳作、诗篇。尤其是你退休在家后,我感到生活更加美满。

　　过去我们都忙于工作,两人很少有空闲长时间聚在家中。退休后我们生活非常有规律,每天早晚两次携手散步,一起购物,间或串亲访友。早饭后是我们读书、看报以及你执笔写作的时间。我永远忘不了你的每篇文章定稿后,你念而我为你抄写的情景,我感到那是一种享受,是一种别样的幸福。因此你每次写一篇文章的时候,我都不止一次地问你写完了没有,抄不抄写,好像我从心中渴望坐在你面前,一边听你朗读,一边欣赏文中描述的美景和佳句,同时用笔将它记录下来。遗憾的是,我为你抄写的篇篇文字,家中只字都没保存,全都留在了报社或出版社。至今我仍深深怀念那些笔迹,如果能全部保留下来,我认为那也是一笔财富,因为每一篇、每一个字都浸透着我们两人的心血。

　　振荣,我之所以怀念上述所写的那一段经历,还有一个重要原因,那就是我们的儿女都已大学毕业了,有了稳定的工作,已成家立业,而且我们有了第三代。每逢儿女、孙辈都回家,尽管忙忙碌碌,但我的心情是极为愉快的,这种天伦之乐所带来的幸福感是任何语言或文字都无法描述的。只是现在,一是因为孩子们的工作都特别忙,很少聚在一起;二是孙辈们都远在他乡;三是由于你的离去,即便全家能聚在一起,过去那种天伦之乐的气氛也淡化了很多。

　　每逢这时,我总会情不自禁地想起你。过去,孩子们走后,有你在家陪着我,而今,我最怕这一时刻的到来。所以每次当他们走后,我都很自然地赶到北阳台,隔窗默默看着他们离去。当他们的背影全部消失后,我再回到房间中,这时我会加倍地感到冷清、寂寞。振荣,你能体会到我这种心情吗?

2010 年 6 月 1 日

第 251 封信

振　荣：

你好吗？很想念你。时间过得实在太快了，一转眼又两个多月没给你写信了，但由于最近我几次在梦中见到你，所以又好像我们分别了没多长时间。

振荣，你感觉到了吗？今年的夏天特别炎热，不只是济南，这次的高温是全国性的，甚至是世界性的。在酷热的同时，有些地方又遭受了特大洪灾，死伤损失很大。也可能是我老了的缘故，过去没感到夏天那么难过，可今年当热浪来临时，我真感到有些难以忍受。因此，我时时想起我们在经五路住的老房子。老房子东西两面都晒得厉害，早上起床时，阳光已照射到了屋内，下午下班回家，屋里仍是阳光灿烂，门前还有蜂窝煤炉烘烤。晚上睡觉躺在凉席上，真像是躺在热炕上。可就是那样的条件，我好像也没感到有多么难熬。幸好，有女儿在我身边照料，又在餐厅里新安装了一台空调，总算平安地度过了。

2010 年 8 月 12 日

第 252 封信

振　荣：

你记得吗？今天是阴历十月初一，是纪念故去亲人的日子。除了孩子们去看望你，我也在你的遗像前点燃了三炷香，摆上了供品，以示纪念，并在此与你说说话，因为我相信你能听到，我同样也在心灵中听到了你对我说的话。

振荣，你知道我是多么愿意听你那有声有色、句句皆能吸引人的话语吗？每逢客人来访，我总愿在一旁听你们谈话，现在回味一下，真感到那是一种享受。你侃侃而谈的身影，至今仍时时在我心中显现，可在现实中这一画面却永远消逝了。

2010年11月6日

第253封信

振　荣：

今天是咱们的大儿子建新的出生日。至此，今年咱们三个孩子的生日都过去了。他们都是冬季出生，每年的这几天，我总要一遍遍回忆与孩子们初次见面的情景。那时每次临产去医院，都是你送我，可到医院安排好后你就立刻回家，只留我一人独自在医院待产，不像现在，甚至一家人都在陪护。建新是咱们的第一个孩子，你送下我走后，我自己真有些孤独，再加上是初产，我疼痛难忍，不知所措，好在顺利将孩子生出。我第一眼见到孩子是助产士两手托着瘦小的婴儿，告诉我说是男孩子，并随即小心翼翼地称体重，孩子还不到6斤，具体多重我已记不清。孩子那么瘦小，是我这个做母亲的没有好好供给他营养，真对不起孩子。

记得生小红时，是夜间你骑自行车将我送到经一纬五路市立二院，同样送下我你就走了。因那时都是这样，从没有家属陪着待产的例子，我们也认为这是正常现象。在待产室只有我们两个孕妇，临产时子宫收缩的疼痛是难以忍受的，但我能坚持不出声，而那一位竟疼得到处走动，大声叫喊"怎么这么疼啊？"护士立即将她训斥了一顿，而且表扬了我。因我知道越在这种情况下越应该镇静、忍耐，这样能减轻疼痛。女儿出生时，不像哥哥那么瘦，她有六斤多，小脸干净圆润，非常可爱。振荣，虽然当时你不在我身边，但我已在心中默默地告诉你：我们儿女双全了。两个孩子的到来，使我们组成了一个幸福美满的家庭，真感谢孩子们。

没想到1961年冬我们又有了第二个儿子小群，他是在妇幼保健院出生的。听说现在妇女生孩子时都要吃巧克力等营养品，大概是为了给身体增加能量，生孩子时有力气。可是我生小群时，根本没有这样的条件，当时有一件事我至今记忆犹新。护士嘱咐我用点劲儿，可我那时一点力气都没有，护士问我是否饿了，还有什么吃的。我说在床头桌抽屉内还有块馒头，于是护士将那块冷馒头拿来，我在产床上勉强吃了几口，总算顺利将孩子生下。我之所以牢记这件事，并不是抱怨那时生活多么苦，而是感到我们这一代人能一步步算是平安地度过大半生，真是不容易。当然我们也得到了磨炼，经受住了各方面的考验。我们这一生，可以说是经过了风风雨雨、曲曲折折，直到晚年，才算卸下了各式各样的负担。

振荣，在我们这一生中，我感到我们两人退休以后的这段生活是最幸福的，可遗憾的是时间太短了！

2010年12月8日

二〇一一

"振荣，今年是咱们结婚五十五周年，我想你肯定也不会忘记。"

第 254 封信

振　荣：

　　首先祝你新年好！时间过得实在太快了，又一个十年结束了。记得在 2001 年来临之际，你是那么兴奋，对新世纪的到来满怀豪情，并提笔挥毫写下散文《老人当自强——新世纪到来感言》，发表在 2001 年 1 月 2 日的《老年生活报》上。那时你的身体、精神都那么好，而且每天除了读书、写作，还在忙着整理书刊、杂物，心情愉快地为搬入新家做准备。那一年，你写了 10 篇文章，分别刊登在《济南日报》《济南时报》《大众日报》《山东文学》《济南文史》等报刊上。也是在这一年，我们游览了青岛、潍坊，还有济南的红叶谷、灵岩寺。振荣，这是我们结婚四十余年来出游最多的一年，而且还曾计划到其他城市去看看。同时，你还有更多的写作计划。这一系列的设想我们从未怀疑能否实现，因为我们的精力、身体都还可以。可谁又能想到，真应了人们常说的一句话"天有不测风云，人有旦夕祸福"，你竟然在没有任何征兆，也没有丝毫心理准备的情况下，突然间离我们而去，再也没有回来。这一残酷的事实，使我终生难忘。

振荣，十年了。这十年，不论我们的家庭，还是咱们的家乡，以及整个社会，都发生了很大的变化。振荣，这十年我不间断地给你写信，虽然我知道不会接到回信，但在我心中你从没有离开，你也知道我每封信给你讲了什么。我们虽不得见面，但仍在时时心灵交流，彼此关注、关心。特别使人欣慰的是，我们还能不时在梦境中相见，尽管时间短暂，我梦醒后常更加失落，但总算又能见到你，也能暂时慰藉一下我对你的思念。

振荣，今天是新年，应该是孩子们回家团聚的日子，可今天屋内仍是冷冷清清。建新自担任市委办公厅主任以来，节假日很少能得到休息，我知道工作重要，应该支持他。小红感冒十几天一直未愈，工作不能耽误，宿舍又不暖和，真使人挂心。今天虽是新年，但恐怕她也不能回来。小群又离那么远，一年只能回家一次，最多两次，试想我今生还能见他几次面。振荣，在这种情况下，我多么需要你的陪伴，如你在，我们一起出去走走该有多好。你知道，我多么向往你在家时我们每天外出散步的日子，可自你走后，散步的心情也随你而去。

新一年的开头日，就这样冷清、平淡地过去了，幸好有老家的振英妹妹在，我们一起拉拉家常、说说话，也驱散了一些寂寞的心情。老家的弟、妹们生活都比过去好了，除了振芳小妹外，也都是年过70岁的人了，振芙弟今年整80周岁了，他成为任家男性中的最长寿者。振荣，你放心好了！

2011年1月1日

第255封信

振　荣：

你好！2011年的春节又匆匆过去了。除夕夜，我们在你的遗像前摆了供品，点了香，儿子、孙子都对你讲了话，告知你家里一切都好，我想你已经看到、听到了。特别是今年你的学生罗珠夫妇在咱们家过了年，如果你在家，那该有多热闹。春节本是合家团聚、欢欢乐乐迎新春的节日，可自你走后，每年的春节尽管有孝顺的儿孙陪伴，但我总是感到有些冷清、孤寂。咱们搬入新居后，你只在这宽敞的房子里过了一个春节，但就这仅有的你在的一个春节，却使我终生难忘。

振荣，你还记得吗？就在那年正月初一的早上，天刚蒙蒙亮你就起床了，走到北阳台发现整个院子已铺满了洁白的雪花，你兴奋地高声喊："玉洁，下雪了，快来看看！"当时我尚未起床，迎着你的声音，我赶紧起床跑向阳台，与你一起赏雪。那时，西面小山上没有任何遮挡，雪花覆盖在<u>一丛丛墨绿</u>的柏树上，一片银装素裹，好看极了。可谁能想到，你在新居只欣赏了这一次雪景。你走后的这些年，虽冬季也有雪，但一是因为没有了你的陪伴，二是因为西山大部被楼房遮挡，我再也没有欣赏雪景的兴趣了。可我们一起在你只住过一年多的新家中眺望雪景的画面，却牢牢地刻在我的脑海中，只要见到有雪花飘落，我便会情不自禁地想起与你在一起赏雪的幸福时刻。

振荣，前些天我曾在信中告知你振芙弟今年80周岁了，正月十六是他的生日，届时孩子们准备去为他祝寿。小红，小群姐弟两人已提前于正月初三去看望他，他与弟妹都很好，望放心。

2011 年 2 月 10 日

第 256 封信

振　荣：

　　昨天是正月十六，即是振芙弟的 80 岁寿辰，建新、小聚、小六、小刚，还有新林、潘林都到滨州为他祝寿，举办了一个欢乐、幸福的寿宴。振芙弟身体、精神都很好，你不必挂心。

振荣，今年的正月十五，从电视画面看，到处灯火辉煌，可是家里只有我和建新两人，显得非常冷清；再加上咱们住的环境，街上除了路灯，别的什么灯也没有，如果在市里，这天晚上路上应是很热闹的。振荣，在这样的节日里，这样的情况下，你知道我会加倍地想念你，可又有什么办法？幸好儿子建新在，能陪我说说话、看看电视。可他也不能住下，当只剩我一人时，我想你能体会到我当时的心情。

2011 年 2 月 19 日

第 257 封信

振　荣：

你好！你现在究竟在什么地方，能知道现在社会上发生了什么变化，以及咱们家里的情况吗？我一直这样想：你没有走，随时都在我的周围，你过去所关心的事情，现在也一直细心地关注着。为了与你说说话，我愿意在这里一字一句地写出来，将你一向关心的事告知你。

振荣，你非常关心诗人徐志摩遇难的有关问题，并为此亲赴现场考证。知道吗？今年（2011 年）是徐志摩遇难 80 周年，在年初召开的市政协会上，政协委员、市作协副主席王海峰提出建议，建设徐志摩文化公园。

徐志摩遇难地开山周围，现在已成为济南的大学科技园区，市内的多所大学早已迁入。2006 年，当地有关部门在山上竖立了"徐志摩纪念公园"碑，邀请国内部分著名诗人举行了纪念活动。为此，王海峰建议，建设徐志摩文化公园，可借助开山的自然人文景观进行规划，树立徐志摩先生塑像，建设徐志摩诗文作品碑廊。

振荣，王海峰的这一建议，我想你会非常赞成，如果你在，恐早就有更好的设想。你知道吗？当年你为考证徐志摩遇难地，坐市郊客车用大半天时间去的长清开山，早已旧貌换新颜，山下已是大学林立。长清县也已改划为济南的一个区，建设规模较前扩大很多，与市区之间的交通极为方便。总之各方面都发生了质的变化。振荣，每逢想起或看到咱们泉城面貌的改变，我总会情不自禁地联想到你对这些方面的关注，从而感叹你走得实在太早。现在有那么多景观你应该去欣赏，济南以及全省、全国有那么多的飞速发展你应该去赞颂，我多么渴望再为你抄写书稿，可你却急急地离开了。

2011 年 2 月 27 日

第 258 封信

振　荣：

　　自你走后，我一个人在家，孩子们总是不放心，为了能有人陪伴、照顾我，他们不知想了多少办法，找过小保姆、钟点工，请弟妹赵传荣晚上来陪伴过，也请过老家的振英妹妹冬季来陪伴过冬等，但总不是长久之计。现在外甥女小霞子来了，这样昼夜有人陪我当然是好，但我总觉得让她长期舍着家来照顾我，也不太合适。她还种着地，开春房前屋后还要种点儿菜，家务要做，丈夫和孩子也需要她。因此，我感到这也不是根本办法。

　　过去，我一人在家，除了寂寞外，身体还可以，一切家务都能自理，没什么问题，现在却感到体力不行了，再加上膝关节疼得越来越严重，我真是感到力不从心了。但是，我还能硬撑，总怕给孩子们增加过多负担。振荣，我说这些你务必不要挂心，我现在身体还行，外人见了都说我气色好，身体不错。

2011 年 3 月 2 日

第 259 封信

振　荣：

　　你好吗？很想念你。日子过得真快，3月又过去一半了，虽已过了惊蛰节气，但气温仍较低，这几天最低温降至 0～1℃，幸亏取暖期又延长了几天，不然昨天就该停暖气了。记得我们刚搬来时，已到了采暖期但尚未送暖，室内虽凉，但我们两人在一起，白天一起出去走走，平时在家说说话、看看书，我帮你抄抄文稿，一起忙忙家务，你择菜，我做饭，天再冷心中也是暖融融的，这和一个人在这种环境中的感受是绝不一样的。

　　振荣，你知道吗？现在虽然有人陪伴、照顾我，但我仍常感到冷清，很少有交流的时间，眼睛可能受白内障的影响，看书报实在太困难了，可不看点东西，我又能做什么呢？

2011 年 3 月 16 日

第 260 封信

振　荣：

　　这几天接连几次做梦见到了你，因此使我加倍地想念你。有一次我突然醒后，刹那间竟想你不是刚刚在屋内，怎么又见不到了？待静下心来一想，才知那是在梦中。振荣，你想这是一种什么感受。

　　振荣，由市委宣传部为你出版的文集已基本定稿了，前几天建新来家挑选了几幅照片，已交给出版社侯琪等人，究竟什么时间付印尚不清楚，但待你辞世十周年之日定能完成。听说文集出版后，市文联准备召开一次文集出版座谈会。振荣，过去你曾几次提到将来要出一部全集，这一愿望就要实现了,你听到这一消息后,一定会非常高兴吧。愿你毫无牵挂地好好安息,待文集印出后,我一定及时告知你。

2011年4月1日

第261封信

振　荣:

　　今天是清明节,我本想到陵园去看望你,无奈前往祭奠的人太多,拥挤不堪,汽车要停到很远处,再加上我膝关节疼得厉害,难以成行。建新告诉我,这次还是由他一人代表去探望,待你的文集出版后,又适逢你离世十周年,我们一定带着你一生笔耕的成果,前去与你一起分享获得劳动硕果的快乐。

　　一年一度的清明节,按习俗既是祭奠亲人,也是外出踏青、享受春光的时节,可今天孩子们都不能回来,只有我一人在家。因不能前往陵园,我只能在你的遗像前点上香、摆放供品,以示祭奠,并借此与你说说话,以解对你的思念之情。振荣,我们分别十个年头了,我不知道你现在在什么地方,可能去了另一片净土,也可能正在现今的世界中重新走一遍,但不管你在何方,在我心中你还在咱们的家中,我也无时无刻不在想着你,随时随地都能感受到你的存在。家中有你的各式各样的照片,有咱们两人以及咱们与儿女、孙子们在一起欢欢喜喜的彩色合照,有你精心安排和放置的一排排书橱,有你书写的文稿和印好出版的各种文本,还有你日日伏案书写的笔墨,你喜爱的但仅仅用了一年的大写字台,以及你的衣服和其他用具等。这些看起来没有生命的物品,都能映现出你活生生的影像,给人以亲切、温暖之感。我时常静静地注视着它们,同时情不自禁地想到你在家时的一切,心中充满着对失去的美好时光的渴望。我真不明白,也从没想过我们两人会那么早就永远地、让人毫无思想准备地离别了，你都没来得及交代点儿什么事，甚至没和我说一句话就走了！

2011 年 4 月 5 日

第 262 封信

振　荣：

你好吗？离上次给你写信又近两个月了，我总是感叹时光流逝得太快。月初我因心脏突然不适，又在四院住了十几天院，心脏没什么大的变化，可能是季节转换的原因，现在好了，望放心。每次在医院住院，我都受到新林和潘林的百般照料，医生和护士也都照顾得非常周到，真使人有些过意不去。现在医院设施比你住院时完善得多了，新的病房大楼早已投入使用。还有更让你高兴的事，新林和潘林都获取了研究生学历，而且都评上了高级职称，双双成了医院的骨干。

振荣，过去你曾不止一次说过，咱们任家的女性都长寿，还真是，龙山大姐今年已满 96 周岁，至今身体、精神都很好，你听后一定会非常高兴吧。阴历四月初八，我们为她过了 96 周岁生日，姐姐心态很好，对现在所处环境以及日常生活十分满足，移居济南已整五个年头，她说再也不回去了。每年过年，她都要买新衣服，去年过生日还特意让秀琴为她买了花裙子。振荣你曾说："姐姐一生中是两头享福（年轻时和晚年）。"事实真是如此。现在她有儿媳妇细心照顾，两个女儿时常来探望，孙子、孙女孝顺，任何事都不用操心。前几天她又检查了一次身体，只是支气管不太好，这和她多年咳嗽有关，如此高龄，身体这样，真是难得。孩子们都劝我，心态要向大姑姑学习，我也在尽量努力做到。

振荣，我知道自己也应该很满足了，我们的儿女和孙辈都很争气，工作、学习好，各方面都不错，并得到很多人的赞扬。姐姐也曾对我说，要多想高兴的事。她真的对现在的生活非常满足，我真应该向她学习。

2011 年 5 月 31 日

第 263 封信

振　荣：

　　又将近四个月没以这种方式与你说话了，你好吗？非常想念你。我现在视力越来越差了，报纸的小字已很难看清，但又想看，只得选认为重要的吃力地读一下。这可能主要是白内障的问题，做手术我真有些怕，都这么大年纪了，就这样维持着吧。由于眼睛的原因，所以我提笔少了，没经常给你写信，只在心中不间断地回忆我们在一起的情景，以及在梦中相见。今天夜里又见到了你，梦中好像你要出差，你找出一件穿过的毛哔叽上衣拿在手里，一边与我说话，一边整理衣服。究竟我们谈了些什么，我一点也没有记清，但你当时的形象至今记得非常清楚：没有一点衰老的迹象，气色很好。只是梦中相见时我们没说多少话。振荣，究竟你现在是什么情况，什么处境？我非常挂心。

2011 年 9 月 21 日

第 264 封信

振　荣：

　　你好！今年的国庆长假又将结束了。其实，不管放什么假，对已退休、年事已高的人来说，都没有什么两样，所不同的就是假期孩子们能回家陪伴我，这也是我所盼望的。今年小群一家，还有牧牧、叶子都没回来，与往年相比，就更冷清一些。再说，孩子们也不能天天都在这里，所以我仍感到十分寂寞、孤单。年龄大了，总是愿意和自己的亲人时时相处，你早早走了，就只有孩子们能实现我的这点愿望，但这在现实中又是不可能的事情。他们都很忙，距离又那么远，哪能天天见到？现在我真实地感到，人的一生实在太苦了，人人都要经受生老病死，试想如果夫妻两人能白头偕老，相伴终生，能减轻多少痛苦？可又有多少人能享受到这珍贵的幸福？

2011年10月6日

第265封信

振　荣：

　　我记得你过去曾说过，希望将来孩子们能为你出版一部全部作品的文集。你知道吗？你的这一心愿已成为现实，《任远文集》正式出版了。我想，你听后一定会非常高兴。文集分三卷，加了部分照片，封面设计很新颖。只是有点遗憾，已写好的出版说明没印在书内，这是出版社责编的责任。建新已与他们提出，一定要有一个补救的办法，不然会是文集的一大缺失。

　　上一周，文集提前装订了几本，建新为答谢市委宣传部、济南出版社、报社、文联等部门的关心支持，请相关同志一起吃了顿饭，并将这几本文集带去请大家看。大家一致认为，文集很大气、很厚重，并商定待出版工作结束，由文联牵头召开一次座谈会，并由报社发消息。

　　振荣，你的心愿终于实现了。我已经将三卷文集放在你的遗像前，我想你已经看到了。

2011年10月28日

第266封信

振　荣：

你还记得吗？今天是我的生日。为了身心清静，这两年我都在生日这天吃素，我感到这样比大鱼大肉、饱餐一顿好得多。去年我生日那天因不是星期日，四妹担心我一人在家孤单，便与弟妹传荣一同过来祝贺。小红提前买了蛋糕，建新也赶回来，买了些熟食等，我只吃了点素菜，大家一起陪我吃了素水饺。今年有振英妹妹和小霞子在，也同样做了点素菜，这不也很好吗？小霞子知道我过生日，昨天特意去买了排骨，但也只能以后再做了，我很感谢外甥女的这番心意。

振荣，你一定能想象到我今天的心情。中午饭后我脑子很乱，躺下后怎么也睡不着，想起你在家过生日的情景，可咱们搬入新居后，你还没过一次生日就匆匆地走了！振荣，今年是咱们结婚五十五周年，我想你肯定也不会忘记。

2011年11月1日（阴历十月初六）

第267封信

振　荣：

你好吗？仍很想念你。这两天连续降雨，天气非常阴冷，不过室内倒还暖和。尽管屋内暖洋洋的，但遇到这样阴沉的天气，我心中更觉寂寞、冷清，好像屋子里一点生气都没有，令我郁闷得很。

振荣，为了你文集的出版，前天由市文联主席邹卫平主持，在舜耕山庄召开了座谈会，听建新说参加的人员有市政府分管领导、市委宣传部常务副部长凌安中、济南时报及济南出版社负责人，还有你的朋友李永祥、荣斌、孙国璋、罗珠、朱建信、李良森等，文联的严民也参加了。他们的发言都录了音，待以后再告知你。《济南日报》为座谈会发了消息，因家中没有此报，我尚未见到。济南电视台也录了像，尚未播送。另外，在座谈会上举行了赠书仪式，向省、市图书馆各赠五套。振荣，你觉得这样安排怎么样，还满意吗？

2011 年 11 月 18 日

第 268 封信

振　荣：

今天是你离家十周年的日子，因为昨天是星期日，所以我们提前一天去陵园看望了你，恰逢你的文集出版，这次探望就更加值得纪念。振荣，我知道你昨天一定很高兴，因为又见到了那么多亲人的面。振苔弟赶来了，你的好学生、好朋友罗珠每年总忘不了这一天，还有新林、潘林以及老家的侄子、外甥们。孙子牧牧和外孙女叶子都特意从北京赶回来看望爷爷、姥爷，你看到牧牧的女朋友了吗？

现在提倡文明祭奠，所以大家都买了鲜花。在洁净、宽敞的祭奠台上，鲜花簇拥着你安居的小屋和照片，我眼望你微笑的面容，思绪万千，泪水不禁夺眶而出。我知道，此时儿子、女儿和孙辈的心情和我一样。

时间过得真快，你已走了整十年了，但你走时的情景至今仍清晰地印在我的脑海中，我不敢想但又时时映在眼前。我真弄不明白，你精神、身体一直都很好，为什么一发病就那么突然，就再也不能醒来了？我们从来都没想过两人会那么早就永别。记得你在病床上曾对我说，朋友和亲戚去看望时送的东西,要先放到冰箱里,等你出院后回家再吃,可你却再也没有回来。真是人有旦夕祸福,太让人难以承受了。

振荣,我知道你也牢记着今天这个难忘的日子,因我感觉到你回家来了,实际上你从未离开家,所以今天夜间我们又见面了。你对我说:"老太,咱包点水饺吃行吗?"我说:"怎么不行。"于是我就开始准备饺子馅儿,是菠菜、鸡蛋等馅儿,可尚未开始包我就醒了过来,醒后我一直不能入睡。振荣,我知道你很喜欢吃水饺,你在家时,经常我擀面皮你包,现在你是不是又想吃水饺了?为此,今天我与小霞子为你包了水饺,不是梦中的馅儿,而是猪肉、萝卜,煮好后摆放在你的遗像前。对不起,以后我一定牢记,每次包水饺都会与你分享。

2011 年 11 月 21 日

第 269 封信

振 荣:

你好!连续几天大雾弥漫,淅淅沥沥的小雨持续了两天,适逢昨天是二十四节气中的大雪,导致我身体很不舒服。今天老天爷总算睁了眼,室内光线也明亮了,因此我想在这里与你说说话。

振荣,自你的文集出版后,《济南日报》于 11 月 17 日"文娱"版刊登了《任远文集》出版座谈会侧记。《济南时报》又于 12 月 2 日在"人物"版刊登了关于座谈会的文章,篇幅都很长。

《济南日报》的文章标题是《济南文化忠实的守望者——〈任远文集〉出版座谈会侧记》。《济南时报》的文章标题是《用大爱,守望济南文化》,文章中有几个小标题:1. 守望济南文化——很多作品成为写济南山水的经典；2.扶持济南作家——几十年来一直尽心尽力；3.一生笔耕不辍——现实主义道路上的大爱胸怀；4.用情自有动人文，格高方成大文章。

　　振荣，这两篇文章及朋友们的发言，我想你早已经看到了，因我已将报纸放在了你的相片前。总之，在参加座谈会的专家、朋友们的眼中，你是一位忠厚长者、谦谦君子，也是一位学识渊博的济南文化"守望者"，是文风扎实的文学大家。振荣，报社这两篇文章我一定好好地保存着，与你的文集一起永久留存。

　　你还记得吗？今天也是一个令我永记的日子，是大儿子建新的出生日，已整整五十四年了，但他降生的情景我仍历历在目。咱们三个孩子都是在冬季出生，那时不像现在，生孩子一家人陪护，我记得每次都是你骑车带我到医院，送下后立刻就走。生小红时，是夜间你送我去市立二院。那一夜我觉得特别漫长，孤单一人，特别难忍受，直到凌晨分娩，尚未见到一个亲人。

2011 年 12 月 8 日

二〇一二

> "你书写的《淡淡墨香中的陪伴》,我反复阅读了不知多少遍,因在其中我会感到温暖、幸福,像又见到了你一样。"

第 270 封信

振 荣:

你好!对不起,又近半年的时间没给你写信了。这些日子,我仍然被膝关节疼痛所困扰,多种治疗办法都用过,但总不见好转,几乎很少下楼,只能在室内慢慢活动。

你还好吗?我仍时常冥想,你现在究竟在什么地方,我相信你一直没有离开家,不然我为什么还会经常在梦中见到你。前天夜间的梦境至今我仍历历在目。梦中,咱们的女儿小红要在晚上去看电影,大约12点左右才能散场,时间太晚了我们不放心,就一起到电影院门前去接她。因散场时观众要从两边的门内走出,因此我就对你说:"电影结束了,你快到那边门前去,我在这边。"当时你就迅速跑到那边,但出场的人快走完了,尚未接到小红。我刚要到你那边去看看,结果梦醒了,没有再见到你。振荣,你真的与我一起去接女儿了吗?为什么不让我再见到你?!

2012 年 5 月 22 日

第 271 封信

振　荣：

　　现在告知你一件事，妹夫陈振年已于本月 21 日去世了。一开始四妹和孩子们没有告诉我，前天建新回来才对我讲了。振年不只心脏有问题，又查出了肺癌，我想这与他过去长期吸烟有很大关系。我有些不放心四妹，前天建新陪我去看望了一下，妹妹情绪还好，这样我就放心了。

　　振荣，这几天我不断在想，人这一生真是太苦了，都要经历生老病死、生离死别。振年陪冰洁六十年，但最后还是要别离，不过在这方面，她与我和五妹相比还是有福的。振荣，我们两人只在一起生活了四十五年，使我更加惋惜的是，我们刚搬入新居一年，这里有宽敞的房间、明亮的光线，为你写作提供了美好环境，可是你却匆匆地走了。最使我难以接受的是，你走得太突然了，我们两人都没有思想准备，连一句临别的话都没能说，你还有什么事要交代，我和孩子们都不知道。这件事令我终生愧疚，我至今每想起来都感到心痛。

2012 年 5 月 28 日

第 272 封信

振　荣：

　　告诉你一件你一向极为关心的事情。今天《济南时报》在文娱版上登载了一条消息，徐志摩的孙子徐善曾偕妻子、女儿从美国来到济南探访祖父徐志摩的遇难地。6 月 4 日，由以教育促使世界更美好协会、中国诗歌协会、首都师范大学中国诗歌研究中心主办的中国济南徐志摩研讨会在舜耕山庄举行，众多专家、学者畅谈了徐志摩诗歌的艺术魅力及其对中国诗歌的深远影响。振荣，像这样的研讨会，我想如你在，是一定会参加的。你知道吗？现在徐志摩的遇难地，与你当年去寻访诗人断魂处的时候已大不一样了，此处已得到有关部门的重视。2006年，中国诗刊杂志社和济南市长清区政府在那里竖立了一块刻有"徐志摩纪念公园"的石碑；2007年，浙江省海宁市政协文史研究会和海宁市徐志摩研究会又在此立了一块刻有"志摩，家乡人民怀念你"的石碑。

　　振荣，你走后的这十年，咱们泉城济南，甚至整个国家都有了天翻地覆的变化，你笔下不断讴歌的泉城，现在变得更美了，也更现代化了。每想起这些情景我都极为伤感，因为你走得太早了，不然，我们会多次一起去观赏泉城的崭新面貌和美景，同样会多少次出现你挥笔书写和读诵，我为你抄写，幸福地在墨香中陪伴的身影。你知道，我对此情此景是多么期盼，甚至经常反复回味。你书写的《淡淡墨香中的陪伴》，我反复阅读了不知多少遍，因在其中我会感到温暖、幸福，像又见到了你一样。

2012年6月5日

第273封信

振　荣：

　　你好吗？虽然我们已近十一年不见面了，但在我心中我们从未分离过，我甚至不止一次地不现实地冥想：你是出远门了，是去采访或是参加笔会，总有一天会回来。我还在等着为你抄写稿件，等待阅读你发表在报纸上的文章。振荣，如果有那么一天，那该多好！

　　你知道吗？建新上星期六在家里午睡后，身穿过去你经常穿的那种背心，从卧室走向卫生间，我坐在餐桌前竟一时怔住了，这哪是儿子建新，从身架到走路的姿势，这简直就是你的身影活灵活现地映在眼前。振荣，你知道，这一形象已深深印在我的记忆中，这不是你从房间走出来又是谁呢？尽管一闪而过，但却在我脑海中反复出现。振荣，这也算我们又真切地见了一次，令我感到很欣慰。

2012 年 9 月 10 日

第 274 封信

振　荣：

你好吗？离上次给你写信又已经两个多月，时间过得实在太快了。由于我现在的视力更差了，所以没有经常在这里和你说话，望你能原谅。

今天是阴历十月初一，我曾嘱咐建新去看望你，不知他去了没有。我总觉得如果你邻居的家属都去探视，而你见不到自己的家人，会更加寂寞。好在离你去世的日子很近了，到时我们一定去看望你。不过，我因膝关节病疼得厉害，很难行动，可能去不了。我会在你的遗像前点香祭拜，按佛法说，香烟袅袅升起，就是彼此之间在沟通信息。振荣，因为我们两人的心是相通的，所以不论以任何形式，我们之间的信息都是通达的，不然我们怎么能时时互相牵挂，又怎么能经常在梦中相见呢？

2012 年 11 月 14 日

第 275 封信

振　荣：

你好！记得吗？今天是我的生日。每年到这一天，我都会想起 2001 年 11 月 20 日是我的生日，可仅隔一天，21 日你就匆匆地走了。从那一年起，我不愿再提过生日的事，这一天成为令我非常伤心的日子。

　　振荣，我们两人来到这个世界上已是八十四年了，再有一个多月，就到了你84周岁的诞辰日。时光实在流逝得太快了，人的思想转换都跟不上它的速度。有时我甚至想，是不是我记错了出生年月？儿时的记忆还历历在目，怎么会一转眼就走过了八十多年，已是高寿了。振荣，在进入晚年的日子里，我多么祈盼你能陪伴在我的身边，可现在只剩我一人独行。幸好孩子们都很孝顺、体贴，使我深深感受到亲情的安抚和温暖。

2012 年 11 月 19 日（阴历十月初六）

第 276 封信

振　荣：

　　今天是你离开我们整整十一年的日子，也是我永生都不会忘记的日子。今天我没去陵园看望你，只有儿子建新代表全家去探视。因陵园不让焚香烧纸，孩子仅为你打扫了"房间"，与你说了说话，通报了咱们家里的情况。我想你都看见了，也听到了。我能想象到，你同样会很高兴的。

　　振荣，我和孩子们都非常想念你，我知道你也一直想念、牵挂我们。为了寄托我的思念之情，在你的遗像前点了香，摆放了供品。注视着缕缕香烟慢慢升起，我即意识到信息已与你沟通，我深信你已经感受到这一切的存在，甚至会看到、听到我以这样的方式在与你说话。

　　振荣，你走了整整十一年了，我虽不知道你现在的情况，但我深信，因为你一生善良，所以离世后一定会安居在一个很好的地方，也就是佛法中讲的"净土"。我相信世间的因果关系，善有善报。我时常想，我们两人能成为夫妻，是我一生中最欣慰、最幸福的事，不仅你是一个诚挚、和善、品德优良的人，而且就连你的全家（当然也是我的家），从父母到兄弟姐妹，也都那么善良、谦恭。因此，我对待他们就像对待我的父母和亲兄弟姐妹一样，从没有二心，他们对我也同样如此，处处关心备至。所以，我深感此生能嫁到这样一个家庭是我的福气。

振荣，现在弟弟、妹妹们都很好，你不用挂心。振芙今年都81周岁了，身体还不错，只是比前瘦了，但精神还好。我知道，你最牵挂他，望不要挂念。其他几个弟、妹生活都比以前好多了，身体也健康，望放心。

2012年11月21日

第277封信

振　荣：

你好！仍时时想念你，现在天气越来越寒冷了，不论你在何处，都要注意保暖，没有家人的照料，自己一定要更加小心。按佛法讲，因为你一生善良，所以应该已去了某一片净土，那样你会时时看到我和孩子们。你在那里没有任何人间的干扰，可以静心学习，甚至继续写作。如果你已经"转世"，振荣，不管你到哪里，我总觉得我们一定会在适当的环境、适当的条件下再见面的，我期待着有这样的一天。

振荣，你是否已关注到，我们山东省有了一位诺贝尔文学奖获得者，是高密籍的作家莫言，这也是咱们国家首位享受到这一殊荣的作家。不知过去你读没读过他的作品，他获奖后，其作品在书店几乎空了架。

2012年12月1日

第278封信

振 荣：

　　你还记得吗？每年冬季，从10月到12月都有咱们的孩子的生日，10月31日是小红的生日，小群的生日在11月4日，今天12月8日，是建新的生日。我知道，你不太记这些日子，可我永不会忘。因为做母亲的是经过十月怀胎，及至分娩时又倍受煎熬后，才能将小生命送到人间；也只有母亲才能亲眼看到、亲身感受到长时间孕育的宝宝是如何从母体中顺利降生的。同时，母亲也是家人中第一个听到孩子欢喜的哭声，第一个幸福地欣赏到孕育了十个月的新生婴儿的模样的人。

　　振荣，你知道，当咱们的三个孩子出生的那一刻，用哭声向父母报到的那一刻，当时还躺在产床上的我是多么幸福、多么欣慰。我知道，你作为父亲的感受同样如此，因为这是我们两人爱情的结晶。至今毫无遗憾的是，我们的儿女都很优秀、很孝顺，工作出色，成绩显著，这是令我们欣慰的，也可以说值得我们骄傲的。

　　我的性格从小到大都比较内向，也很脆弱，振荣，这一切你是了解的。你在家时我处处依靠你，以你为精神支柱；你走了，就将我赖以支撑的支柱也带走了。我当时真像掉进了深渊，这样的心情根本无法用语言、文字去形容。幸好有咱们的儿女陪伴在我身边，是他们的关心、照顾、呵护，使我逐步迈过了生离死别这道难以忍受的坎。振荣，现在孩子们都很好，也都已迈入了五十几岁的年龄段，小红后年就要退休了，建新也只有五年的时间就要退休了，真是岁月不饶人。

2012年12月8日

二〇一三

> "我总觉得,只要有你在,生活就有朝气、有情趣。"

第 279 封信

振　荣:

你好吗?我已将近一年的时间没以这样的形式与你说话了,请你原谅。我知道你一直在家,家里的情况你都完全了解,所以你经常让我在梦中见到你。我虽然这大半年经常头晕,但总体上身体还好,望你不要牵挂我。我有孩子们照顾,小霞也天天照料我,只是你一人在外,也不知现在是什么情况,我非常思念你,也很挂心。

振荣,你看到了吗?11 月 10 日那天是咱们家大喜的日子,咱们的孙子牧牧结婚了,孙媳是个很好的孩子。婚礼办得很简朴,也很隆重,得到了大家的好评。主要是牧牧、建新和女方的母亲在婚礼上讲了讲,讲话都很有水平,我很兴奋。尤其听儿子和孙子的讲话时,我竟流下了激动的泪水。

2013 年 11 月 12 日

第 280 封信

振　荣：

　　今天是个我永远牢记的日子，你离家整整十二年了。这十多年，不论是社会还是咱们家都发生了很大的变化，儿女都步入了 50 多岁的年龄，特别是孙辈，除牧牧已结婚外，叶子和乐乐也都找到了自己的伴侣。咱们一家五口的这个小家庭，不出两年，就会变成几个小家组成的大家庭，只是遗憾地失去了你这位主要家长。

　　我不止一次地思索，现在不少人都八十多岁了还很健康，包括你的几个好友都已九十岁有余，你为什么走得那么早，又那么匆忙？咱们家如你健在，那该是一个多么幸福、多么祥和，又多么美满的家庭。我总觉得，只要有你在，生活就有朝气、有情趣，而如今是如何的寂静、冷清。多年来我一直怀着这样一种心情，甚至觉得生活毫无意义，只有日复一日地等待周末孩子们回家，以解心中的孤寂。

2013 年 11 月 21 日

二〇一四

"多么渴望你能健在，陪我至今。"

第 281 封信

振　荣：

你好吗？又那么长的时间没给你写信了，请原谅。时光流逝得如此迅速，今年我们两人都已 86 岁了，想想真有些怕人。我常思索一件事，如夫妻两个八十多岁了还都健在，那该有多么幸福，即便其中一人不能自理，需要对方照料，那也是幸福的生活。因为几十年的日夜陪伴已深深扎根在心，永不会磨灭。振荣你相信我说的话吗？我多么渴望你能健在，陪我至今。

还告知你一件事，我前几天去市立二院做了白内障手术，现在视力恢复得很好，能视野清晰地看书、写字了，如能再为你抄写稿件那该多好！可今生永远没机会了！

2014 年 3 月

附 录 | 难忘的记忆

无尽的思念，辛酸的追忆

2001年11月21日，这一天在日历上并没有特殊的标志，却永远深深铭刻在了我的记忆里。在我心中，这一日天空异常低垂、阴森，寒气逼人。就在这个天昏地暗的傍晚，在空气凝固得使人窒息的时刻，我相依相伴近半个世纪的丈夫振荣，突然永远离开了我和三个儿女，以及他倍加疼爱的孙儿们。这猝然而至的灾难，犹如一座摩天大楼瞬间倒塌，一棵参天大树被狂风折断。面对这残酷的现实，我惊恐、战栗、无助。虽然这时刚进入初冬，我却感到彻骨的寒冷、揪心的疼痛。

他离开后，人生无常的悲凉时时吞噬着我的灵魂，使我在难以抑制的悲痛中度过失去亲人的日子。我不停地追问，人生为什么这样无常？一个如此旺盛的生命，为何竟会瞬间消失得无影无踪？我常目不转睛地望着相框中那熟悉的聚精会神伏案书写的身影，心中不停地呼喊：振荣，你为什么这么匆忙地离去，不打一声招呼，没有一句留言？你不记得吗？你阅读的书籍、杂志，才刚刚翻开扉页；未写就的文章和审阅的文稿，还铺展在写字台上；着手编写的一部散文集书稿，正在等待排版、印刷；你酝酿已久的下一步写作计划还没最后拟定；你还有那么多美好的愿望尚未实现。你怎么能留下这诸多牵挂就急匆匆走了？让我和孩子们怎么承受？我有时竟埋怨你狠心不辞而别，甚至怨你对我食言。你曾说我很少有机会外出，趁身体还好，等春暖花开时，你陪我到各地走走看看。可你为什么失约，独自提前走了？

我也知道不应埋怨你，我们相伴几十年，我深深地了解你是不想走的啊！你绝不会忍心撇下我和你疼爱的孩子们，也不愿离开你时常牵挂的同胞弟妹，不愿离开你相交、相知的众多朋友，更不愿离开你酷爱的这片家乡的热土，特别是不愿终止你一生为之奋斗的文学事业。仅是你突然发病时喊出的"憋死了，快救救我"，就真切地道出了你对生命是多么珍惜，对生活、亲人是多么留恋。那时你使劲拽着我的胳臂，那难以割舍的眼神至今清晰地映在我的眼前，不断刺疼着我的心。当时，我心中颤抖得不知如何应对，只有眼含泪水轻声安慰你说："不要着急，大夫正在救治。"可我怎么也不会想到，这句话竟成为我们朝夕相依的大半生中，最后一次短暂的语言交流。当我听到大夫做完心电图说"心梗"二字时，我愕然失色，心慌战栗，头晕目眩，手足无措，随即被护士拽出你的病房，然后打针、吸氧，并安置心脏监护器。可我的心仍不停地震颤，只能在医生、护士的"看管"下，急切地等待着你病情好转，甚至竟一遍遍地默默祈祷，乞求上苍保你平安。我自信，经过抢救，你一定会转危为安。

当我在人们的搀扶下又回到你身旁时，你刚才还在有力工作的心脏已经停止了跳动。我再次失控，心如刀绞，好像失去了意识，脑子里几乎一片空白，只重复着一句话："我不相信，这不可能！"我一遍遍地乞求你能睁开眼看看我，和我说句话，可尽管我拼命地呼喊，你却没有一声回应。我泪眼模糊地望着你，你平静地微闭双眼，面容是那样的舒展、平和，一扫平日的劳累、疲倦。我轻轻偎依、抚摸你的脸颊，是那般柔软、润泽，而且还暖暖的，透着体温。眼前的情景酷似你在《忆母亲》一文中所述，你像慈母那样，劳累了大半生，只有在这时，才得以安心休息，而且有着从没有过的从容、安详。我多么渴望这样永远地陪伴你,可我知道你太累了,我不忍心过久地打搅你,只得强忍悲痛,违心地缓缓离开。

我至今不愿相信你是真的走了。在你离去的日子里,我不停地思索,你是不是暂时出差、采访,或是又参加什么笔会了。我总想你还会回来,甚至幻想你突然开门回家的情景。因为你过去精神一直很好,精力充沛,虽患有冠心病,但坚持服药,从没发生过多大的问题。你尽管这次因急性阑尾炎动手术,但身体恢复得很快,一切正常,即使在临走前的几个小时,也没有丝毫发病的征兆。早上,你喝了我特地为你熬制的浓浓的小米汤,你说"真香";随后,你平静地与前来为你的刀口换药的医生攀谈、聊天。上午,几位朋友来探望,你又兴致勃勃地侃侃而谈,并高兴地告知他们你快出院了;送走朋友后,你安排了向作家书库捐赠书籍的事宜,还细心嘱咐晚上的陪护让谁接班。中午,你见我吃面条是那样眼热,说:"这么香,给我吃一口吧!"我说:"现在你只能吃流质饭,我不敢给你吃。"你随即开玩笑:"你真狠。"我怕你太累,服侍你睡下,我听到你均匀的鼾声,这清楚地告诉我一切正常。下午,你喝了点牛奶后,让我读《济南时报》副刊的连载文章,可谁能想到,第二篇尚未读完,你竟突然发病,瞬间就长眠不起了。这怎么可能呢?这沉重的打击使我陷入痛苦的自责和悔恨之中:你喜爱的文章,我为什么不加速读完?那透着香气还在杯中微热的米汤,又为什么不让你喝尽?尤其是你中午想吃面条的恳切目光反复在我脑海中映现,我为什么只听医生的话不让你吃几口呢?你可是六天没有饱饱地吃顿饭了,就这样饿着肚子走了。痛苦的悔恨时时折磨着我,撕咬着我的心灵,成为我的终生遗憾,我永远也不能原谅自己啊!

那是你走后的第七天,我和孩子们以及你的好朋友建信去看望你。望着那苍松翠柏环绕、庄严肃穆的陵园,我心中阵阵胆战。我脚步沉重地缓缓走进"房间",泪眼紧盯着你长眠的、簇拥着各色绢花的"小木屋",

耳畔似听到你曾讲过的一位妇人思念丈夫的哭诉："宁肯隔千山万水，也不愿隔一层无情木。"直到现在，我才真正体会到这句话的真切含意，也亲身感受到那种撕心裂肺的疼痛。这一层薄薄的"无情木"，尽管深深刺疼着人的心灵，却永远隔不开亲人之间那份纯真的真挚情感。为寄托哀思，我捧上一束鲜花代亲人陪伴在你身旁，愿芬芳的花香能冲淡你一人在此的孤独和寂寞。怀着难以割舍的情感走出陵园，我在心中默默祝福你，一定静心休息，不要牵挂。

振荣，你的确太累了。自你走后，在我苦苦的思念和追忆中，总是你匆匆的脚步和忙碌的身影，很少有从容休息的情景。你大半生的时光，除了紧张、繁忙的工作，主要精力都投入书刊和文章中，特别是业余时间，几乎全用于读书、写作。你离休前发表的全部作品，都是工作之余的成果，离休后更是笔耕不辍。过去我们一直住在狭窄、阴暗的居室里，没有专供你写作的地方，你只能在拥挤的卧室内学习、创作。你不仅白天忙碌，还常常在夜晚加班。不论是深更半夜，还是黎明时分，当我睡眼微睁，经常看到的是，你在床头或是披衣端坐，埋头书写；或是斜倚靠背，静心阅读。你怕影响我休息，总是用纸遮挡住台灯射向我的光亮。你不少作品的草稿就是这样完成的。直到 2000 年深秋，我们终于搬入了新居，有了宽敞的书房和实用的写字台，你兴奋异常。从此，你留在书房的时间更长了，晚上你总是最后一个入睡，早上多是天尚未放亮，书房的台灯又早已打开。

岁月不饶人，你已进入古稀之年，到了颐养天年的时刻。你一生不抽烟、不喝酒，麻将桌前更看不到你的身影，离休后仍在文字中奔忙，而且每天的工作量已到了超负荷的程度。你每天除了自己读书、写作外，还经常受有关部门之托，参与一些书稿的编写、审校，更要每月完成市委宣传部交办的《当代小说》和《中学时代》两份刊物的审读工作。为严格把关，你总是一篇篇地读，一页页地看，就连文章中的错别字和标点符号，你都从不放过。另外，还要不时为同事、朋友及业余作者的著作写序，哪怕从不认识，只要经人介绍找上门来，你也从不推辞，就连找你阅读提意见的习作，你也欣然接受。有时，我看你实在太累了，劝你有的可以婉言谢绝，但你总是说那样不好，仍是来者不拒。最使我不能忘却的是，你这次住院前，连续几天发高烧，医生让住院治疗，你却牵挂着正在审阅的一部丛书的书稿，坚持在家打吊针。这时你已连续几天很少进食，身体十分虚弱，可在打针间隙，你仍拖着病体伏案看稿，直至全部审核完毕，你再也支撑不住，不得不住进了医院。可谁能想到，你这一走就再也没有回来，更没来得及看到你亲自审阅的这最后一部书的问世。

你离休在家也如此紧张、忙碌，在外还有多项社会职务以及不少社会活动。你确实是一个闲不惯的人，每次出差，提包内总少不了书籍和记事本，你习惯利用会议空隙和早晚休息时间，尽量饱览异域风光和当地风土人情，所见所闻都一一记录，每次都是满载而归，这些成为你创作的丰富素材。记得时间不足一个月的新疆之行，你就一连写出八篇散文。

你对工作、事业是如此认真、执着，可对自己的身体却不放在心上。有病总拖延不就医，为不超支药费，你常买些价廉的一般药品代替。对日常生活你更无甚奢求，一日三餐，喜欢粗茶淡饭；穿衣更不讲究，五六十年代的蓝涤卡中山装和洗得发白的旧风衣，你直到走前仍经常穿在身上；破损的汗衫、袜子，你都让我缝补了再穿，有些已缝过多遍不易再缝，我劝你别要了，你总是说简单"网拉网拉"能穿就行，甚至说我不知节约。你没有一套像样的服装，劝你买件好点的西服，你却说："有衣服穿就行，那么讲究干什么？"1996年2月14日，你应市电视台之邀，去录制一个"漫谈拜年"的专题节目，要求穿好点儿的衣服，可你没有，临时买不到合身的，现做又来不及，幸有商场的一位朋友帮忙借用一套。过后，你才总算做了身像样点儿的西装，这成为你外出参加活动的唯一一套"礼服"。另外，你在日常生活用品上也是节省了又节省，孩子们常开玩笑说你"抠门儿"。

振荣，你是真的"抠门儿"吗？不，按你自己的话说，那也只是对自己。我知道，你对遇到困难的亲朋好友却做到了慷慨解囊，尽力帮助。得知远方的朋友有困难，你立即寄钱；老家亲戚有病，你又拿钱送去；侄子和侄女盖房、买房，你都一一接济；侄女上大学，你又主动分担学费。特别是对一位写作有成绩而工作无着落，又孤身一人的业余作者，你十分挂心。为帮他找到工作，你多次向有关部门呼吁，并在参加省人民代表大会时提出建议。你惦记着他的生活，在我们迁往新居前的除夕，你拿上几样做好的过年酒菜，冒着严寒，骑自行车去北郊的他家探望。你一个古稀老人，心脏又不好，腿脚也不灵便，我十分担心。你回来后，如释重负地说"幸亏去看看"，并一再感叹他的家境，同时也为不能帮他解决工作问题而心不安。

你对亲朋好友是如此的热情、诚恳、倾心帮助，而对自己却是那样苛刻、节俭，即使遇到困难，也从不肯接受任何资助。1990年，你准备出版第一部散文集时，经济上有些拮据，有人劝说让你想办法搞点儿赞助，但你始终不肯。之后，有朋友送来1000元赞助费，你考虑再三，将钱原数退回，你认为只有这样才能心安理得。鉴于你的所作所为，有人说你有些跟不上时代，甚至认为你生活得太死板、单调、枯燥。但你一向认为，每个人都有不同的追求，兴趣各异，你始终感到自己生活得非常充实、有滋味。

你一生爱祖国，爱自然，爱故乡的山山水水，而且对生活、人生充满执着、真诚的爱。你的生活不是单调、乏味的，而是多彩多姿的。你不但从读书、写作中享受到精神的满足和快乐，而且有充满情趣的业余生活。闲暇时，你喜欢儿孙绕膝，无拘无束地与大家攀谈、聊天，还常不厌其烦地一遍遍畅谈孩子们童年的趣事，并为此感到无比幸福与满足。在节假日，你常极有兴致地为他们张罗饭菜，全家团聚，享受天伦之乐。你喜欢广交朋友，不仅有经常倾心交谈的文友，也有工人、农民，甚至街头地摊的小贩：卖豆浆的小伙，卖馒头的姑娘，卖豆腐、粽子的大嫂，以及路边的修鞋匠。这不但给你的生活增加了色彩，同时也充实了你的写作内容。还有，我们两人相伴携手散步，也成为每天必不可少的一课，我们在悠闲漫步、轻声交谈中享受幸福与快乐。你酷爱家乡的山山水水，更关心泉城面貌的点滴变化。不论是哪里新辟一块绿地、新建一处广场，还是哪里又多了一栋楼房、新开一家商店，你都兴奋异常，总要邀我一起前往亲眼看看。你对故乡的大好河山有着一种特殊的偏爱，你不但被它们吸引前往观赏，而且总要用手中的笔去热情地描绘与歌颂。

可是，在生活的另一面，你又是一生坎坷，长期在不公平的境况中度过。济南刚解放，你就如鱼得水，积极投入到火热的革命熔炉中，自觉接受锻炼和考验，从没有停步。由于你的不懈努力，早在1956年党支部大会就通过你的申请，同意接收你为中国共产党预备党员。但是，命运多舛，一项莫须有的罪名将你的政治生命扼杀了。自此，政治运动不断，你也一次次经受着冲击。尤其在十年浩劫中你备受折磨，被批斗、抄家，十七年间书写的日记也成为"反党罪证"，经断章取义，横加批判，最后被迫以火焚之。至今我还清楚地记得那焚烧日记的凄惨情景，更牢记你在《日记杂忆》一文中所述："这是一个新中国的青年，在紧张的工作、学习之余的几千个夜晚，怀着一颗赤诚的心，在灯下记录的他的所作、所闻、所感，以及美好的憧憬和要求进步的心声。"因为这一本本珍贵资料，是你十七年来用心血和汗水一篇篇铸成的，所以你痛心地诉说："那燃烧的火焰，似毒蛇之舌舔着我的心，那厚厚的难以烧透的日记，冒着缕缕的青烟，像对它们的主人流露着难舍难离的情感。"振荣，你历经磨难，但从没有消沉、悲观，而是更加刻苦、勤奋，默默耕耘，不图回报，一心奉献。不论是"文革"期间下乡"插队落户"的三年，还是几十年的机关工作，在每个岗位上，你都有显著业绩，在新闻和文化建设事业中做出了贡献。历经几十个春秋的磨炼和考验，你终于乘着党的十一届三中全会的东风，迎来了你政治生命的第二个春天，时隔二十五年，终于实现了你一生的夙愿。

回忆往昔，一幕幕呈现在我眼前。振荣，我们两人相濡以沫，休戚与共，并肩携手度过了生命中最宝贵的四十五年。在这既漫长又短暂的征途中，既有通畅平坦的宽阔大路，也有荆棘丛生的崎岖小径。但不管是顺境还是逆境，我们始终都相依相伴，互相搀扶着前行，从没有后退。特别是你在风雨中坚强跋涉的每一步脚印，都深深铭刻在我的记忆中，给予我无穷的力量。过去，我们把主要精力用于工作。晚年，我们都从工作岗位上退下来，朝夕相处，形影不离，幸福地享受着"淡淡墨香中的陪伴"，相依为命，欢度晚年。我幼年失去生母，是你给了我真挚的爱。我又生性懦弱，你成为我生命中的精神支柱和生活中的靠山。我们两人都患有冠心病，但你总认为自己体质好，不予重视，而对我却是百般呵护、照顾。为减轻我的劳累，离休后，你主动承担起了日常用品的外出采购工作和部分家务；每次我心脏不适，你都及时为我送水、取药、接通氧气；夜晚我失眠烦躁，总能听到你轻声叮嘱："别着急，吃半片安定吧！"更使我终生难忘的是，1999年3月18日，我半夜突然发病，胸闷心慌，眩晕呕吐不止，你几次为我服药、输氧无效后，又求助120急救。当时正下着蒙蒙细雨，深更半夜，你没有呼叫孩子们，也没有惊动邻居，只请宿舍的传达帮忙，与你一起抬担架将我送上救护车。我见你吃力地手托担架，顿时心疼得比病痛还要难受百倍。在医院里，你跑前跑后，挂号、取药，细心地守护我半夜。我凝望你困乏、疲惫的样子，实在抑制不住心酸的泪水。你直到走前躺在病床上，还和儿子谈起十分牵挂我的身体。可我怎么也不会想到，你竟先我而去，将我赖以支撑的精神支柱折断了，我曾拥有的美好生活消失了。但我深知，你给予我的爱是永恒的。振荣，你为我付出的实在太多，而我作为妻子没有很好地尽到责任，对你关心太少。你这次住院，我想一定要好好照顾你，细心服侍你，可你连这一机会都没有给我，只在病床上躺了六天，就永远地走了。这是多么残酷的现实，我欠你的情，今生今世再也无法弥补了，只留下我痛苦地内疚和无休止地追悔。

　　我知道，你常感到遗憾的是没能进高等学府，你常自感读书少、学识浅、贡献小，可你已竭尽全力，将一生的心血都倾注在新闻和文化建设事业上，并取得了一定成果。你得到了社会认可，获得了"山东省从艺五十年老艺术家"荣誉证书。同时，你也赢得了晚辈的敬仰和朋友的爱戴、信任。你走后，他们频频撰文表达对你的怀念，赞誉你的人品、文品。你一生虽未给儿孙创下什么产业，但你具有的正直、善良、严于律己、勤奋好学、勇于奉献等优良品德和朴实无华的作风，就是最宝贵的财富，还有什么能比这些更有价值、更珍贵呢？这些都将永远激励孩子们不断前进。还有，你珍藏的全部书刊和多部著作，更是取之不尽的精神食粮。你的儿女，在你的榜样力量的感召下，个个好学上进，工作都有显著成绩；孙辈们全都升入重点高中，学习成绩优良。特别是你的长孙任牧，已在你走过的文学道路上起步，你一生挚爱的文学事业，咱们家将后继有人，这是你多年来渴望实现的心愿。振荣，这一切都是你一生勤恳耕耘、不断付出所获得的回报，你可以毫无牵挂地安息了。

　　随着初冬的来临，又到了日历上那个令人倍感心痛的日子。振荣，你已经离开我们一年了。一年的时间是短暂的，但对我来说却是刻骨铭心、漫长难熬的。在我心中，你从没有离开过，在仅住了一年余的新居中，处处都留有你的身影和足迹。你珍藏的全部书刊、著作和大量文稿，随处可见那熟悉的笔迹，我眼前也时时浮现你读草稿、我为你抄写的情景，甚至从每张、每页中，都似能窥见你印下的指纹，听到你掀动书页的窸窣声音；你的衣物、用具，也件件仍留有你的体温和气息；凝望你精力充沛、面带笑容地讲话的遗像,冥冥之中,又似乎听到你慷慨激昂、富有感染力的话语和爽朗的笑声。我常想,日夜企盼的奇迹是否真能出现?但理智又残酷地告诉我,这不会成为现实。

振荣,你突然离去,对我确实是一次致命的打击,我身心遭受了难以忍受的痛楚。但我想到你对我和孩子们的牵挂,为让你安心休息,也为不再给孩子们增加思想负担,一年来,我努力抑制思恋的泪水,尽量排解心灵的孤寂。可以告慰你的是,在儿女的精心照料和亲朋好友的关怀、帮助下,我逐渐走出了悲痛的阴影,开始适应这残酷的现实。我终于能以平静的心态,将多次提笔都难以写成的这篇文字画上句号。这是我们两人离别后的一次心灵的对话,愿以此作为你辞世一周年的纪念。在你的遗物中,我发现大量已发表的作品的底稿和一些资料、笔录应系统整理;也有不少已基本写好但未发表的文章草稿,需进一步整理、誊写。通过翻阅这些资料,我找到了新的生活内容和精神寄托。我一定细心整理和保管好这些浸透你心血和汗水的文字,以了却我的心愿。

还应告慰你的是,你生前最后一部散文集,荣获山东省第一届"齐鲁文学奖"和济南市"精品工程奖"等三项奖项;你走前尚未寄出的两篇作品,已分别在报纸和刊物上发表;你计划编印的又一部散文集,现已整理好部分书稿,待全部编好并刊印后,定早日呈献于你。

振荣,此刻你在哪里?上述这一切,望能慰藉你在天之灵。我和孩子们祈盼你,永远安息!

2002 年 12 月 20 日

久违的呼唤

接近中午,电话铃声骤响,我迅即拿起听筒,竟意外地听到一声"玉洁"的呼唤。"玉洁",这是多么亲切又熟悉的呼唤啊!可是这声音已从我耳边消失近九百个日夜,所以乍从电话中传来,立时有一股暖流涌遍我全身,我两眼竟不禁溢满了泪水。待通话结束,缓缓将电话挂断后,我心中仍久久不能平静,情不自禁地想起了诸多欣慰又酸楚的回忆。

"玉洁"是父亲为我起的名字,这已是几十年以前的事了。当时,我和比我小一岁多的妹妹都到了该入学的年龄,应有个学名了。记得父亲郑重地对我们说,人的一生贵在人品高洁,故有"冰清玉洁"之说,你们两人就一个叫"冰洁",一个叫"玉洁"吧!我因酷爱那纯洁无瑕的美玉,所以便抢先说:"我叫玉洁吧!"至今,这个名字已伴随我走过了半个多世纪。按一般的习俗,在学校或工作单位的互相称谓中,除直接称呼姓名外,多是只在姓前加一"小"或"老"字的习惯叫法,真正直接亲切叫我"玉洁"的没有多少人。

最早亲昵地叫我"玉洁"的当然是我的父亲,我是多么爱听父亲那一声声"玉洁"的呼唤呀,因这里面渗透着浓厚的骨肉之情。在漫长的岁月中,每当想到玉洁这个名字时,我就仿佛又看到了父亲当时为我们姐妹两人起名的情景。我深知，父亲之所以钟情于"冰清玉洁"，是希望女儿一生为人处世像冰那样清，像玉那样洁。父亲终生同样以名句作为座右铭，他诚挚、纯朴、正直、善良，工作勤勤恳恳、任劳任怨、一丝不苟，得到领导的信任与重视。他对同事和朋友热情、诚恳，对子女既疼爱又严厉，总是教育子女既要努力工作、学习，又要正直做人。我时刻铭记父亲的教诲，牢记父亲为我起名的用意与期望，一生以人品高尚作为我处事做人的标尺。

我终生铭记直接呼我"玉洁"的人，还有陪伴我近半个世纪的丈夫振荣。在日常生活中，他一声声"玉洁"的呼唤使我感到温馨、幸福。在逆境中，他的一声"玉洁"，不仅能使我得到安抚，更能给予我信心和力量；特别是每当我心脏不适发病时，首先听到的，是他关切的"玉洁、玉洁"的轻声呼唤，这声音中蕴含着亲人的疼爱与呵护，能令我得到安慰，让我情绪稳定，甚至可缓解我的病痛。我深知，这是夫妻间一种心灵的沟通、情感的交融。它已深深地镶嵌在我的脑海中。尽管振荣已永远离世，但我仍经常在冥冥之中听到他那熟悉的"玉洁"的呼唤。可能是思念至深的缘故，在振荣走后近半年的一天凌晨，我在似醒非醒之中，突然清晰地听到振荣一声响亮的"玉洁"的呼唤，我立即不假思索地应了一声，急忙睁眼寻找，可室内空无一人，我这才清醒地意识到振荣早已不在了。此时，我极端失望而且后悔，竟想如不立刻醒来，定能再次听到那熟悉的声音。我不停地苦想、思索那声"玉洁"为什么那么真切，是不是振荣因走得急，还有什么事要向我交代，或是有什么牵挂与嘱托？这些至今无从知晓，只是又令我增添了一份思念。

今天电话中的那声"玉洁"，是振荣生前的一位挚友喊的，他是一位知识渊博、著述颇丰的知名教授。过去他与振荣交往密切，感情笃深，自振荣走后，他在深深怀念老友的同时，一直牵挂、关怀着我与孩子们，不仅打来电话询问，而且不顾年迈体弱，不止一次与老伴儿前来探望。他还送来动听的歌曲磁带和VCD光盘，嘱咐我常在优美的乐曲中舒缓心情。一句句关切的开导和细心的叮嘱，像涓涓清流汇入心田，使我极为感动。我知道，他们对我的关怀，也是对昔日好友振荣的深切怀念与诚挚感情的表达，这是多么崇高与珍贵的友谊啊！

  追忆一段段往事，点点滴滴又重现眼前，由此我感悟到，一声"玉洁"，虽只是一句简单的称谓，却有丰富的内涵，不仅包含难以割舍的浓浓亲情，也充满真挚、纯洁的友情。它既犹如一剂良药，能医治身心的创伤，也像严冬过后的习习春风，使人感到温暖与舒适，更可贵的是，它是一种激励与鞭策。

2004年4月

记忆中的母亲

每当有人唱《世上只有妈妈好》这首歌，总会在我心中激起些悲凉的寒意。母爱是伟大的，但对我来说，这份珍贵的慈母之爱却是那么陌生，又那样遥远，因为我的母亲在我刚满9岁时就永远离开了人世，那年她只有31岁。

在我的记忆中，母亲是一位忠厚、善良、纯朴、慈祥的传统女性。她有高挑的个子，瘦削的脸庞，身体较为虚弱。听父亲说，在我出生之前，母亲曾患过一场大病，家乡人称之为"水肿"，已到病入膏肓的程度，后来终于将病治好。依我童年的记忆，不记得她还生过什么病，只是经常见到桌子上放有扁平的"自来血"药瓶。

母亲短暂的一生，以单薄的身躯哺育了我们姐妹三人。那时父亲在博山县立考院小学任教，每周只能回家一次。因此，自我有记忆起，就是幼小的三个女儿昼夜偎依在母亲身边。虽然很多情景在稚嫩的我的脑海中没留下多少印象，但有一幅画面却深深铭刻在我的记忆中，那就是每到夜晚，母亲搂着小妹竖躺在三面带有"裙板"的大床上，我与二妹紧挨着母亲并排横卧在床头，手抚摸着母亲的胳臂，静听着母亲温柔的话语或讲的故事，只有这样，才能安心地、甜甜地进入梦乡。现在想来，这是一幅多么和谐、温馨、幸福，洋溢着母女深情的画面呀！

1937年冬，日寇侵华的铁蹄踏进了山东，家乡沦陷，我们全家逃到西山里避难。当时正值严冬，天寒地冻，伯父、伯母带着我们一起迎着呼啸的、刺骨的北风，在崎岖的小路上蹒跚前行。年仅4岁的小妹，连冻带吓，哭闹了一路，不论怎么哄都止不住她的哭喊。伯母不安地说，小妹这么大的孩子了，"红哭白牙不吉利"（当地的一句谚语）。母亲体质原本就虚弱，更难抵御严寒的侵袭，再加上担惊受怕，自此竟一病不起。

当时逃难去的地方叫"黄石坞"，是个群山环绕的小村庄。我们全家被安排在一座曾养过羊的房子里，有一股杂草和羊粪的怪味，屋中间有一道用高粱秸扎成的隔墙，住我们和伯父两家人。母亲这时已开始发高烧，躺在简陋的床上不停地呻吟，屋内阴暗、潮湿、寒气逼人，母亲的病迅速加重。在这深山僻壤，又逢兵荒马乱，无处求医问药，父亲焦急万分。看着极度虚弱又遭病痛折磨的母亲以及父亲那局促不安的眼神，我幼小的心灵被深深刺痛了，我不明白为什么不快想办法给母亲治病。情急之中，只有9岁的我竟想到乞求上苍保佑母亲平安。在一个漆黑的夜晚，我独自默默地跑到院子里，跪在地上，对着天空连连磕头，一遍遍地小声祈祷："老天爷，快救救我的娘吧！可怜我们姐妹三人，我最大只有9岁，二妹7岁，小妹才4岁，不能没有娘啊，千万不能让她走啊！"此情此景距今已有六十余年，但那个在夜深人静的偏僻院落中独自跪倒为母亲祈祷的身影，至今仍时时在我脑海中显现。虽然母亲的生命不会因此被挽救，但这是一个幼小的孩子因怕失去母亲所表现出的纯真感情。

我们在黄石坞没住几天，忽有消息说鬼子已离该村不远，这里已不是安全地带，必须迅速转移。可这时母亲的病情已十分危急。父亲一方面安排我们随伯父、伯母转入他乡；另一方面向当地老乡借用一块铺板，找人帮忙，一起将母亲送回家乡。

我们姐妹三人尽管随伯父、伯母在一个叫"吴家宅"的村庄安定下来，但难以抑制思念母亲的心情。父亲陪母亲回家后也一直没有音讯。不久后，一天上午家乡终于来人了，带来的却是母亲病逝的噩耗。当时伯母没有告知我们详情，只是安排我和二妹跟随来人返回家乡。

阔别多日的故乡村庄，已失去了往日的容颜，空旷的村街显得寂静、荒凉，望不见一个行人。熟悉的庭院更是空寂得怕人，各个房间的门和窗都紧闭着，院子中间停放一口涂着紫红油漆的棺材（这是借用一位本家爷爷的备用品），只有父亲、大舅父和一位表叔三人守候在旁。啊，这是我们日夜想念的母亲吗？我和妹妹急急奔向棺木旁，待父亲轻轻掀开盖在母亲脸上的面纱时，我们父女三人同时失声痛哭。母亲经过多日病痛的折磨，已耗尽了全身气力，面色蜡黄，两颊凹陷，更加干涩、清瘦了。

因时局太乱，日寇随时都有袭击的可能，因此没来得及在家族墓地为母亲建造坟墓，只好临时在村外一土堰下挖个墓穴（当地俗称"土打墓"），将母亲安葬于此。

母亲走了，留下经自己的乳汁哺育却尚未成年的三个幼女永远地走了！我们姐妹三人再也寻找不到赖以依偎的慈母的怀抱，永远失去了生母的疼爱和呵护。自此，养育、照料女儿的重任落在了父亲一人的肩上，幸有伯母协助，我们才得以艰难度日。但幼年丧母给我们的心灵带来的严重创伤难以愈合，思母之痛时时缠绕在我的心头。后来有了继母，她减轻了父亲的负担。在继母的照料下，我们逐步摆脱了失去生母的孤独，得以顺利成长。

因时局始终动荡不安，母亲的坟墓一直没有动迁。又因父亲经朋友介绍来济南工作，1946年后，我们全家也相继迁入济南，故母亲的遗骨始终没有被妥善安置，这成为父亲极为牵挂的一件心事。1995年与1997年，父亲与继母相继去世。遵照父亲生前的嘱托,两个弟弟于1997年9月回原籍,将母亲的遗骨火化后护送来济,与父亲和继母合葬在一起,从而实现了父亲的遗愿,也了却了女儿长期萦绕在心中的对母亲的牵挂。分离了半个多世纪的父母终于得以团聚和安息了!

2004 年 5 月

赏雪随想

2004年12月24日,晚间气象预报称,第二天有大到暴雪。次日天刚微明,我急忙拉开窗帘,啊,果然是大雪纷飞!窗对面的房顶已全部被雪覆盖。我迅即起床,奔向北阳台窗前,看到宽敞的院内,地面、房屋、树木全都披上了银装,而且漫天飞雪仍在不停地翩翩起舞,使人为之一振,毕竟多年未见如此大的降雪了。据报载,这是济南四十三年来同期最大的一场雪,达到暴雪程度。面对这罕见的雪景,待瞬间惊喜后,我心中突然涌起一股冷冷的隐痛,思绪情不自禁地回到三年前那个赏雪的场景。

那是2001年的春节,也是我与老伴儿搬入新居后的第一个春节,除夕夜降下了瑞雪。老伴儿振荣素有早起的习惯,这日天刚放亮,就听到他兴奋地高声招呼道:"玉洁,下雪了,快起来看看!"从他说话的声调中,我分辨出他是那样的愉悦和惊喜。我随即应声起床,与振荣一起观赏那新春的雪景。

我们旧居的院子十分狭小,周围楼房林立,拥挤不堪;新居不但拥有一个宽阔敞亮的院落,而且院墙外是连绵的群山,视野广阔。此时,我站在北阳台窗前,近观庭院地面似铺就了厚厚的银色地毯,远望西边群山,被团团雪花装扮得绚丽多姿。一丛丛青松,像梨花满枝,似棉桃乍放,整个山峦银装素裹，是那般纯净、素雅、美妙、动人。振荣按捺不住激动的心情，顿生感慨："已有若干年见不到这样美的雪景了。瑞雪兆丰年，想必今年又是一个丰收年。"是啊，那几年降雪偏少，除夕飘雪更是罕见，我们搬入新居的第一个春节就迎来春雪，似天公也在为我们的乔迁表示祝贺。在这样吉祥的时刻，面对清新怡人的美妙雪景，我与振荣相依在窗前，尽情享受大自然带给我们的幸福与快乐。

这赏雪的一幕虽已过去三个年头，但它却牢牢地印在我的脑海中，因为这是我与振荣相依相伴几十年中一起度过的最后一个春节，也是我们搬入新居后的唯一一个春节。

振荣是个热爱生活、酷爱大自然的人，他对自然界中的一草一木都倍加珍惜，对山川美景更是情有独钟。他不仅经常寻机遍访故乡和祖国的大好河山，而且不懈地写出一篇篇美文、诗篇，去热情描绘、歌颂，尽情抒发对家乡、对祖国的热爱。特别是他对泉城环境面貌的变化总是那样有激情，使人不得不被他的热情所感染。记得2000年深秋，我们刚搬入新居不久，即遇上阴雨连绵。一日午后雨停，太阳迫不及待地从云缝中露出笑脸，雨后的阳光显得格外清新、明亮。院西边的群山，经过几日雨水的浸润，在崭新阳光的沐浴下，显得更加青翠、洁净、鲜活、亮丽，还有一座座别致、整齐的红顶小楼衬托在山腰。绿树、红瓦、山峦、建筑经过金色阳光的映照，更是光彩熠熠。

多年久居在阴暗的居室和狭小的庭院，如今面对这优美的环境和久未谋面的雨后景色，振荣竟兴奋得如孩子般拉着从老家来的87岁高龄的大姐，连声说："太美了，快过来看看！快过来看看！"大姐一时不知所措地连声问："看啥，看啥？"随说随跟家人一起来到窗前。振荣手指西边的景色说："你们看，这多么像一幅精心构思的美妙画卷！"他的兴奋、喜悦，立时传递给在场的每一个人，大家一起争睹这雨后的盛景。如今，此情此景仍似在眼前。尽管时光以惊人的速度流逝，但人们对往事的记忆却是永恒的。

　　转瞬间已进入 2004 年的岁末，使人意想不到的是，今年的降雪恰似三年前那个难忘的场景，同样在夜间降下了瑞雪。我深深地感叹，大自然中的现象有时竟如此相似，会重复和再现，使人的思绪不得不重回到往日的岁月。此时，我迎着春雪不加思索地又迈步走向三年前与振荣一起赏雪的北阳台，但所不同的，这次是我一人独处窗前，默默凝视漫天飞舞的雪花，任凭脑海中刻印的种种往事一件件显现。我在窗前伫立了许久，许久。

2005 年 1 月

故乡的庭院

我出生在一个书香门第。曾祖父系清朝甲子科举人，祖父和父亲都从事教育事业。由于曾祖父为官（清朝直隶候补道顺德府知府），所以在原籍博山县（现淄博市博山区）赵庄建有一处较好的宅院。曾祖父去世后，祖父兄弟三人分家，我家分得一处三进院子的房舍。

这一房舍的院落宽敞、整齐，房顶是一色的灰瓦，庭院的地面皆用方砖铺设。前院较小，只有三间东屋和两间门房。院落虽小，但幽静、别致。西墙边有一花池，栽有一丛丛蔷薇和迎春花；东屋窗下是一片翠竹。从小院通往第二进院子有屏门相隔，屏门与东屋相对。此门既似屏风，也像一门楼，上有木结构的顶棚，东、西、南、北相通，是夏季全家乘凉的好场所。跨进屏门，进入宽敞的中院。北面是三间主房，名为厅房。房内有东西两间卧室。东间是祖母（祖父早逝）的卧室，祖母去世后，由伯父、伯母居住。西间是一较宽敞的耳房，为父母的卧室，我和两个妹妹都出生在这间房内。厅房有高翘的脊，两边脊檐有飞禽走兽。屋内地面以方砖铺设，砖下建有地炉通道，以备冬季取暖。屋外有长长的前厦，地面铺设有光滑、平整的大青石，这也是我和弟、妹童年拍球、拾子、弹杏核等的喜爱之处。厅房门前有左右两个花池，栽有百日红等花卉。与屏门相对的三间西屋，是通往后院的过道屋,也是厨房和放杂物的地方。整个中院的地面全用大方砖铺设,院内有水井一眼。后院仅有三间北屋,原是伯父、伯母的卧室,后成为储藏室。

我的童年和少年就是在这样一处宅院中度过的。现在虽然与之距离半个多世纪,但是每逢想到故乡,我脑海中呈现的仍是那熟悉的庭院,以及一年四季各具特色的景象。

一

春天来临,首先报春的是前院那一片淡黄色的迎春花。这花虽然算不上美丽,但它那么淡雅、娴淑,而且尽职尽责,每年都默默地准时为人们送来春的信息。继而竞相开放的是那布满西墙的红艳艳的蔷薇花,它的花朵虽小,却能散发出沁人心脾的芳香。还有东屋窗下的那一片翠竹,当听到春的召唤后,一个个白嫩的竹笋像小精灵般争相探头,相继破土而出,显得那么神奇、动人,枝条上也缓缓抽出淡绿色的新叶。这一派生机勃勃的景象,将整个小院装扮得更加清新怡人。

进屏门入中院,首先映入眼帘的是厅房前两个花池内那几株百日红,它们已是绿叶葱葱,并孕育出满枝花蕾。同时,冬季放置在园子花窖中的各种盆花也都移至院中,骤然间整个庭院充满了生机与活力。

更使人难以忘怀的,是庭院北邻的园子,春风吹过,更是满园新绿,生机盎然。香椿、枣树、核桃树、榆树、葡萄等树株经过严冬的历练,随着春风的送暖,都先后披上了新装。特别是那满树俊俏的海棠花,惹得辛勤的蜜蜂飞舞着穿梭其中。不过我常常怜悯这棵海棠树,粗粗的树干,不知道她的树龄有多大,但有一侧已经出现空壳,可仍年年按时开花,为人们奉献出又脆又甜的海棠果。可喜的是那丛丛芍药,已花蕾满枝。我们喜欢剪几支插在花瓶内,待花苞相继开放时,整个房间就会弥漫淡淡的幽香。

二

夏季虽然赤日炎炎，但在我的记忆中，在家乡度夏，似没感到酷暑难耐。那时没有电扇，更不知空调为何物，但家中的屏门下是极好的避暑之处。因屏门的顶端是木结构，上有灰瓦覆盖，下面四通八达，过堂风习习吹来，十分凉爽。这时，我们姐弟几个都放暑假了，可在这里尽情玩耍嬉戏。同时，屏门内放一小桌，在此读书、写字、做作业。伯母和母亲则一边乘凉，一边穿针引线，制作夏衣或粘鞋面、纳鞋底。那时，家中从不买鞋，全家人一年所需鞋子的鞋底都要在夏季准备好。待我年龄稍大时，也学会了搓麻线、纳鞋底。每当看到一串串搓好的麻线和一双双纳好的鞋底，我心中会生出一种成就感，会享受到一种劳动后的满足和喜悦。

我特别向往故乡夏日的傍晚，当夕阳的余晖散尽，全家人坐在庭院中的小桌旁用晚餐。每当这时，我总会欣赏到园子里那棵高大挺拔、几人合抱的大榆树上一群乌鸦的聚会。它们每天都不约而同地准时从各处飞来，整个树冠黑压压的一片，它们个个飞舞、鸣叫，十分热闹，似在争先议论一天的见闻，或是交流觅食的经验。每至夜幕即将降临，乌鸦们便各奔东西。这群乌鸦似在为我家的晚餐时间演奏一首美妙的乐章。可我始终弄不懂，这是一种什么现象，它们从什么地方来，那么纪律严明，准时赴约，是否有首领指挥，聚会的内容又是什么。这成为我永远无法解开的谜团，但这一美景我至今难忘。

故乡夏日的庭院也是美的。厅房前两侧花池内的百日红盛开得红红火火，美得艳丽多姿。树周围还点缀着江西腊、茉莉、喇叭花、指甲桃等各色花卉和茂密的青青小草，上下呼应，红绿相间，十分协调、美观。更有那花盆内的柳叶桃，细长的绿叶衬托着红色的花朵，显得那么秀气、净雅，给人以安详、舒适之感。我最爱欣赏的是那两大缸水浮莲，大而圆的绿叶漂浮在水面，托起一朵朵娇媚的、亭亭玉立的白莲花，显得那么高贵、素雅而纯洁，不时有游鱼穿梭其中，引得水波荡漾，绿叶摇曳，莲花随之翩翩起舞。我伏在缸边凝神观望，恰似欣赏一幅美妙的图画。

三

待炎热逐渐散尽，秋天的信使又悄然赶来。秋季天高气爽，风景宜人。每到这时，我总能想起故乡园子里那果实累累的景象。高高的枣树上，绿叶之间点缀着红红的圆玲枣，有些枝条已被枣儿压弯。清晨进入园内，常会拾到落在地上带着露珠的红枣，捡一个放在嘴里，脆生生的，清凉甘甜。最令人开心的是收获大枣的时刻，孩子们都派上了用场，有的爬到树上采摘，有的抱着树干摇晃，或拿一根长长的竹竿抽打。霎时间，枣儿像冰雹般纷纷落下，砸在头上隐隐作痛，大家不得不两手捂着头顶，欢呼着四处躲避，十分开心。

核桃也到了成熟期，可收获核桃就不那么有情趣了。因采摘后要一个个将核桃外围厚厚的青皮剥掉，所以手指经常被染黑而难以洗掉，令我十分烦心。可那白白的核桃仁却是人人喜爱又颇具营养的佳品，特别是刚刚采摘后剥出的鲜嫩核桃仁更加可口，将嫩皮剥掉，略加调料，便是餐桌上的一道美味佳肴。

故乡园子里还有两棵木瓜树，树株不高，但细细的枝条上却能结出硕大的木瓜，十分惹人喜爱。木瓜既可以作观赏物，又是上好的果品。记得每季木瓜采摘后，家中都会挑选几枚大的放在盘子里，置于搁几上，它能长时间存放，颜色由青变成微黄，散发出甜甜的清香，弥漫整个房间。其余的木瓜切成薄片，放在瓶子里用白糖腌制。这样做出的木瓜又酸又甜，十分爽口。我每忆起此情此景，似又能闻到木瓜的幽香，尝到那酸甜可口的木瓜片，舌下竟会不自觉地溢出口水。

我至今仍然念念不忘的是庭院内那金、银色的两盆桂花，像雪花般小巧玲珑的花瓣，竟能散发出那么浓郁、醉人的奇香。每当桂花盛开的季节，每次我放学回家，刚迈进大门，不等与花谋面，一阵阵花香就会扑面而来，沁人心脾。我喜欢静静地伫立在花旁，凝神观赏，不觉陷入深思。我感叹，造物主才智高超，也惊叹大自然那不可触摸的神奇力量。眼前的两株同是桂花，却被赋予不同的色彩，一株金碧辉煌，洋洋洒洒；一株洁白如雪，优雅纯净。它们各具特色，竞相绽放。同时，它们不但倾其所能，为人们提供芳香，供人欣赏，其花瓣还是一道美味佳品。记得每到桂花花谢期，我们都在桂花花盆周围铺上干净的白纸，将飘落的花瓣收集在盖碗内，撒上白糖腌制成桂花酱，用以制作糖包等各种甜食，别有一番风味。不知何故，我对桂花有一种特殊的偏爱。但遗憾的是，离家几十年，我没再寻觅到那使我十分眷恋的桂花。

四

送走了气候宜人、收获丰硕的秋季，便迎来严寒的冬天。每到入冬时节，繁花似锦的庭院和园子都冷清了许多。院内的盆花全部移入园内花窖，其余花草也开始枯萎，只有前院那片竹子还保持着绿色，但也失去了往日的光泽。在我的印象中，故乡的寒冬似格外冰冷，冬雪融化后，屋檐下悬挂着长长的冰凌。不过，这又给冷清的院子增添了一些情趣，弟弟妹妹们经常用竹竿将冰凌敲下，捧在手里打闹玩耍。那冰凌洁净、透明，含在嘴里清凉爽口。还有屋檐上那一群鸽子，不知是由于冬季难以去远方觅食，还是因为贪恋冬日的阳光，它们时常聚集在屋顶上，或凝神沉思，或低飞盘旋，或做游戏般不停地转动着咕咕鸣叫，十分悦耳，似在给寂静的庭院演奏一曲美妙的乐章。我酷爱下雪后园子里的雪景，树木枝条上挂着厚厚的积雪，整个地面银色一片。抱住树干轻轻地摇晃，积雪纷纷落下，一时间雪雾弥漫，与银色的大地遥相呼应，恰似仙境，十分壮观。

虽然故乡的冬天严寒无比，但房间内温暖如春。冬季取暖，我们屋内不生炉子，更没有先进的暖气片，而是采用故乡特有的地炉。炉子建在低于屋内地面的外墙上，周围挖一米多深的方坑，周边砌上砖，以备在此向炉内加煤。生火后，烟和热气从墙内烟道进屋，通过屋内地面下砌成的一排排通道，烘热地面砖。这样屋内地面恰似热炕，不论外面多严寒，哪怕手脚冻得麻木，只要进屋站一会儿，双脚就会被烘热，周身温暖舒适。更值得称道的是，屋内方桌前砖下留有一空，内置瓷水罐，罐沿略高于地面，盖一木盖，这样，罐内的水会一天到晚保持温热，早晚随时取水洗漱，极为方便。暖暖的地面也成为孩子们的游戏区，有时晚上在桌下或床边铺上席子，坐或者躺在上面玩耍，十分惬意。我想，寒冬季节的地炉给人们带来的诸多情趣，也许是故乡独有的一道风景吧。

2005 年 11 月

下放农村散记

　　1970年初,在"文革"进程中,一场干部下放运动陆续在各地出现。遵照"农村是一个广阔的天地,在那里是可以大有作为的"的最高指示,并结合备战疏散人口,机关干部要分批下乡插队。济南市市级党政机关和事业单位率先动员,号召广大干部响应号召,下乡插队干革命。我和市人委机关的部分同志,作为"高举毛泽东思想伟大红旗"的干部,被批准首批下放。值得庆幸的是,我的丈夫任振荣因响应号召,在下乡的荣誉证书中,也成了"高举毛泽东思想伟大红旗"的战士。这样,我们夫妻二人得以一起带两个孩子(当时小儿子由在黄河农场工作的叔叔带走)下乡插队。

　　当时的干部下放,不是"镀金",也不同于平时的干部下乡劳动锻炼,口号是"下乡插队落户干革命"。领导的决心是很大的,所以强调全户动员,全家下放,要转户口。虽然暂时保留工资和粮食计划,但当时市领导已经强调,下乡要多带几条口袋,准备不久后参加生产队的劳动分配。这就意味着我们将失去干部身份,成为普通的农民群众。这在当时的中国社会无疑是一种不轻的惩罚。

　　其实,何用多久,当时一沾上下放农村这个边,在有的人眼里就早已被视为是有这样或那样问题的人。更不巧的是,当时的干部下放是与城市中的"地、富、反、坏、右"及其家属遣返农村同时进行的。所以，当振荣去派出所转户口时，那户籍管理员连问也没问，就在转移户口的原因那一栏中写上了"遣返"二字。"遣返"，这是当时敌我性质的专门用语，振荣当然不干，连说："哎！我们是'高举红旗'下放，怎么写遣返？"对方当即很不以为然地说："改一下就是了。"便将"遣返"改为"下放"。但当振荣出门时，却隐约听到他说："还不都是一样下乡？"那潜台词就是，没有问题也不会下乡。

我们下放的地点是山东省平阴县孔集公社，在那里一待就是整整三个年头。虽然这件事距今已三十余年，但回首往事，仍历历在目。尽管下乡仅短短三年，但这毕竟是在那个特殊的年代中，我们夫妻两人的一段不寻常的经历，也是我们在几十年的共同生活中，经受考验最大、感受最深、值得书写的一页。因此，振荣生前曾有一愿望，拟将这段不寻常的经历构思成一部长篇，而且已开始动笔。不幸的是，他突然辞世。如何实现振荣的遗愿，成为长期困扰我的一件心事。我不止一次地注视着振荣草拟的几页稿纸，冥思苦想，考虑再三。尽管我无能、无才接过振荣的笔，去填补那段历史的空白，但我愿尽我所能，将下乡三年来尚有记忆的所见、所闻、所想、所感、所做，如实记录下来。这虽难以完全实现振荣的夙愿，但我愿以此作为全家下乡三年的一种纪念。

别离故居

在城市生活了二十多年，骤然要远离熟悉的环境和亲朋好友，我心中不免有些惆怅和留恋，但当憧憬那可以令我经受锻炼的广阔天地和即将开始的新生活时，又会萌生些许喜悦。此时此刻，我心中究竟是喜是忧，难以弄清，搬家前的忙乱很快将这些复杂的心情淹没。因这次下乡毕竟不是短期临时下放劳动，而是要全家到一百多里外的异乡安家落户，所以搬离旧居和安置新居的准备迅速提上日程，诸如衣服、生活用具要整理，被褥、家具以及大量书刊要捆绑，户口、粮油关系要动迁，计划内的粮、油、煤炭要购买，等等。经过几天的忙碌，离济的时刻匆匆到来。

1970年4月初的一天（具体日期记不清了），是我们离开济南下放平阴的日子。春雨贵如油，这天早晨竟下起了小雨。春雨的突然到来，使人情不自禁地想到了"人不留人天留人"这句俗语，我心想，难道上苍要开恩挽留我们？但当时我们实在无法领情，因锅碗瓢盆、衣服、被褥等用品都已捆好"待命"，如走不了，全家喝水、吃饭都成问题，尤其是几麻袋煤炭还置于院中，望着霏霏春雨，全家人焦急万分。幸好，早饭后雨停了，我们随即装车出发。

坐在装满行李的卡车上缓缓离开故居，我思绪万千。我永远难忘上车前的一幕幕场景。居住过十多年的房间，霎时变得空荡、孤寂，似在对主人诉说离别的苦衷。我无法从送别的亲朋好友的眼神中，读懂他们究竟怀有怎样复杂的感情。我们刚满12岁的大儿子建新，抹着眼泪依偎在多年看护他的娘娘（保姆）身旁，两人含泪话别，难舍难分。我虽听不清两人在说什么，但能真切感悟到他们"娘俩儿"此刻心中的深厚情感。我们与保姆大嫂相处十几年，情同家人，彼此感情笃深，她是我们全家生活的支柱，此时此刻，我无法用语言表达对她的感激之情，只能挥泪告别。

在行进的汽车上，我眼望那熟悉的街道和似曾相识的行人，脑海中竟显现出一幕感人的场景。那是1964年，正值大批知识青年"上山下乡"的高潮，当时，市里决定从机关抽调一批干部带队。我作为知青带队干部，带领济南第一中学十几位同学，坐车奔赴济南北郊药山公社。我望着那一排排挂着大红花的车队和车上一张张洋溢着青春朝气的笑脸，以及炸响的串串鞭炮和敲锣打鼓欢送的人群，是那样激动、自豪。而眼前全家乘坐的这辆同样是去"上山下乡"的汽车，却如此形单影只，孤独地默默前行。

当汽车即将离开市区，我们本想松驰松驰，再多吸几口市内的空气，可很快，我们乘坐的车同前面遣返"四类分子"的车赶在了一块儿，车上为主者胸前挂有"××分子"的大纸牌子。虽说为区别对待，干部下放的车前挂有大红花，可汽车走街串巷，大红花早已被风吹掉。同行的汽车同样是全家搬迁，是干部下放，还是"四类分子"遣返，又怎能让人分得清？身处此情此景，一种说不清的凄凉、复杂的感情油然而生。

初来乍到

汽车沿着济南到菏泽、梁山的公路行驶，途经历城、长清两县，来到了平阴县西部半山半滩的孔集公社大站西大队。快到村口时，在七零八落的一堆大人和孩子中，响起了欢迎的锣鼓声，这实在让我们全家有些受宠若惊，当看到社员们那纯朴、真挚、热情的眼神时，一股暖流立刻涌遍我的全身。

记得在下乡之前，据前往农村为下放干部做安置工作的同志讲，下乡后每户都是独门独院，三间大北屋，条件很好。对常年在城市聚居大杂院和狭小居室的人来说，这样的条件确实有些诱人，孩子们也都高兴地憧憬这未来的新家。可是，当我们下车，随着欢迎的人群来到一条南北向小街的尽头，走进一个像闲园子一样的住处时，却有些傻眼了。

这是一户为生活所迫闯关东的人家，在零乱、荒凉的院中有三间北屋和一处小饭棚。院子没有院墙，西面是略高于院子的荒坡地，尚有几个坟头，东边紧靠街，仅有碎石垒砌的半人高的矮墙，小街对面即是农田。院落没有大门，只有用棘针条扎制的简陋栅栏，可以随便出入。眼前的一切，使人难以相信这就是我们将久居的新家，心中似有被蒙骗的感觉。在路途迢迢、举目无亲之地，在这样的环境中安家，对住惯了城市宿舍的我们一家来讲，不仅生疏，而且夜晚时真有些毛骨悚然。待进到屋里，孩子们更有些望而生畏了，因为屋内尚停有一口大木头棺材，孩子们何曾见过这东西，竟立时吓得哭哭啼啼。试想，院旁有坟头就够受的了，竟然还要吃、住在准备装死人的棺材旁。虽说下放干部是"接受贫下中农再教育"，下乡不能挑三拣四讲条件，但这种情况也太让人难以接受了。当时振荣说，就算他可以壮壮胆勉强住下，可一向胆小的我和幼小的孩子们怎么受得了？队干部提出找点东西挡挡棺材，公社的干部看我们全家为难，终于下决心说："将棺材抬出去吧。"这样，我们才总算住了进去。

生活关

环境的改变不免带来不少意想不到的困难，首先是日常生活习惯必须随之改变。当时这一带农村还没有通电，晚上照明只好点油灯。当时的房子大都是干石垒砌，虽也将屋里内墙用黄泥薄薄地泥了一层，但天长日久，不少地方的墙皮已经脱落，北风从墙缝中吹进，油灯忽闪，摇曳不定，甚至有时被吹灭。孩子们在当地上学，晚上要上自习，没有电灯，只好用小瓶子为他们每人做一个小油灯。记得一天晚上，振荣约我去看看孩子们上自习的情况。因学校建在两个村子之间，我们沿着黢黑的田间小路磕磕绊绊走向学校，远望教室却看不到一点光亮，待走近从窗外往里窥探时，真有些愕然。只见黑漆漆的教室内，排排课桌上摆着一盏盏昏暗的小油灯，点点灯光闪烁，时明时暗，这哪里像学生学习的课堂？这灯光酷似夜晚幽静的寺庙内佛像前点燃的香火，也仿佛夜空中的繁星，可远没有星星那么明亮。看着孩子们在如此黯淡的油灯下学习，却还那么专注、认真，真使人感慨万千。不仅如此，教室内的设施也十分简陋。特别是刚下乡头一年孩子们在大站西村就读的学校，教室里不仅光线昏暗、四处透风，而且是土地面，尤其是一、二年级，课桌由垫起的石板代替，低矮的石板面凹凸不平。难怪小儿子第一次到校时，刚迈进教室，一看此景，撒腿就往回跑，经再三劝说才勉强回去。看着孩子们在这与城市截然不同的艰苦条件下很快适应并安心、愉快地学习，我既感到欣慰，又有些心疼。

下乡首先遇到的最大困难是做饭问题。在城市我们习惯了以煤球为燃料的小锅小灶，下乡后，灶上是六印大铁锅，用风箱拉火做饭。不仅拉风箱是我平生首次操作，而且点火打炉底更是难上加难，不是点不着火，就是火刚点着风箱一拉就吹灭，经常弄得不能按时吃饭，我心急如火，狼狈不堪。但熟能生巧，后来就连11岁的女儿也能顺利地帮我做饭了。

打炉底必须先用柴草点燃，柴草起初由生产队供，但总要自己筹划。怎么办？只有发挥孩子们的作用。三个孩子利用放学后的时间和星期天，爬山坡、过地堰，割青草和捡拾落叶，背回家摊在院内晾晒，晒干后垛成草垛备用。

农村的冬季，较城市更加寒冷。冬季取暖所需的煤炭，当时没有营业网点，必须自己到离住地几十里外的肥城县石横煤矿去运。这一重任自然由家中的唯一劳动力振荣承担。每到临近冬季，振荣即带上十几岁的儿子，与另一位下放干部一起，凌晨两三点即拉着地排车出发。当时尚没有宽阔、平坦的公路，只有一条窄窄的沙石路，不免要经过沟崖、山坡。路途长，去时还算轻松，返回时就极为困难了。振荣以长期在机关缺乏劳动锻炼的身躯，勉强拉着几百斤重的煤炭，一路歇歇停停，直到夜幕降临，才将煤炭拉回家。有一次同去运煤的青年下放干部小唐感慨地说："真累坏了，在路上休息时，躺在地上再也不愿起来。"小青年都如此，何况已四十多岁的振荣，看到他筋疲力尽的样子，我实在于心不忍，可又有什么办法？

当时中国大地的农村十分贫困，特别是平阴县大半面积是半山半滩，天旱时山地歉收，天涝时滩地被淹。下乡后，我看到当地农民都以地瓜为主食，就连老人、小孩，甚至产后坐月子的女子也大都如此。难怪有些妇女抱怨说："有孩子吃奶，还是天天吃芋头面（当地称地瓜为芋头），喝芋头面。"下乡插队的干部尽管仍吃统销粮，粮食计划中尚有一定比例的白面，但为缩小与农民的差距，不搞特殊，所以在购粮时都要买些地瓜面和高粱面，与白面掺在一起蒸干粮。平时吃饭，多是简单地吃点青菜。记得我们下乡不长时间即到了端午节，怎么过节？不仅没给孩子们买粽子（也没地方去买），而且连肉也没买一点。能炒点青菜、下碗懒锅面条过节，就已经比社员的生活好多了。好在孩子们都很懂事，吃饭从不挑剔，就是拌点儿芹菜，蒸碗面糊（用葱和咸香椿芽加点面拌在一起蒸），他们都会吃得津津有味。

为便于管理，我们下乡的第二年，下乡干部适当进行了集中，我们一家移居到公社驻地孔集村，条件虽较之前好了点，但该村由于靠近黄河，大多地势低洼，遇大雨时常被淹，故农民大都移至山上建房。我们的住房也被安排在山上，这又给我们出行带来了不少困难。日常生活用水必须到山下井里去挑，将一担水压在肩上爬山会十分吃力，这一任务多由振荣承担。间或由我去挑，但中途总要歇一两次才能将水挑回。可真是世上无难事，随后竟连12岁的女儿也能挑水上山了。另外，购物、购粮同样要下山，该村没有粮店，要骑自行车到四五里外的王镐店粮所购买。我每次将粮食买回后，都要费力地将车子推上山。尤其是冬季，大雪纷飞，山路本就崎岖不平，再加上厚厚的积雪，更给下山购物、挑水的人造成极大困难，大家不得不将自行车轮子绑上草绳，在坑洼湿滑的雪地上颤颤巍巍地小心前行。记得有一次我们带孩子下山，振荣一不小心竟从高坡上顺着冰冻的雪地像滑冰一样呼喊着摔下，我正担心他摔伤，可此景竟惹得小儿子捧腹大笑。

劳动关

　　随着时间的推移，我们已逐步适应农村的生活习惯、生活环境，但干部下乡插队同知青下乡一样，最重要的是通过劳动这一关。可二十余年的机关生活，令我们的身体可谓手不能提、肩不能担，说手无缚鸡之力有点夸张，但我们两人都是一天到晚坐在办公桌前，与笔墨、纸张打交道，实在很难适应艰苦的劳动生活。

　　记得下乡不久，就遇上麦收，当时可没有什么康拜因收割机，全是靠人面朝黄土背朝天，一镰一镰地割。开头还凑合，不久便手抓不住多少麦秆，更拉不动镰，因缺少一股巧劲，我们不是割不下，就是连根拔起。即使这样，不出半天，手上仍磨起了血泡，而且腿疼、腰疼，身体酸软麻木。直腰站一会儿，就再也不想弯腰；中间休息时，在割倒的麦子上坐或躺一会儿，便再也不想起来。

　　过去虽然在机关也支援过麦收，但那多是象征性的，干上半天或一天就结束，就那半天或一天还要掐头去尾，干不了多少活，就是累点，一咬牙也就过去了。可是，这次我们是下乡插队，安家落户，参加麦收得连续干个五六天，何况接下来还有新活。

　　由于本队的土地都离家较远，麦收时中午饭要在地里吃，由队里到各户敛齐干粮送去。社员家里有老人做饭，而我们夫妻两人都要参加劳动，因此，我必须在饭前赶回家做饭，待队里将振荣的午饭敛走，照顾孩子们吃完饭回学校后，再简单吃几口，不等收拾妥当，就得急匆匆赶回麦田。每次回去时正是社员们饭后小憩的时间，看到振荣躺在捆好的麦捆上困乏、疲惫的样子，真希望他能多休息一会儿，可这样的享受也只有片刻，接下来又是一番"战斗"，直至太阳落山方可收工。我们拖着酸疼的两腿，疲惫地走在回家的路上，振荣感慨地说："躺在麦捆上，真比睡沙发床都舒服百倍。"进到村内，望见户户升起的炊烟，想到孩子们还在家翘首等待，我们迅即赶回家，立刻在大灶前拉起风箱，开始一天最后的"战斗"。

割麦子弄得腰疼、手疼，去旱田里锄豆子更是一大考验。一天，我参加锄豆子的工作，心想不会有多大问题，便扛起锄头走到地边，与社员一起每人一垅开始下锄松土。可谁知，因天旱地硬，按下锄头却难以拉动土层，看社员都已轻松地锄到前面，而我一人落在后面，真是焦急万分。我咬咬牙紧赶慢赶，拼尽全力，仍前进缓慢。我两手磨起血泡，汗水顺脸颊流淌，衣服全被汗水浸透，也难以顺利完成任务。这时真亲身体会了"汗滴禾下土"这句诗的真切含义。

在农村参加的每项农活，都是一次对身心的历练。总之，没有一项农活像坐在办公室办公那样轻松，真是劳动锻炼。可我们夫妻两人都是四十多岁的人了，学农活是"半路出家"，还真不好干。但是"世上没有过不去的火焰山"，千难万难，时日也总在艰难中度过。时光总算到了秋后，我们想，冬闲、冬闲，总该有些闲暇、休息的时间了吧？谁知，接下来又是一番"风光"，还要继续迎接一场冬日的考验。

入冬小麦要浇冻水，振荣再次加入男劳力浇麦田的行列。浇水虽说不用拧辘轳，但那七高八低的地要浇好，不得不脱掉鞋袜下水，随浇随用锨整地、疏水。在呼啸的北风中，水凉刺骨，两脚冻得麻木、疼痛，直至将地浇完。

小麦浇完冻水后，冬天再没有什么农活了，队里为增加些收入，每年冬季要安排男劳力上山采石。这时，下放干部也多停工休息，但振荣又毅然跟男社员上了山。也许因为冬季天短，当地上山干活有"下大晌"，一天吃两顿饭的做法。所谓"下大晌"，即是天刚透亮就出工，一气干到九十点钟，同样由队里从各家敛饭送到山上，大家在冰冷的寒风中吃早饭，饭后一直干到四五点钟收工。这一做法，可将振荣害苦了，他说，不等收工，肚子早就饿得叽里咕噜地叫。所以，他每次一踏进家门，就逮住干粮狼吞虎咽地吃起来。由于多日在山上忍饥受冻，振荣不久即患上了肠胃病，回城后，经过反复治疗，他才略有好转。

在冬闲季节，男劳力上山后，生产队里中年以上的女劳力都已全日歇工，只有女青年挑担子上山送粪，我也加入她们送粪的队伍。送粪要先从村内场院装粪，再挑担爬过一个山坡，走二里多路到达大北山下，然后上山送到地头。路上，姑娘们一个个姿势优美、轻松地快步前行，而我却像肩负千斤重，每一步都那么艰难。虽然队里留一个十四五岁的小姑娘陪着我，但我连她的速度都跟不上，气喘吁吁，两腿发软，想停下来歇歇，可看自己已远远地落在后面，便不敢再停留，只能硬撑着往前走。头一两趟，我还能勉强将粪挑上山，可后来，肩被压肿，腿发颤，虽拼尽全力，可怎么也挑不上山了，不得不由姑娘们接应，将粪送到，实在感到难堪。想想自己已经四十多岁，又缺乏锻炼，身体瘦弱，怎能承担起只有年轻人才能承担的重担？可下放干部要劳动锻炼，不干，又怎能说得过去？

下乡后的第一个冬天，平阴县的田山扬水站工程开始施工，由各公社组织农民出工。这次下放干部本没有任务，但振荣又执意带上被褥与本队社员一起奔赴扬水站工地。在那里，大家挤在一个透风撒气的房子里睡地铺，地上仅铺了一层干草。振荣的铺挨近屋门，夜里凉风从门外吹进，冻得他难以入睡。他天微明即起床用早餐，吃两个地瓜掺高粱面的窝头，扒一碗清水煮白菜汤后，即赶往工地挥镐舞锨，大干实干。干活时一身汗，一停下来，被冷风一吹，又冻得发抖，特别是手冻麻木后磨起的血泡更被震得生疼，汗水拌着泥水坚持到收工。晚上散工回住处后，不等窝头下肚，就感到人困马乏，可夜间伴着一屋人此起彼伏的呼噜声，加上不时挤进的冷风，又怎能休息得好？就这样，一干就是十余天。由于多日的劳累，甚至有时要忍受饥饿，振荣完成任务回家时，真像换了个人——脸颊黑瘦，头发蓬乱，满身灰土，两脚干泥，简直疲惫到了极点。看着他精疲力竭的样子，我心中顿觉阵阵酸楚，我后悔，为什么不坚决阻拦他出门？本公社的下放干部除了他没有一人前去。我又想，回来后如能让他洗个热水澡那该多好，可在天寒地冻的农村，洗热水澡的地方根本无处去找，只能简单洗洗后吃点热饭暖暖身子。

干部下放，大人理应经受艰苦劳动的锻炼，可三个年幼的孩子也跟着我们受了不少苦，想想真是于心不忍。值得欣慰的是，他们在较艰苦的环境中，身心都得到了锻炼，养成了节俭、勤劳的好习惯。下乡三年，三个孩子没换过一件新衣服，旧衣也是补了又补，更没吃过一次丰盛的美味可口的饭，偶尔在青菜里多放一点油或去买粮时捎回几个烧饼，他们都会觉得可口无比，心满意足。记得有一次，我与振荣去县里开下放干部会，留三个孩子在家，自然由老大做饭，哥哥为妹妹、弟弟仅炒了一盘葱，可能放油多了点儿，竟使孩子们大饱口福。我们回来后，小儿子还津津乐道："哥哥炒的葱真香！"说话间流露出既满足又渴望的眼神。至今每想起这一情景，我心中都十分难受，真是难为了孩子们，当时他们三人可都正处于长身体的阶段，爸爸、妈妈亏待他们了。

在生活中，不论如何节俭，孩子们从没有怨言，在劳动中也是个个争先，割麦子、捡麦穗、刨地瓜等都样样能干。农忙时，大儿子建新听说男孩子可以参加夜间护坡任务，晚饭后扛起被子就下地去了，天明才回家。小小年纪，夜间露宿在田间，真使人有些担心。我至今忘不掉当夜幕将至，孩子扛着被子走出家门的背影。女儿任红更成为我家务劳动中的好帮手，不仅能拉风箱做饭，下河洗衣，还能担水桶下山打水。她才是个十一二岁的孩子，到深不见底的井边打水，挑水上山，使人既担心又心疼，更怕沉重的水桶将她稚嫩的身体压坏。割麦子那样的活儿她也能干，并时常自豪地说："我比爸爸割得都快。"哥哥、姐姐样样能干，小弟弟任群也不示弱，在劳动中也有自己的任务。学校为增加收入，组织低年级的小同学到刨完地瓜的地里拿地瓜、割完麦子的地里捡麦穗，还要提上粪筐，走街串巷拾粪。一次，孩子转了一大圈，没拾到一点粪，因完不成任务，竟急得哭了起来。不得已，我只能从院子一角的茅厕里挖了点粪，他这才满意地去学校交了任务。

学习、"运动"关

当时济南市的下放干部，被分别安排在泰安、聊城两个地区的几个县，每一县为一个"五·七"大队，我们平阴县的"五·七"大队由市直机关、医院等六七个单位组成，下属五个"五·七"小队，分别住在五个公社。振荣被委托为孔集公社"五·七"小队队长，该小队共八人，除一对青年夫妻外，其余人都在40岁以上。其中，有的身患较严重的心脏病，整日急救盒不离身；有的带着60多岁的父母下乡；还有三个家庭带着孩子，甚至有的孩子还不满1周岁。就是这样一支队伍，分别在六个生产队生活、劳动。

干部插队落户，主要任务当然是劳动锻炼，但当时"文革"运动正在进行，还必须政治挂帅，不忘改造思想。所以，平时除参加县、公社统一组织的有关"运动"的活动外，还要按时自己组织政治学习。为此，各"五·七"小队都制定了学习日，因振荣是小队长，我家自然成为小队学习的集中地。试想，在每日筋疲力尽的劳动中，能有一天停下来参加学习，这无疑是一次难得的休息机会，所以我对这一学习日竟有些期盼。每到学习日，我在思想上感到异常的轻松，早饭后，烧壶开水，沏上茶，悠闲地等待大家的到来。

我至今难以忘记的是，在我们的学习队伍中，每次总少不了一位小学员，他出生仅有六个多月，就跟随当医生的爸爸、妈妈到农村下乡插队落户。记得他们刚到农村的第一天，我们晚饭后前去探望。那天天黑得伸手不见五指，我们跌跌撞撞地找到他们的住处，当房门打开的那一刹那，真使人既吃惊又感到可怜。只见昏暗的屋内，一个婴儿脸上涂满黑乎乎的药膏，两只小手包着白纱布，蜷缩在妈妈的怀里。经询问得知，孩子患湿疹多日，小手被纱布包裹，是防备他用手抓挠脸颊。

下乡三年，这个让人疼爱的孩子一直陪伴我们度过了那段岁月，更成为我们集中学习时不可缺少的一员。学习中，大家读读文件，谈谈认识，不免也谈天说地，还可逗逗孩子，感到十分惬意。可是，有一次政治学习就不那么轻松了。

那是1971年夏，全国正在开展清查"五一六"运动，根据上级指示，下放干部也要集中学习搞运动。平阴全县的下放干部，全部集中在几十里外的县城。因为要求集中住宿，就给有孩子的家庭带来了不少麻烦，小一点的孩子可以带在身边，上学的孩子怎么办？他们只好留在村里，但晚上必须有人回去照顾。为此，我们只得将三个上学的孩子留在村里，振荣每天学习完，骑自行车回村照顾他们。

平阴县城离我们所住的孔集村有三十多里，中间还有一段较长的大上坡，振荣每天往返六十里地急急赶路，每次都气喘吁吁，大汗淋漓，而且回去的任务相当繁重。因为孩子们下乡后水土不服，三个人身上都不同程度地出现荨麻疹，奇痒难耐，严重的成为水疱，有的已被抓破。振荣每天赶到家后，先为孩子们忙完晚饭，再为他们已溃破的水疱清洗、上药，天微明即起床，给孩子们准备简单的早、午饭后，再急急骑车赶回县城参加学习。可就这样没几天，又出现了新的问题。小儿子由于水疱感染，脸逐渐浮肿起来，带他到县医院检查，确认为急性肾炎，建议立即服中药治疗。因此，只得将他带到县城的学习驻地，由我照顾，可家中还有兄妹两人，振荣仍继续每天回去照顾他们。我白天参加紧张的学习，晚上在院中拾点干柴为孩子熬中药，并定期带他复查。经过近一个月的治疗，孩子的病情逐渐好转，为巩固疗效，使他得到更好的休息和照顾，我一直将他留在身边,直至学习结束。

世间的事真使人难以预料。俗话说"祸不单行",孩子们自己留在家中,不久又发生了一件使人后怕的事。那天,学校放学后已近黄昏,女儿回家进屋划火柴点着了油灯,不料一阵风扑进屋,将蚊帐刮到了灯上,蚊帐立即燃烧起来,这时爸爸和哥哥都还没回去,孩子吓坏了,一边扑火,一边没命地哭喊。幸有邻居大娘从门外路过,听到哭喊声忙进屋,迅即将着火的蚊帐拽下来,才扼制了火灾的蔓延。等振荣赶到家时,火已被扑灭,但孩子吓得战战兢兢。想起来这件事,我真有些后怕,因为蚊帐那没烧的一头,堆放的是全家的衣被与一些书刊,如果大娘没及时赶来将火扑灭,衣被和书刊会立即着火,再将整个房屋引燃,那就不仅会倾家荡产,女儿的性命还不知如何,真是不堪设想。

这次的集中学习持续了近两个月,搞得大家身心疲惫不堪,实际是又经历了一次"文革"的历练,学习空气极为严肃,要人人过关。不但每天按时学文件、谈认识,还要忆苦思甜,联系实际,挖思想根源,做思想检查,彻底清除"五一六"的影响,还要写出书面检查总结。看那阵势,似非要在这些下放干部中挖出个"五一六"分子不可。现在看来,那些检查都是违心的,但在那种形势下,谁又能左右得了?学习总算顺利结束,完成了一项政治任务,大家从此又可以轻装上阵,继续奔向劳动的战场了。

乡情 友情

下乡插队三年,我们对当时的农村和农民生活状况,从陌生到熟悉,从有距离到逐渐融入其中。在劳动和彼此的交往中,我看到了广大农民善良、勤劳、质朴的优良品质。他们没有将下放干部当外人,而是视之为他们中的一员,并给予诚挚的关心和帮助,彼此建立了深厚的情谊。现虽已离别40余年，但至今一提到平阴，一想到那里的农民朋友，我心中仍立即升腾出一种特殊的感情，并时时忆起那些感人的场景和生活片段。

当时刚下乡没有几天，振荣首先开始下地干活，因大田离家较远，中午要送饭，便由小队会计负责将各家干粮收齐送到田间。这天我正在大灶前拉火做饭，忽听一声"嫂，大哥的饭做好了没有？"我立时一愣，回头一看，是我们所在的第四小队的会计郭吉泉来拿振荣的午饭。这一声亲切的称谓是我始料不及的，毕竟刚进村几天，彼此尚不熟悉，这猛然间传来的一声"嫂"，是那样自然、亲切，不觉一股暖流立即传遍我全身，这一感受是几十年在城市中从未体验过的。一声呼唤，似一下子拉近了彼此的距离，也从而缓解了我初次进村的那种陌生又惴惴不安的心情。从那时起，队里年轻人喊我"嫂"，年长的老人们喊我"他嫂"，孩子们喊我"大娘""婶子"，大家像一家人一样。

随着日子一天天过去，我们与大站西大队的干部、社员的感情日益加深，受到他们的关心、帮助也越来越多。一次振荣到大队部开会，散会回家后发现手表不见了，心想可能丢在会场或来回的路上，随即顺路去寻找，并没找到。谁知这事惊动了大、小队干部，他们不仅协助寻找，甚至找人算了一卦，以推测手表的下落。后来还是村干部分析手表是被人在路上捡走了，便由一位大队党支部副书记去对可能捡到表的社员做耐心的说服工作，终将手表拿了回来。平时，这家借来顺手的农具，那家送来刚熟透的地瓜之类的事，更是不计其数。

在受到乡亲们热情帮助的同时，我们也尽力为村里做些力所能及的事。振荣下放时带去一辆平时骑的大飞轮的自行车，后来在我们住的小队里，这辆车几乎成了公用的车子，不仅队干部们外出开会借用，就是社员们赶集、走亲戚，也会来问一下车子是否在家，如在家定会被借走。附近住的邻居们有个感冒、头疼，身上哪里磕碰个小伤口等，也常来我们家要个药片，抹点药水、药膏等。我和振荣还发挥我们的长处，定期为队里出壁报、办土广播，宣传重要时事新闻、表扬好人好事，以及介绍劳动和生活中的小知识。为做好这件事，我们自费购买了笔墨、长尺子、粉笔、马灯和小喇叭等，气候适宜时，每到晚上，孩子们提着马灯，手拿小喇叭，爬上位置居中的生产队仓库房顶（当时全是平屋顶），为社员们读报纸或介绍农业知识，传递各方面的信息，深受社员们欢迎。后来，队里不少孩子也加入了土广播的行列。望着房顶上闪闪烁烁的灯光，听着喇叭里传来的孩子们响亮、稚嫩的声音，我感到别有一番情趣，这也成为当时生产队晚上一道亮丽的风景。

我们尽管在大站西四队住了不到一年的时间，但却与那里朴实、热情、直爽的乡亲们结下了难以割舍的情谊。我至今忘不掉我们一家从大站西村迁往孔集村时那一感人的场景。不仅生产队安排了马车相送，而且牵动了全队社员们的心，他们早早就走出家门，怀着依依惜别的心情等待送行。大娘、大嫂拉着我的手不舍地一遍遍嘱咐："走了，可要常回来看看，别忘了我们。"搬家的车开动了，当我们回头与乡亲们挥手告别时，眼前的场景使我惊呆了，男女老少竟排成了长队，缓步跟随在车后，不仅大娘、大嫂眼含泪水，就连我们的房东壮年汉子王振东也泪流满面，几次劝说，他们都不肯止步，一直送到村口。此时此刻，我真难以抑制感激的情怀，只能眼含热泪频频回首与大家道别。

自离开大站西四队后，我们与该队乡亲之间仍像老邻居甚至亲戚、朋友那样来往不断，每次回村探望，我们都像久别重逢的亲人那样亲切交谈。当时，那里的生活极为贫困，但有的乡亲竟热情地拿出久存的一点白糖，沏水招待我们，真使人有些过意不去。特别是每到春节，许多乡亲都像走亲戚那样，提着馍馍篮子结伙儿赶到我们迁往的孔集村看望，我和振荣自然也热情招待一番。吃饭间，大家谈天说地，共叙友情，和谐友好又热闹的气氛弥漫整个房间，这是城市邻里之间极少有的情景。

1970年底，我们搬入孔集村后，结识了房东大娘一家。大娘是那样和善、慈祥，他的儿子刘志阳夫妇同样是纯朴、诚实、勤奋的农民。我们住在大娘家一处闲置的房子里，刚搬入时，他们像迎亲人般忙前忙后，多方照顾。我们两家相处两年多的时间，可以说不是亲人胜似亲人。我永远忘不了大娘那关切、疼爱的眼神，她见我们夫妻两人每天按时下地干活，总是关心地劝我们，一定要量力而行，别太累了，还多次向生产队长建议，让我们干点轻活儿。大娘看我疲惫的样子，拉着我的手心疼地说："他嫂，你已不是小青年了，身子又单薄，过去在城里没干过，不能一下子干得太猛，不然会累坏了身子。"大娘那朴实、滚烫的话语深深触动了我，我立时感到一股暖流涌遍全身。

　　房东大娘不仅对大人关怀备至，对我们的三个孩子同样关心和疼爱。每遇到我和振荣外出参加下放干部集体学习或开会时，大娘或她的儿子、儿媳刘志阳夫妇都会及时到我家关照孩子们。1971年冬，我和振荣到县城参加下放干部集体学习，一天傍晚，天降大雪，公路上积雪湿滑，振荣一时赶不回家。就在孩子们焦急地等待时，房东大娘已下好热腾腾的面条端给孩子们吃，并叮嘱他们赶紧趁热吃，出点汗，别感冒了。还有一次，我和振荣也是在外开会中午赶不回去，女儿放学回家没带房门钥匙，也没等到哥哥回来，便没吃饭返回学校。房东大娘知道后，马上让儿媳烙了面饼，并亲自送到位于山顶的学校，将饼递到女儿手里，关切地说："快吃，不吃饭哪能行，饿坏了怎么上课？"女儿眼含感激的泪水接过饼吃下……那时农民的生活极为贫困，大娘一家常年以吃地瓜面饼子为主，这两次却都给我们的孩子吃的白面，这里面包含着大娘一家对我们多大的情分啊！

露天看戏

　　20世纪70年代的广大农村还是极端贫瘠的，但农民群众的日常生产、生活中依然有他们的乐趣。在我们下放的平阴县孔集公社，每到农历正月十五前后，公社组织的农民群众文艺汇演，就是乐趣之一。

　　孔集村作为公社驻地，在村中有一个很大的闲园子，周边以石墙和住家的屋墙圈起，里面能容纳数百人。园子南首有个土台子作为舞台，平日公社偶尔在这里开个大会，多数日子都闲着。然而，公社组织群众文艺汇演时，这里便成了热闹的戏园子。每年进入冬闲后，各村便在公社的统一组织下，召集能拉会唱的男女社员，凑在一起筹办参加汇演的节目。有的排八个样板戏中的某一折子戏，有的编排当地流行的豫剧小戏，有的排不了戏就凑几个歌舞、曲艺节目等，五花八门啥都有。

　　公社每年组织的各村文艺汇演，大都要连演七八天，在当时，几乎成了刚刚过完春节之后又一个充满喜庆的节日。那几天，每到下午三四点钟，孔集村的许多村民就让孩子们扛着各种板凳去"戏园子"占地方，没有板凳的就搬几块石头先占着。连嫁到外村的姑娘，有些也专门回娘家来看戏。待天擦黑后，园子里早已人挨人、人挤人，不大的舞台上挂着彩色的幕布，上方吊起几个雪亮的汽灯，台下鼎沸的人声与台上幕布后猛敲的锣鼓点，早将严冬的寒冷搅热了。等演出开始后，前面的人还坐着，中间的人就几乎站着了，后面几排更是要站在凳子上才能看到台上的演出。园子周边的树上，住家的平屋顶上，也早已被调皮的孩子们当作自己的"雅座"占满了。不管台上演出的节目水平高低，演员的妆化得如何，大家都看得津津有味，有些节目如出点卡壳的状况或差错，反而会迎来更响的善意笑声和掌声。记得我们一家在孔集大队时的每年正月十五前后，几乎都是在这种不顾严寒、挤挤攘攘的看戏中度过的。有一天晚上，天上下起了小雪，寒气逼人，但我们一家大小依然包裹得严严实实，与里三层外三层的农民群众一起，冒雪看完了那晚的演出。

孔集是个南北跨着一座小山的大村子，小山顶上建有一所包括小学和初中的联中，公社办公的几排砖砌瓦房建在小山的南坡上，山下的东西街上设有供销社的门市部等，村里十天有两个集，也都集中在这条街上。村里有一帮酷爱文艺的社员，挑头的两人，男的叫孔宪才，女的叫郭均英，每年公社里会演他们都要排一出豫剧小戏或其他节目参加，演出水平在全公社也是拔尖的。1971年孔集大队在西洼易涝的大田里试种水稻，获得成功，社员们第一次吃上白花花的大米。这年初冬，振荣指导、帮助孔宪才创作并主演了一部以稻改为内容的多场豫剧《涝洼风云》，戏里有稻改前的思想宣传，稻改中的矛盾冲突，以及当时很时髦的搞破坏的坏分子等，充满浓郁的乡土气息。在村党支部书记孔兆雷等大队干部的支持下，村里十多个文艺骨干排练了大半个冬天，在公社会演中一炮打响，反响十分热烈。后来经公社推荐，县文化局发现了这出农民自主创作的小戏，便又抽调振荣到县里和其他几个行家一起，将此戏反复修改打磨成一出三幕十二场的大型现代豫剧《黄河岸边》。这出戏除在县里多次演出外，还参加了当时泰安地区新戏剧创作会演，并获了奖。在这种文化生活极端贫乏的背景下，在农村露天戏园里看农民自编自演小戏的记忆，叫穷乐呵也好，叫苦中作乐也罢，都已深深扎根在我们的脑海中，再也抹不掉了。

下乡插队落户三年后的1973年4月，由于政策的改变，我们又突然接到了回城的通知。这让我们再一次面临离别已熟悉的农村和胜似亲人的社员们的情况。在收拾行装的日子里，我们每天都要接待前来看望的农民朋友，原来住过的大站西大队的干部和四小队的社员们，闻讯后也纷纷跑来看望，久久不愿离去。房东大娘一家与我们的感情更是难以割舍，大娘和他儿子、儿媳刘志阳夫妇几次来到我们因要离开而有些凌乱的家里，有时询问还缺啥东西，有时就那样坐着、看着、念叨着："怎么说走就走了？"

孔集大队的干部、公社的干部、县文化部门的干部，也纷纷来家里看望、送行。我们每日都被感动着，即将分别的泪水模糊了我们的双眼……

（编者注：这是母亲未写完的一篇长文。三年的平阴下放插队落户生活，给我们全家留下了极为深刻的印象，使我们与当地的农民群众和县里的许多干部结下了深厚的友情。即使返回城市后，我们家也一直与孔集村、大站西村的许多农民朋友特别是房东一家保持着联系，父母也几次回平阴走访、看望。母亲去世后，一些闻讯的平阴友人还专门打来问候电话，使我们深受感动。由于距下放已四十多年，文章中有些记述可能不太准确，尤其母亲去世，我们无法再就有些史实向她老人家进一步了解、订正，只能做些文字的简单修饰，文章的标题也是后加的。）